# Peter Abrahams

# Le Fan

Traduit de l'américain
par Isabelle St. Martin



Éditions J'ai lu

*A Die, Rosie, Lily, Ben et Seth*

*Avec mes remerciements à Keith Bartling, Ky Dewan et Mike de Punte pour leurs conseils techniques, et mille mercis à Molly Friedrich, Bill Mallory et Joel Gotler.*

La bête ne se couchera pas.
*«I'm Your Man»*,
Leonard COHEN

*Titre original :*

THE FAN
Warner Books, New York

# 1

— Appel suivant ! C'est Gil qui nous parle de sa voiture. Gil ? Qu'est-ce qui te branche ?

Silence.

— Gil, on t'écoute.

— On est...

— Vas-y !

— Allô ?

— Tu es sur JOC.

— C'est à moi ?

— Dépêche-toi, on n'a pas toute la nuit.

Silence.

— Allô, Gil ? Tu as une réflexion à faire ou une question à poser ?

— C'est la première fois que j'appelle.

— Géant ! Qu'est-ce que tu nous racontes ?

— J'ai un peu le trac.

— Quelle idée ! On est entre nous ! Tu as juste deux ou trois millions de personnes pendues à tes lèvres. Alors, tu veux nous parler de quoi ?

— Des Sox.

— J'aime comme tu dis ça.

— Comment je le dis ?

— Comme... comment veux-tu que ce soit ?

Silence.

— Alors, qu'est-ce que tu nous racontes sur les Sox, Gil ?

— Qu'ils me rendent dingue, Bernie.

— Bernie n'est pas là, aujourd'hui. Moi, c'est Norm. Tout le monde est dingue au printemps. Ça fait partie du jeu. Comme le stade.

— C'est pas pareil.

— Ah bon ?

Silence.

— Gil ?

— Ça fait longtemps que j'attendais ça.

— Que tu attendais quoi ?

— Cette année.

— Qu'est-ce qu'elle a, cette année ?

— C'est leur année.

— Et pourquoi tu flippes ?

— Moi, je flippe ?

— Je te fais marcher... Tu as l'air tellement sûr de ton fait ! A t'entendre, c'est du tout cuit. Toi, tu es un fan ou je ne m'y connais pas.

Silence.

— Gil ?

— Ouais.

— D'après les pronostics... Fred, tu as les derniers chiffres ? Fred est à la régie, je ne sais pas ce qu'il fabrique de dégoûtant avec ce pastrami... D'après les pronostics, on donne les Sox à dix contre un pour le fanion, à vingt... attends, à vingt-cinq contre un pour le grand chelem. Tiens, juste pour nous faire une idée, Gil, combien tu parierais sur eux ?

— Tout ce que je possède.

— Tout ? Tu me plais, toi ! Finalement, tu as de l'humour, tu sais. Enfin, je ne voudrais pas te décevoir mais je crois que tu vas au-devant de quelques illusions.

— Comment ça ?

— Je crois que tu te fourres...

— Merci, je sais ce que ça veut dire, illusions !

— Ah bon ? Alors tu dois...

— Ils sont arrivés en finale, l'année dernière, non ?

— C'est terminé, ça, Gil.

— En plus, ils ont Rayburn, maintenant.

— Rayburn, Rayburn... Bof ! Tout le monde n'a que ce nom à la bouche, en ce moment. Ce n'est pas le Messie, braves gens ! Il n'est pas descendu du ciel la batte à la main. Pour sa rentrée, il atterrira d'Orlando dans le même avion que le reste de l'équipe. Il enfile son pantalon une jambe après l'autre, comme vous et moi et...

— Putain ! Mais c'est...

— Ho ! Attention à ce que tu dis, Gil, on est toujours à l'antenne ! Sinon je serai obligé de te couper.

— Non, mais ce petit...

— Quoi, « ce petit » ? Il va avoir trente-deux ans en juillet. C'est presque l'âge de la retraite, dans ce...

— ... fait rentrer une moyenne de cent vingt-trois points en trois ans malgré cette sale...

— Attention à ton langage !

— ... malgré cette saleté d'équipe... Je peux dire « saleté » ?

— Ouais, « saleté », ça va !

— Malgré cette saleté d'équipe qu'ils ont là-bas. Combien il va marquer avec son super-swing ?

— Qui sait ? Compare ce score avec celui des pros free-lance, mon vieux, surtout des heureux veinards qui ont réussi à négocier un paquet aussi gros que celui qu'il va ramasser. Crois-moi, c'est cher payé, même s'il a un swing de rêve !

— Vous êtes vraiment dé…

— On se calme, Gil. Allons ! Honnêtement ! Tu crois vraiment, du fond du cœur, qu'il vaut le pont d'or qu'ils lui ont fait ? Je t'écoute.

Silence.

— Allô ? Allô ? Gil est parti. Dommage. Vous êtes sur JOC-Radio, du sport, rien que du sport, vingt-quatre heures sur vingt-quatre, sept jours par semaine, cinquante-deux semaines par an ! Qu'est-ce qui vous branche ?

## 2

Gil gara sa BMW 325i à un pâté de maisons du bureau, la tête pleine, mais trop tard, de tout ce qu'il aurait pu dire à Bernie, ou à Norm, enfin au crétin qui lui avait répondu, peu importait son nom. Son carnet de commandes et sa valise d'échantillons à la main, il posa le pied sur le trottoir glacial tandis que les premiers flocons tombaient autour de lui, à peine plus gros que des moutons de poussière. En tout cas, rien qui annonce une grosse tempête, rien qui fasse craindre une mauvaise journée. Deux gamins passèrent en traînant des pieds, la casquette rabattue sur les yeux. Ce qui ne les empêcha pas de remarquer la plaque de sa voiture, WNSOX[1], et il en entendit un commenter :

— Ouais, c'est ça !

Gil acheta un billet de loterie et le *Sporting News* au kiosque à journaux du rez-de-chaussée et par-

1. Lire : « Win Sox », soit « Allez les Sox ! » *(N.d.T.)*

courut dans l'ascenseur les articles sur les stages d'entraînement. Il y avait une photo de Rayburn souriant devant la boîte du frappeur. La légende disait : « Chaque point lui rapporte son pesant de dollars. »

Gil plia le journal et le glissa dans sa poche.

Ding ! Quatrième. Il sortit, posa les pieds sur le revêtement de sol visqueux. Sa boîte jouxtait le Grand Emprunt National, vacant depuis le début de l'hiver, et une autre enfilade de bureaux, vide et anonyme depuis plus longtemps encore.

Il entra. Bridgid était à sa place, en train de disposer un bouquet de roses. Elle se piqua le doigt, dit « Aïe ! » et le suça.

— Salut ! lança Gil. On a reçu les billets ?

L'entreprise avait un abonnement, deux loges à mi-chemin de la première ligne de fond, au dix-huitième rang. Les VRP se les partageaient tous les ans à tour de rôle, suivant un usage compliqué, et cette année c'était Gil qui avait droit au match d'ouverture du championnat.

— Va falloir demander à Garrity, dit Bridgid.

Qu'avait-elle lancé de si drôle ? Peut-être était-ce dans sa façon de le dire, tout simplement. En tout cas, Gil sourit au passage.

Il entra dans la salle de conférences. Les réunions de vendeurs commençaient tous les deuxièmes mercredis matin du mois, à huit heures précises. Ils se retrouvaient tous autour de la table, les onze autres VRP du secteur nord, et Garrity, le chef des ventes régional. Comme chaque fois, une puissante odeur d'after-shave vous agressait dès l'entrée. Les yeux de Garrity allèrent nettement de Gil à la pendule murale, comme pour l'obliger à faire de même. Elle indiquait huit heures quatre.

Gil s'assit. Figuerido, de la zone six, juste à l'ouest de la sienne, poussa vers lui un paquet de pastilles aux fruits variés. Gil en prit une, à la cerise, et rendit le reste à son voisin. Sacré Figgy ! Ça ferait office de petit déjeuner.

— Comment va la « Beamer » ? murmura Figgy presque à haute voix.

Il avait toujours aimé la bagnole de Gil.

D'un geste éloquent de la main, Gil imita une voiture lancée à pleine vitesse puis enfila la pastille dans sa bouche en attendant que Garrity ouvre la séance. Celui-ci commençait invariablement par un exposé alarmant sur l'état des ventes, suivi d'une anecdote édifiante tirée de son expérience passée sur la façon dont il sortait victorieux de ce genre de situation, à l'époque où il vendait des aspirateurs dans la zone sud ; histoire d'inspirer ses troupes avant de leur fixer de nouveaux quotas. Mais Garrity n'était plus à la commission, maintenant, il faisait partie de l'équipe dirigeante et l'équipe dirigeante n'avait, pour commencer, aucune idée de ce qui se passait dans la rue.

Son téléphone grésilla. Il décrocha, écouta, dit « Ouais », se tourna vers la porte. O'Meara entra. C'était le directeur commercial pour le pays tout entier. Il venait de Cincinnati une fois par an et les emmenait dîner. Seulement là, un an ne s'était pas encore écoulé depuis sa dernière visite ; d'ailleurs, ce n'était pas l'heure du dîner.

— Bonjour, Keith, dit Garrity en se levant.

O'Meara ne lui répondit pas, adressant seulement un signe du doigt à Waxman, Larsen et Figuerido pour qu'ils viennent le rejoindre. Du coup, Figgy en oublia ses pastilles sur la table.

— Déjà la récré ? demanda quelqu'un.

Personne ne rit. On était trop loin de remplir les quotas pour que quiconque puisse imaginer qu'il s'agissait de recevoir des compliments de la direction.

Le silence tomba, jusqu'au retour d'O'Meara, suivi de trois personnes, trois hommes, du genre Waxman, Larsen et Figuerido, vêtus de costards à cent cinquante dollars, comme Waxman, Larsen et Figuerido, mais ce n'étaient pas Waxman, Larsen et Figuerido. O'Meara fit les présentations. Ils prirent place sur les sièges vides. Celui qui s'assit à la place de Figgy jeta un coup d'œil aux pastilles mais n'y toucha pas.

O'Meara se dirigea vers le bout de la table. Garrity se gara pour lui céder son siège. O'Meara aurait pu être son fils, après promotion sociale, en mieux nourri et plus instruit. Il posa le pied sur la chaise de Garrity, se pencha sur la table.

— Les gars, commença-t-il, j'ai vu vos résultats.

Il marqua une pause. Gil sentait flotter une odeur de transpiration. Ça ne venait pas de lui, il avait le front et les mains au sec. D'ailleurs, il ne pensait pas du tout à ce qui pouvait se passer autour de lui. Il songeait à un lancer récupéré sur les Yankees, qu'il n'avait plus évoqué depuis des années. Le deuxième joueur à la batte avait dû être Claymore, Gil le voyait encore, avec ses cheveux carotte et ses taches de rousseur… ses derniers swings, ses coups de circuit. Il sentait presque le soleil sur ses membres.

D'un seul coup, O'Meara s'était rasséréné, comme s'il venait d'avoir une idée.

— Sauf s'il s'agit d'une faute d'impression, évidemment !

Il se tourna vers Garrity :

— D'après vous ?

— J'aimerais bien.

— Et moi donc ! Parce que des chiffres pareils, c'est pas possible !

Il s'assit. Garrity rapprocha une chaise tandis que son supérieur, dans un silence pesant, examinait un à un chaque représentant de ses petits yeux verts enfoncés dans leurs orbites plissées.

— Oh ! Je sais ce que vous pensez : « Qu'est-ce qu'il s'imagine, cet enfoiré, s'il croit qu'on peut vendre grand-chose avec la crise, s'il croit qu'on peut faire quelque chose quand les Japs nous bouffent toutes nos parts de marché ? » Je me trompe ?

Les trois nouveaux hochèrent la tête, les autres lui opposèrent diverses physionomies, sauf Gil, qui n'exprima rien.

— Vous êtes quand même pas tous tombés sur la tête ! maugréa Garrity.

O'Meara ne releva pas. Il gardait l'index dressé, gros doigt boudiné d'une petite main grassouillette, certainement pas capable de rattraper correctement une balle de base-ball, songea Gil avec mépris.

— Commençons par l'économie. Est-ce que l'expression *prédiction avérée* vous dit quelque chose ?

Ses yeux se posèrent sur Gil :

— Renard ?

— Non, répondit celui-ci.

Il faillit ajouter : « Peut-être que ça dit quelque chose à Figgy. »

— Pardon ? insista O'Meara.

— Rien.

Le directeur commercial ne le quittait pas des yeux.

— Dites-vous bien, Renard, qu'à force de jérémiades et de toutes ces foutaises sur l'économie, vous vous êtes forgé une excuse grosse comme une maison. *La prédiction avérée*… « Si l'économie déconne, comment voulez-vous que j'atteigne mes quotas, bonnes gens ? C'est pas ma faute ! » Moyennant quoi vous ne faites plus le moindre effort, et c'est là que l'économie se casse la gueule pour de bon. Tas de moutons ! Il y en a un qui se jette par la fenêtre et tout le troupeau suit.

D'un grand geste, il indiqua les vitres sales derrière lesquelles dansaient de gros flocons grisâtres.

— C'est ça, la beauté de notre système, en même temps que sa perte. C'est nous qui le tenons dans nos mains. Vous et moi, on est dedans jusqu'au cou. L'économie, on en fera ce qu'on voudra.

Gil contemplait les flocons de neige. La balle était arrivée comme un canon, au ras du gazon, mais trop vite pour être interceptée. Elle avait filé à droite, passé la deuxième base, malgré le plongeon d'un joueur dont il ne se rappelait pas le nom. En revanche, il n'avait pas oublié celui du lanceur : Bouchard, l'as des Yankees. Pas plus que le rugissement de la foule lorsque Claymore avait scoré le point égalisateur sur un mauvais relais en troisième base.

— Je vais vous donner un exemple, continuait O'Meara. Verrucci, debout, s'il vous plaît.

Le nouveau dépositaire des pastilles de Figgy se leva.

— Verrucci nous arrive tout droit du Texas pour nous donner un coup de main sur le secteur six. Voulez-vous nous indiquer votre chiffre d'affaires du mois de février, je vous prie ?

— Février dernier, monsieur O'Meara ?

— Parfaitement, Verrucci.

Le nouveau venu énonça une somme jamais atteinte par Gil même du temps des années fastes de l'ère Reagan.

— Dites-moi, Verrucci, est-ce que vous vous occupez beaucoup de la situation économique ?

— Pas le temps, monsieur O'Meara.

Ce dernier éclata de rire.

— Le manque de curiosité n'est pas un vilain défaut !

Il toisa son auditoire.

— Vous êtes avec nous, Renard ?

Gil hocha la tête. Le Texas... voilà qui expliquait bien des choses.

Verrucci restait planté sur ses pieds.

— Merci, Verrucci. Vous pouvez vous rasseoir.

Celui-ci s'exécuta, prit une pastille qu'il dépiauta et balança dans sa bouche.

— Assez philosophé, reprit O'Meara.

Il leva un deuxième doigt.

— Ce qui nous amène aux Japs.

Il sourit.

— Vous verrez que, finalement, ils nous serviront à quelque chose.

Plongeant une main dans sa poche, il en sortit un couteau, une lame de quinze centimètres à manche de polymère rouge, blanc et bleu. Il le brandissait, tel un général menant ses troupes à la bataille.

D'un mouvement de la tête, il fit signe à Verrucci qui se releva et quitta la pièce ; puis il ôta sa veste, releva la manche de sa chemise, et promena le tranchant sur son avant-bras, coupant au passage une rangée de poils roux qui tombèrent sur le carnet de rendez-vous de Garrity.

Déjà Verrucci reparaissait, armé d'une portière de voiture. Japonaise ? se demanda Gil. Le VRP la déposa sur la table tandis qu'O'Meara ouvrait son attaché-case et en sortait un marteau à pied-de-biche. Il pointa le couteau un peu au-dessous de la poignée de la portière et commença de frapper dessus comme un sourd, avec un plaisir évident. Gil compta dix coups avant que la lame s'enfonce dans la tôle. Grognant de satisfaction, Verrucci releva la portière pour montrer la pointe qui apparaissait de l'autre côté, dans la grille d'un haut-parleur. O'Meara récupéra son couteau, tendit l'avant-bras, se rasa une autre bande de poils que Garrity regarda d'un air morne tomber sur les pages de son carnet.

O'Meara fit passer le couteau autour de la table.

— Je vous présente le Samouraï ! dit-il. Le champion nouveau-né de notre nouvelle ligne.

— Une nouvelle ligne ? répéta quelqu'un.

— L'Expérience Iwo Jima, répondit O'Meara. Ça ne vous dit rien ?

Les représentants se passèrent le Samouraï, en éprouvèrent la lame du pouce, le soupesèrent ; seul Gil se contenta de le transmettre à son voisin. Mais cela lui suffit pour se faire une opinion : il ne tenait pas là un objet révolutionnaire, ni même un progrès sur les autres couteaux. Au contraire, le Samouraï paraissait nettement plus fruste que bien d'autres articles du même genre : lame trop fine, six millimètres, quand des modèles japonais similaires atteignaient presque le double ; manche trop petit, trop léger, laissant apparaître une partie de la queue. Ce n'était quand même pas de la camelote. Peut-être que certains clients se laisseraient prendre par son aspect tape-à-l'œil, mais ce serait bien tout.

Le Samouraï revint devant O'Meara.

— Qui se sent capable de vendre cette merveille ?

— Banzaï ! lança Verrucci.

— C'est ça ! approuva O'Meara. Renard ?

— Ça dépend du prix.

Intérieurement, il se demandait ce que ce type avait après lui.

— Trente-sept dollars soixante-quinze.

Au prix de gros, ce qui mettait l'article à soixante-dix, soixante-quinze ou même quatre-vingts dollars. Le Samouraï tiendrait-il à ce prix-là ? Gil n'en avait aucune idée. D'ailleurs, il se demandait encore comment ils arrivaient à vendre quoi que ce soit.

— Et notre commission ?

O'Meara fit la grimace, comme s'il n'aimait pas parler argent.

— Douze et demi.

— Pour un nouvel article ?

— Cincinnati estime que c'est bien payé. Quelqu'un a une question à poser ?

Personne n'en avait.

— Bon, alors au travail.

O'Meara remballa son marteau et partit pour l'aéroport. Garrity distribua les nouveaux catalogues, dont la ligne Iwo Jima, un Samouraï à chacun à titre d'échantillon, et leur souhaita bonne chance. Les VRP s'égaillèrent, sauf Gil qui resta sur place.

Garrity souffla sur son carnet de rendez-vous pour en chasser les poils d'O'Meara.

— Les billets sont arrivés ? demanda Gil.

— Quels billets ?

— Pour les Sox.

Garrity contempla un instant la portière massacrée toujours sur sa table.

— Est-ce que je sais ? Je ne m'occupe pas de ces conneries-là.

— C'est Bridgid qui a dit de voir avec vous.

Garrity leva les yeux au ciel.

— Pas de billets cette année, mon petit pote !

— Ils ne sont pas arrivés ?

— Si. Mais on les a vendus. A Marriott, Gillette et d'autres.

— Comment ça, vendus ?

— A prix coûtant.

— Pourquoi ?

— Les ordres.

— De qui ?

— De Cincinnati. D'où voulez-vous ?

— Mais j'avais déjà promis tous les miens à mes clients !

Ce qui n'était pas entièrement vrai, encore qu'il en eût promis quelques-uns.

— On va passer pour des branleurs !

— Ecoutez, mon gars, vous feriez mieux de vous préoccuper pour autre chose.

— Ah oui ? Quoi ?

— Je vais vous confier un secret... vous êtes passé à ça.

D'un geste éloquent, Garrity leva la main, le pouce et l'index presque rejoints.

— ... à ça de vous retrouver à la porte. O'Meara vous avait dans le collimateur avec les trois autres quand il est arrivé, hier soir. C'est moi qui l'ai persuadé de vous garder. Alors ne me le faites pas regretter, maintenant.

— Merci, bwana.

— Allez vous faire foutre !

Ils se mesurèrent un instant du regard puis Gil ramassa le Samouraï pour le glisser dans sa valise d'échantillons et sortit. Bridgid pleurait à son bureau. Bon. Elle en pinçait pour Figgy. Ils avaient dû faire des projets ensemble.

— Je vous ai obtenu un mois, criait Garrity derrière lui.

Gil ne s'arrêta pas. Son chef des ventes haussa encore la voix :

— Il avait amené votre remplaçant avec les autres. Il l'a renvoyé par avion ce matin. Aux frais de la boîte. Vous entendez ce que je vous dis ?

Gil ne répondit pas.

— Et faites du chiffre, abruti !

Gil se retrouva seul dans l'ascenseur. A quand remontait la dernière fois qu'il avait rempli ses objectifs ? Impossible de s'en souvenir. De toute façon, personne ne les remplissait. Peut-être que ça marchait au Texas, mais pas là. Les VRP pouvaient comparer leurs résultats tous les mois dans *Le Fil du rasoir*, le canard interne de la société. Néanmoins, ce journal ne parlait jamais de deux choses essentielles : le job et les produits qu'ils vendaient. A croire que ça leur arracherait la plume. Gil claqua rageusement sur tous les boutons à la fois, comme s'il avait la figure d'O'Meara sous la main. Ce faisant, il se libéra d'un vieux doute : fallait-il vraiment remercier Garrity ? Le gars lui avait conservé son job, tout de même ! C'était lui qui l'avait engagé. N'empêche... Gil ne pouvait lui pardonner ce qu'ils avaient fait à son père.

Dehors, la neige tombait dru, au point d'étouffer peu à peu tous les bruits de la ville. Gil nettoya le pare-brise de la BMW, de la main gauche, pas de celle qui lançait, question d'habitude. Puis il s'installa au volant, démarra. Ce n'était pas Figgy qui disait que ses meilleures idées lui venaient en voiture ? A quoi pensait-il, en ce moment ? Gil s'avisa qu'il ferait bien de réfléchir un peu, lui aussi, avant tout au moyen de se trouver un nouveau job. Mais dans quel domaine, au juste ?

L'extraordinaire, un vrai tour de passe-passe, c'était la façon dont il avait coupé le circuit au lancer suivant. Aucun signe de l'abri, ni de la troisième base, pas la moindre spéculation. Zou ! Il avait foncé. Comme ça. C'était à peine croyable.

Un coup de klaxon tira Gil de ses pensées qui, d'office, répondit d'un autre coup de klaxon. Sa montre de bord indiquait dix heures quarante-cinq. Systématiquement, après ses réunions, il passait voir à onze heures Everest and Co, son plus gros client : vingt-cinq points de vente, quatre-vingt millions de chiffre d'affaires, sans compter le catalogue des achats par correspondance.

— Touchez-les tant que vous êtes encore imprégnés de ce qu'on a dit à la réunion, lui avait autrefois conseillé Garrity.

— Je suis imprégné ! lança Gil tout fort.

S'il voulait faire du chiffre, autant commencer par Everest and Co. La circulation était fluide et Gil se débrouillait assez bien sur la neige. Il avait même le temps de faire un saut par le stade de base-ball. L'ennui, c'était qu'il avait promis d'emmener Richie au match d'ouverture de la saison.

Il s'arrêta devant le bureau de location, sauta dehors, laissant le moteur tourner. Un seul guichet était ouvert. Gil frappa à la vitre. Un vieil homme, la goutte au nez, leva sur lui des yeux vitreux.

— Deux tribunes pour le match d'ouverture. Des rouges si vous en avez.

Le vieil homme eut un sourire sardonique.

— Des rouges si j'en ai ? Pour le match d'ouverture ?

— Alors, des tribunes, n'importe où.

— J'ai que dalle dans les tribunes, que dalle dans les gradins, que dalle aux places aveugles, que dalle.

Il se pencha pour ajouter :

— D'ailleurs, j'ai que dalle dans les tribunes avant le 21 août. Et au dernier rang seulement.

— Et dans les gradins ?

Le guichetier prit un air irrité :

— Pour le match d'ouverture ?

Gil hocha la tête.

— Mince alors ! ronchonna le vieux. Qu'est-ce que je viens de vous dire ? Que dalle ! Faut-il que vous n'y connaissiez rien en base-ball pour croire encore trouver de la place pour le match d'ouverture !

— Si, je m'y connais ! rectifia Gil un peu plus fort qu'il ne l'aurait voulu.

Le guichetier se rétracta dans l'ombre comme une tortue dans sa carapace.

Gil se détourna et aperçut un homme à casquette adossé au mur de brique près du portail B.

— Vous cherchez des billets ? lança celui-ci.

— Pour le match d'ouverture !

L'inconnu vint à sa rencontre. Lui aussi avait la goutte au nez.

— Combien ?

— Deux.

Il sortit de sa poche une liasse de tickets qui s'humectèrent instantanément de neige.

— J'en ai deux juste derrière le marbre, au troisième rang.

— Combien ?

— Cent cinquante.

Gil fit un rapide calcul : compte en banque pratiquement à zéro ; carte de crédit avalée, pension alimentaire et échéance de prêt automobile en retard. D'ailleurs, il ne devait même pas avoir cent cinquante dollars sur lui. Cependant, l'homme ajoutait :

— Chaque.

Gil s'éloigna.

— Deux cent soixante-quinze les deux, insista l'inconnu derrière lui.

Gil regagna sa voiture, sans se presser, histoire de donner à l'autre le temps de baisser encore un peu son prix. Seulement il n'entendit plus rien et s'assit à l'intérieur, pensif. L'homme avait regagné son poste en s'essuyant le nez de la manche.

Gil sortit son portefeuille et compta ce qu'il avait sur lui : cent vingt-trois dollars. L'ennui, c'était qu'il avait promis à Richie. Il abaissa sa vitre.

— Vous prenez les chèques ?

— Et puis quoi encore ?

La circulation s'intensifiait. Gil ne parvint à l'Everest and Co qu'à onze heures vingt-cinq. Il emporta sa valise d'échantillons, son carnet de commandes, le catalogue Iwo Jima, le Samouraï, prit l'ascenseur, lança : « Salut, Angie ! » à la secrétaire du directeur commercial (toujours connaître le nom de la secrétaire, une des bases du métier), et lui tendit sa carte.

Angie la lui rendit.

— Il est sorti.

— Quand est-ce qu'il rentre ?

— Il en a pour la journée.

— C'est bizarre. On avait rendez-vous.

— A onze heures.

Ne jamais contrarier un client. Pourtant, Gil ne put s'empêcher d'observer :

— Vous avez jeté un coup d'œil par la fenêtre ?

— Je vous conseille de le rappeler pour prendre un autre rendez-vous.

Gil prit place dans la BMW garée devant Everest and Co. Il aimait rester assis dans sa voiture, il aimait en humer l'odeur non plus du neuf mais du cuir et de la cire. Il aimait l'insonorisation, le téléphone, la lumière du plafonnier alors que, dehors, la neige tombait de plus belle. Il restait tranquillement à sa place, au chaud, écoutant le moteur ronronner en évitant de penser à la prochaine échéance ; ainsi qu'à O'Meara, ou à Richie, ou au match d'ouverture. Tout d'un coup, un quinze tonnes se gara derrière lui, aussi préféra-t-il dégager. Son rendez-vous au Cutler's Corner, dans le centre ville, n'était prévu que pour quinze heures, et justement à quelques rues de chez Cleats. Cela tombait bien car il avait faim.

Il s'arrêta donc chez Cleats où il commanda des chips et un demi. Leon se tenait derrière son bar et la télé restait en permanence allumée sur une chaîne sportive. Le commentateur détaillait le contrat de Rayburn : deux millions et demi de dollars de prime de signature, une moitié cette année, l'autre l'année prochaine, outre son salaire qui passerait de cinq millions de dollars zéro cinq la première année, à cinq millions de dollars quarante-cinq l'année suivante, puis à cinq millions de dollars quatre-vingt-cinq la troisième, avec une option de six millions de dollars zéro cinq s'il atteignait cinq cents pour mille à la batte la dernière année. Sans compter quelques autres jolies primes, par exemple s'il était élu meilleur joueur de l'année ou si le club remportait l'une des trois coupes ; ainsi qu'un compte d'un million de dollars à titre d'avance sur ses gains de 2007.

Perplexe, Leon secouait la tête.

— Quoi ? demanda Gil. Avec lui, ils vont tout gagner.

Leon n'en secouait pas moins la tête.

— Ça veut dire quoi, ce zéro cinq million, d'abord ?

— Cinq cent mille dollars.

Leon se mit à rire.

— Je ne gagne même pas ça. Loin de là. Même pas ce misérable zéro cinq. Et pourtant, j'ai trois boulots si tu comptes cette arnaque d'installations sanitaires.

Gil prit une autre bière puis une autre.

A quinze heures pile, il entrait au Cutler's Corner. Il n'y avait personne, à part le propriétaire en train de fumer dans son arrière-boutique. L'homme faillit éteindre sa cigarette mais reconnut Gil et tira négligemment une nouvelle bouffée. Encore une chose que Gil détestait dans son boulot.

Le Cutler's Corner n'était pas un gros client ; il ne dépassait guère trois cents dollars par commande. Gil ouvrit sa valise, montra tous ses échantillons, y compris le catalogue Iwo Jima. Le propriétaire examina le Samouraï.

— Pas mal, le manche.

Il en commanda un.

— Et qu'est-ce que je vous mets d'autre ?

— Rien.

— C'est tout ?

— Pour cette fois, oui.

— Vous n'avez pas besoin de réassorts sur nos autres lignes ? Les coupe-papier... vous les avez toujours bien vendus.

— C'est fini, ça.

Le propriétaire désigna ses vitrines.

— Rien ne part plus, sauf les trucs japonais, et encore.

Gil inscrivit sur son carnet : un Samouraï, prix de vente, trente-sept dollars soixante-quinze, commission, quatre dollars soixante-douze.

Il avait gagné sa journée ! Cela faisait moins que ce qu'il avait dépensé chez Cleats en parcmètres, billets de loterie, journaux, essence et tout. Seulement ce n'était pas ainsi qu'il fallait calculer. Dans ce métier, le travail était toujours le même, mais un jour il rapportait beaucoup et, le lendemain, des clopinettes.

Gil rentra dans sa voiture et prit le chemin de la maison. La neige tombait de plus belle, ralentissant la circulation. Il lui fallut une heure pour arriver.

Il habitait un studio au premier étage d'un petit immeuble pouilleux en bordure du périphérique. Il avait un lit, un lampadaire, une commode avec une photo de Richie. Il ouvrit le dernier tiroir, fouilla sous ses vêtements, sortit ce qu'il lui restait de son héritage.

Deux couteaux, issus de l'atelier de son père. Le premier était un coutelas d'acier damasquiné à la lame de trente centimètres et au manche d'ivoire, qui devait dater des années quarante. Le deuxième, plus récent, était un lourd poignard, presque aussi gros que le coutelas, à double tranchant et gros étui de cuir. Gil les examina sous la lampe. Voilà longtemps qu'il ne les avait pas regardés, il avait oublié combien ils étaient beaux, surtout cette lame d'acier damasquiné avec ses motifs comme des vagues brillantes. Une œuvre d'art. Pourtant, ce serait le coutelas. Le poignard ne devait valoir que quelques centaines de dollars ; pas assez pour les billets de base-ball.

Gil éteignit la lampe et s'allongea sur le lit, les couteaux près de lui. Il laissa errer son regard sur la vue qu'il avait de sa fenêtre, une ruelle fermée par un mur de brique. Le jour commençait à baisser. Il avait entendu le portail s'ouvrir, les pas dans l'escalier. Lenore. Est-ce qu'elle allait venir au fond du couloir, frapper à sa porte ? Non. Les pas grimpèrent au second et bientôt résonnèrent au-dessus de la tête de Gil. Il entendait les talons qui claquaient sur le sol, un, deux.

Il avait intercepté le relais, comme ça. Si étrange que cela paraisse, il s'en souvenait encore : le receveur, qui s'était précipité vers lui dans la poussière soulevée par sa glissade, mais trop tard ; l'arbitre penché si près du sol qu'il avait effleuré ses jambes en le déclarant sauf ; le batteur qui restait là, bouche bée. Le match était terminé. On le porta en triomphe. Le soleil brillait haut dans le ciel. Aussi vrai que deux et deux font quatre.

A moins que ça n'ait été le match où il lui restait à revenir pour lancer un dernier tour de batte ? Il ne savait plus trop. Il se revit sur le monticule, la balle traçant une voie incertaine vers le gant noir de Boucicaut. Il était capable de l'envoyer où il voulait et ce n'était pas un bras qu'il avait, mais un canon, surtout quand il ne souffrait pas de courbatures. Mais il en souffrait à peu près en permanence.

Gil allait s'assoupir quand il crut entendre un bruit dans un coin de la pièce, près de la commode, si proche qu'il faillit l'inclure dans son rêve et ne pas réagir. Il s'assit et vit quelque chose qui bougeait dans l'ombre. Il ralluma le lampadaire.

Une souris. Effrayée par la lumière ou le déclic, elle s'enfuit vers la commode pour se réfugier dessous. A quatre mètres cinquante ; Gil avait déjà le poignard dans la main. Voilà belle lurette qu'il n'en avait plus lancé, mais les réflexes lui revinrent d'emblée, l'angle du poignet derrière le dos, l'accélération, l'envoi sans à-coups. Le couteau effectua une demi-révolution à travers la pièce pour aller se ficher dans le plancher, coupant la souris en deux. Le bout de la queue frémit un instant puis s'immobilisa.

Ce qui donna une drôle d'idée à Gil : mon bras va tout à fait bien, maintenant. Il éteignit la lampe.

## 3

— ... vous est offerte par Bud et Bud light.

— Nous revoilà ! On a les résultats. Mais d'abord un appel de Manny de...

Bobby Rayburn se retourna, appuya sur l'interrupteur du radio-réveil puis essaya de se rendormir. D'habitude, il ne pouvait pas. Quand il était réveillé, il était réveillé, point. Seulement, ce matin, il n'avait pas encore récupéré du cross de la veille et il serait certainement retombé comme une masse s'il n'avait pas éprouvé un tel besoin de pisser. Au bout de deux minutes, il finit par se lever. Les rideaux de sa chambre de motel, le Flamingo Bay, étaient tirés mais pas complètement : un rayon de lumière pénétrait dans l'ombre, éclairant l'épaule et le visage de la fille qui dormait dans le lit. Bobby tâcha de se rappeler son nom.

Il entra dans la salle de bains et se soulagea. Il se sentit tout de suite mieux. Peut-être encore un peu la gueule de bois, mais ça allait. Ses côtes ne le faisaient plus souffrir. Il vit son reflet dans la glace ;

en fait, il tenait la grande forme vu qu'on n'était qu'en mars.

Au moment où il rentrait dans la chambre, le téléphone sonna. Il décrocha :

— Oui ?

— Salut, mon grand !

C'était Wald.

— Tu as fait bon voyage ?

— Très bon.

— Et ces côtes ?

— Pas de problème.

— Tu as faim ?

— Une faim de loup.

— Je te prends dans un quart d'heure. Ça te va ?

— Bon.

— J'ai une petite surprise pour toi.

— Quoi ?

— Tu verras.

La fille ouvrit les yeux et posa sur lui un long regard langoureux. Miséricorde !

— Bonjour, Bobby ! dit-elle.

— Bonjour, chérie.

Elle s'assit, exposant ses jolis seins.

— C'était fantastique, cette nuit, Bobby.

— Ouais.

Il aurait peut-être dû dire merci, non ? Ou que c'était fantastique pour lui aussi, au moins ? Enfin, c'était trop tard, maintenant. Il se souvenait comment elle s'était approchée de lui, dans le bar, pendant que les employés de l'hôtel s'occupaient de ses bagages. A moins qu'il ne s'agisse d'une autre fille, une autre fois, et que celle-ci l'ait guetté devant la piscine au moment où il quittait la réception pour gagner sa chambre...

Sous les draps, elle se mit à se trémousser.
— Il est encore tôt, reprit-elle. Tu viens ?
Elle avait l'air en pleine forme.
— Désolé, marmonna-t-il. Il faut que j'y aille.
— Quand est-ce que tu reviens ?
— Tard.
Elle ne saisit pas.
— Tu ferais mieux de ne pas m'attendre, insista-t-il.
Elle se mordit les lèvres.
— Dis-moi au revoir gentiment.
Bobby se pencha pour l'embrasser. Elle sentait la sueur et l'amour. Il faillit poser les lèvres sur son front mais descendit quand même jusqu'à sa bouche, sans toutefois s'attarder. A l'évidence, elle comptait l'attirer dans le lit, lui prodiguer quelques gâteries.

Ils quittèrent la chambre ensemble. Wald était garé dehors, au volant de sa Targa.
— Salut, Bobby, dit-elle. A un de ces jours.
— Salut.
Il entra dans la voiture. Le sourire aux lèvres, Wald regardait la fille qui s'éloignait en rejetant ses cheveux dans le soleil.
— Jolie, observa-t-il. Elle a une sœur ?
— Je n'en sais rien.
— En fait, je me contenterais même de sa mère.
Bobby préféra changer de sujet.
— Où est-ce qu'on va ?
— Au Palais du pancake ?
— Très bien.
— Ensuite, je te montrerai les installations. On t'attend à dix heures et demie. Photos, poignées de

main, et tout, mais pas d'interviews. Entraînement à onze heures. Ça te va ?

— Très bien.

— Bon, passons aux choses sérieuses.

Wald glissa la main dans la poche de sa veste de lin, en sortit une enveloppe qu'il tendit à Bobby.

Celui-ci l'ouvrit, pour y découvrir un chèque d'un million cent soixante-quinze mille dollars, à son nom, tiré sur la Chase Manhattan Bank.

— Qu'est-ce que c'est ?

— La première moitié de ta prime de signature. Moins les frais d'agence.

— Ah...

Comme il glissait l'enveloppe dans sa poche, Wald l'arrêta.

— Tu veux que je te le dépose cet après-midi à la banque ? Ce serait bête de perdre une seule journée des intérêts qu'il pourrait te rapporter.

— Qui s'élèvent à... ?

— Pour ce chèque ? Entre cent cinquante et deux cents dollars par jour, quelque chose comme ça. On pourrait faire un marché, tous les deux.

— Sur mes intérêts journaliers ?

— C'est ça, le principe d'Archimède, Bobby. Tends-moi une bonne perche et je te remue le monde. Quant à toi...

— La voilà, ta perche.

Il lui donna le chèque.

Wald sourit.

— Toi, tu ne perds pas ton temps !

Un vent chaud et humide s'engouffrait par le toit ouvert de la Targa.

Ils avaient pris place dans un box du Palais du pancake. Bobby s'était commandé des crêpes aux myrtilles baignées de sirop d'érable, du jus d'orange et du café.

— Attention ! l'avertit Wald.

Non loin de là, un père venait de donner un coup de coude à son fils qui semblait hésiter à venir.

— Il ne mord pas ! lança l'homme au gamin.

Assez fort pour que Bobby les entende, sans doute dans l'espoir qu'il leur sourirait et montrerait qu'il ne mordait pas. Mais Bobby continuait de manger, la tête dans son assiette.

Finalement, le gamin s'approcha, une balle de base-ball dans une main, un stylo à bille dans l'autre. Sans un mot, il les déposa sur la table. Bobby inscrivit son nom sur la balle. Sans rien dire lui non plus. Alors le père vint à son tour, un large sourire aux lèvres, remontant son pantalon, des miettes de toasts sur le menton.

— Tu vas nous en sortir une, cette année, Bobby ?

— Je prends mon petit déjeuner, rétorqua ce dernier.

Le père, sans perdre son sourire, déposa quatre ou cinq autres balles devant lui. Il n'y avait pas de petits profits. Bobby allait répéter ce qu'il venait de dire quand Wald glissa entre ses dents :

— Il y a un reporter de *Globe* qui nous regarde.

Alors Bobby signa.

— Parfait ! s'exclama le père.

Comme s'il venait de conclure une affaire. Pas un « merci ». Il déposa les balles une à une, dans un sac de plastique.

Wald ramassa le chèque. Ils reprirent la Targa et roulèrent à travers une enfilade de restaurants et de fast-foods. Wald alluma la radio.

— ... aurait dû démarrer aussitôt, à mon avis. Je ne comprends pas pourquoi...

Bobby éteignit.

— Quand arrive Valerie ? demanda Wald.

La femme de Bobby n'aimait plus qu'on l'appelle Val. Il oubliait régulièrement mais pas Wald.

— Pour les vacances, dit Bobby.

— C'est-à-dire ?

— Je n'en sais rien. Elle doit téléphoner.

Il aperçut un homme vêtu de hardes qui semblait tituber au bord du trottoir.

— C'est quoi, la surprise ? reprit-il.

— Quelle surprise ?

— C'est toi qui m'en as parlé au téléphone.

— Je te l'ai déjà donnée. C'était le chèque. La prime.

— Ah bon !

Wald se gara dans le centre d'entraînement, devant un palmier marqué au nom de Bobby. Celui-ci enfila ses écouteurs et appuya sur le bouton LECTURE de son baladeur. Il regardait autour de lui d'un air las. Il n'aimait pas plus ce coin que la Floride, avec sa chaleur lourde. Seule lui convenait l'atmosphère chaude et sèche de l'Arizona où il venait de passer les dix dernières années. Pendant ce temps, Wald ouvrait le coffre pour en sortir son équipement, et tous deux se dirigèrent vers le club.

— Donne-moi ça, dit Bobby.

Il prit le sac pour le porter lui-même.

A l'entrée du bâtiment les attendaient M. Hakimora, le nouveau propriétaire, M. Thorpe, le président, M. Burrows, l'entraîneur. Bobby appuya sur ARRÊT. Il serra les mains qu'on lui tendait, fit face aux objectifs quand il s'entendit appeler :

— Hé, Bobby, par ici !

— J'ai hâte d'entamer la saison, déclara-t-il aux journalistes qui lui demandaient comment il allait.

A l'intention de ceux qui prenaient des nouvelles de ses côtes, il ajouta :

— Impeccable !

Même s'il ne devait pas donner d'interview.

Puis il entra dans le club.

— Au fait, j'ai oublié un petit détail, lui glissa Wald à l'oreille.

Il avait déjà du courrier qui l'attendait dans son vestiaire. Une dizaine de battes encore empaquetées ensemble occupaient tout un coin. Son uniforme était accroché à un portemanteau, pantalon blanc, chemise de maille rouge à bordures noires et blanches. Au dos n'apparaissait pas encore de nom à cause des nombreux remplaçants prévus, mais il y avait déjà un numéro. On lui avait attribué le vingt-huit.

— Ce n'est pas grave, dit-il, conciliant.

Depuis ses débuts à l'université, il avait toujours porté le numéro onze, mais on le payait assez cher pour qu'il ne fasse pas d'histoires.

— Je mettrai un sweat-shirt le temps qu'on rectifie.

Un ange passa.

— Malheureusement, commença Wald, ce n'est pas aussi simple.

— Pourquoi ?

Un homme en sueur, au crâne dénudé rougi d'un coup de soleil, venait de s'approcher d'eux et s'essuyait la main à son pantalon avant de la tendre à Bobby.

— Stook, se présenta-t-il. Responsable de l'équipement.

Bobby l'avait déjà rencontré dans les vestiaires de Chicago, quelques années auparavant. Ils se serrèrent la main.

— Si vous avez besoin de quoi que ce soit, annonça Stook, faites-moi signe.

— Vous tombez bien, dit Bobby en désignant sa chemise.

— Oh ! C'est juste pour l'entraînement. Votre nom apparaîtra sur votre uniforme pour les matches, en lettres de douze centimètres : Rayburn. On vous fera quelque chose de très présentable.

— Il ne s'agit pas de ça. Je voulais parler du numéro.

— Quel numéro ?

— Je porte le onze.

Stook regarda Wald.

Celui-ci posa une main sur l'épaule de Bobby :

— Je t'avais dit qu'il y avait un petit pépin. Personne n'y est pour rien, c'est tombé comme ça, une histoire d'inversions, comme ça se passe parfois avec toutes ces négociations compliquées. Il aurait peut-être fallu en parler à ce moment-là, mais quand on en est aux chiffrcs, je veux dire les bifetons, on oublie complètement le détail de ceux que tu dois porter dans le dos...

— Je porte le onze.

Bobby écarta de son épaule la main de Wald.

— Le trente-trois est libre, suggéra Stook. Trois fois onze. Et aussi le quarante et un. Ça fait toujours un.

— Et pourquoi pas le onze ? demanda Bobby.

De nouveau, Stook regarda Wald.

— Trois fois rien, dit celui-ci.

Il désigna un long jeune homme torse nu qui jouait sur un Nintendo de l'autre côté de la pièce.

— Il a été attribué à Primo.

Primo était bloqueur dans l'équipe depuis quatre ou cinq ans. Médiocre à la batte, il possédait un gant magique. Sans vraiment le connaître, Bobby ne l'aimait pas. Un jour qu'il avait été engagé à la place d'un autre (il avait oublié le nom du lanceur et même l'année) Primo avait fait une observation en espagnol au seconde base. Sans comprendre cette langue, Bobby n'avait pas aimé son ton ni l'expression arrogante de ses yeux, comme s'il jouait les conquistadores, encore qu'il y eût plus d'indien et de noir en Primo que d'hispanique.

— Voyez avec lui, maugréa Bobby. Aujourd'hui, je porterai un sweat-shirt.

— Qui est son agent ? demanda Wald.

— Je vais voir, dit Stook.

— Non, reprit Wald, je m'en charge.

Bobby ôta ses vêtements, humant au passage un relent de la fille, puis ouvrit son sac et enfila sa tenue d'entraînement avec, pour cette fois seulement, un sweat-shirt orné du drapeau américain qu'il conservait d'une tournée au Japon.

Il détacha les battes, choisit celle qui convenait le mieux à sa main puis se rendit sur le terrain et s'arrêta devant la cage de frappe. C'était Burrows en personne qui se tenait devant le monticule, à lancer des balles. Bobby regarda un instant le gros garçon qui les frappait. A première vue, il avait l'air bon mais, peu à peu, Bobby se rendit compte que le gamin en faisait dix fois trop pour un résultat somme toute moyen.

— Bobby ? lança une voix derrière lui.

Il se retourna pour apercevoir une femme armée d'un magnétophone.

— Jewel Stern, de JOC-Radio, se présenta-t-elle. On peut vous poser quelques questions ?

— D'accord.

Il oubliait déjà, peut-être parce qu'elle était jolie quoiqu'un peu mûre pour son goût, qu'il avait promis de ne pas donner d'interview.

— Ce sera très bien ici, dit la journaliste. J'adore entendre frapper les balles en bruit de fond.

— Moi aussi.

— Ah oui ?

Elle lui jeta un rapide regard mais il ne releva pas.

La jeune femme, dont il avait déjà oublié le nom, se mit en devoir de préparer son équipement.

— Que pensez-vous du phénomène ?

— Quel phénomène ?

D'un geste du menton, elle désigna le gamin à la cage.

— Simkins. On le croyait encore novice, en fait, il a une chance sur deux de se faire engager par Chicago.

— Ah oui ?

Le garçon envoya une balle loin dans le ciel et sortit de la cage. Burrows fit signe à Bobby.

— Vous tentez votre chance, monsieur Rayburn ?

— Là, annonça la journaliste. Je suis prête.

— Il faut que j'y aille.

— Juste une petite question, insista-t-elle. Qu'est-ce que ça vous fait d'avoir signé l'un des plus gros contrats de l'année ?

Elle lui colla son micro sous le nez.

— Rien.

Ce disant, il se dirigeait vers la cage, sa batte sur l'épaule.

Elle le suivit.

— Et vos fans ?

— Qu'est-ce qu'ils ont, mes fans ?

— Avec tout cet argent, ils vont encore plus compter sur vous.

— Les fans, c'est tout ce qui compte.

— Qu'entendez-vous par là ?

Comme il entrait dans la cage, Bobby ne répondit pas.

Il s'installa dans le périmètre du frappeur, toucha le centre du marbre, de sa batte, se mit en position, leva la tête. Instantanément, comme s'il se réveillait d'une courte sieste, il eut l'impression de tout voir clairement, bien aligné à sa place, et cela lui faisait toujours penser aux photos d'un livre d'art : les moustaches argentées de Burrows, les ombres mouvantes des autres silhouettes sur la pelouse, les reflets du soleil sur la barrière, les palmiers trop brillants pour être vrais en arrière-plan.

— Ne me la renvoyez pas en pleine poire ! dit l'entraîneur.

Bobby croyait se souvenir que le vieux avait été lanceur en son temps. En tout cas, celui-ci lui expédia une bonne grosse balle bien droite. La première de la saison pour Bobby qui, instantanément, retrouva toutes ses sensations. Il la regarda venir, peut-être un poil trop longtemps, et frappa tout d'un coup, en direct dans la poitrine de Burrows.

— Putain ! s'exclama ce dernier.

Bobby sourit.

L'entraîneur plongea dans la cage et retourna une balle autrement brutale. Cette fois, Bobby n'attendit pas assez mais la catapulta de plein fouet par-dessus la clôture. Puis il trouva son rythme, sentant, dans ses jambes et dans son torse, que son swing demeurait aussi bon. Il plaçait la balle où il voulait, au champ centre, par-dessus le mur, dans les palmiers factices, au-dessus de Burrows qui semblait tout désemparé.

— Putain !

Bobby s'en alla, laissant la place au phénomène qui fit mine de ne pas le voir. Putain... Il faillit lâcher à son tour l'exclamation. Dès le premier jour, il était au mieux de sa forme. Il se sentait invulnérable. Capable d'effectuer mille pompes d'affilée, ou de sauter les trois mètres du mur. Finalement, l'équipe avait fait une bonne affaire en l'engageant à ce tarif.

Le phénomène frappa quelques balles. Pas terrible. Bobby put constater que Burrows ne lançait pas plus fort, il ne pouvait sans doute faire mieux, mais il promenait ses balles en hauteur, à l'extérieur, à l'intérieur. Le phénomène en balança quelques-unes à travers le terrain désert, en rata plusieurs jusqu'à en aplatir une dernière qui vint lamentablement rouler aux pieds de Burrows.

— C'est bon ! commenta l'entraîneur.

*Exit* le phénomène. Bobby revenait.

De nouveau, il fit des étincelles, maniant la batte comme s'il n'avait cessé de s'entraîner jour et nuit depuis la fin de la dernière saison. L'équipe faisait une véritable affaire.

Au bout d'une heure, il rentra se doucher et se changer. La chemise numéro vingt-huit avait disparu de son portemanteau mais rien ne la remplaçait.

Bobby se rendit à la cafétéria pour se préparer un sandwich et boire une bière. Primo, revêtu d'une serviette, s'approcha de la table à son tour, se fit lui aussi un sandwich, but également une bière, mais ne jeta pas un regard à son voisin. Bobby se demandait s'il allait ou non lui adresser la parole et n'avait pas encore trouvé quoi dire lorsqu'une voix lança derrière lui :

— Bobby ?

Il se retourna pour apercevoir un petit jeune homme maigrichon, à lunettes et aux cheveux frisottés.

— Salut ! continua-t-il.

Il se présenta mais Bobby ne comprit pas le nom qu'il lui indiqua.

— Je suis le directeur des relations sociales.

Bobby lui serra la main. Il en avait serré des mains, aujourd'hui. Ça devenait lassant. Il tâcha de se souvenir si Wald avait ou non emporté ses clubs dans son coffre.

— Bobby, reprit le jeune homme frisotté, j'aimerais que vous me rendiez un immense service.

— Dites toujours.

— On a reçu un coup de téléphone au sujet de ce gosse. A l'hôpital, ils ont un truc, comment l'appellent-ils déjà...

Il sortit un carnet de la poche de son blazer.

— ... Ah oui ! L'opération « Une star, un vœu »... Vous savez, on a organisé ça pour les enfants malades, en phase terminale...

Bobby voyait Wald arriver derrière son interlocuteur qui parlait de plus en plus vite :

— Vous savez, on tâche de réaliser le dernier vœu de ces pauvres gosses. Dans la mesure du possible, évidemment. Et celui-ci souhaite vous rencontrer.

Wald rigolait dans son téléphone portable.

— Quel gosse ? demanda Bobby.

Le directeur des relations sociales consulta son carnet.

— Un certain John. Je n'arrive pas à relire son nom de famille.

Bobby se dirigea vers la sortie.

— D'accord. On verra ça un de ces jours.

Le directeur le suivit.

— Excusez-moi d'insister, Bobby, mais si vous acceptez, il va falloir faire vite. Très vite. Ce soir, par exemple.

— Pourquoi, ce soir ?

— Parce que l'infirmière, ou la personne qui a téléphoné, dit qu'il ne passera peut-être pas la nuit.

Wald raccrocha et fourra le téléphone dans la poche de sa chemise.

— Prêt ? demanda-t-il.

— Je ne sais pas, dit Bobby.

— Comment ça, tu ne sais pas ?

— C'est à cause du gosse, intervint le directeur des relations sociales.

Il expliqua l'affaire à Wald.

— C'est à toi de voir, Bobby, conclut ce dernier.

— A moi ?

— Tu veux y aller ou pas ?

Bobby se retourna vers le directeur des relations sociales.

— Qu'est-ce que je dois faire, au juste ?

— Une petite visite à l'hôpital. A un quart d'heure d'ici, à peu près. Je peux vous y emmener tout de suite, si vous voulez.

Bobby avait-il envie d'y aller ? Non. Pourtant, il s'entendit répondre :

— D'accord.

Il savait pourquoi : il avait tellement bien vu venir les balles qu'il ne pouvait gâcher un si bon début. Ça ne tenait pas debout mais c'était comme ça.

— Fantastique ! s'exclama le directeur.

Bobby comprit alors qu'il venait de lui offrir un moyen rêvé de se faire bien voir de son patron, quel qu'il soit.

Wald consulta sa montre.

— Finalement, ça tombe bien. J'ai un rendez-vous à la banque, quelques coups de fil à passer. On aura encore le temps pour un neuf trous.

Il se tourna vers le directeur :

— Vous connaissez le club Three Pines ? Vous n'aurez qu'à le déposer là vers quinze heures.

— Tu as mes clubs ? demanda Bobby.

— Oui.

Là-dessus, Wald s'éclipsa.

Le directeur des relations sociales se frottait les mains.

— Fantastique ! répéta-t-il.

— Et si on emportait quelques balles ? suggéra Bobby. Pour le gosse.

— Une batte, ce serait encore mieux, répondit le directeur des relations sociales après réflexion.

— L'une des miennes ?

— N'importe laquelle fera l'affaire.

Pourquoi pas une des siennes ? Il en avait à volonté. Bobby alla dans son placard en chercher une que ses mains n'aimeraient pas, ne serait-ce qu'à cause du grain de la poignée.

— On lui donnera celle-là, dit-il.

— C'est extrêmement gentil à vous.

Le directeur des relations sociales emmena Bobby à l'hôpital.

— Vous savez, déclara-t-il pendant le trajet, je suis très content de votre présence parmi nous. Moi aussi, c'est ma première année dans ce club.

— Où étiez-vous, avant ?

— A Wharton.

Bobby n'avait jamais joué dans un club mineur. Si bien qu'il fut incapable de situer celui-là.

Une infirmière les attendait à l'entrée de l'hôpital.

— C'est très gentil d'avoir accepté de venir, monsieur Rayburn.

Elle prit la main de Bobby et la serra longuement. Sans être aussi chouette que la fille de cette nuit, elle n'était pas mal non plus.

Elle les précéda dans un ascenseur puis à travers d'innombrables couloirs. Les gens qu'ils croisaient jetaient des regards en coin vers Bobby mais personne ne l'interpella. Comme ils s'arrêtaient devant la porte de la chambre, le directeur des relations sociales lui tendit sa batte.

Assise au chevet de l'enfant, une grosse dame tripotait le crucifix qu'elle portait au cou. Elle se leva d'un bond en apercevant les visiteurs.

— Ô mon Dieu ! Vous voilà ! Merci ! Merci !

Elle prit entre ses paumes la main libre de Bobby qui crut un instant qu'elle allait la baiser, comme celle d'un évêque.

Finalement, la femme l'entraîna vers le lit.

— Regarde, mon chéri ! s'écria-t-elle à l'adresse de l'enfant. Regarde qui est là !

Le petit garçon ouvrit les yeux. Il paraissait frêle mais pas si jeune que cela, encore que ce fût difficile à déterminer, avec son crâne chauve, ses joues creuses et son teint cireux. Ses prunelles, brillantes de fièvre, se posèrent sur Bobby. Il parla, mais trop faiblement pour que le joueur l'entendît.

— Pardon ?

L'enfant inspira un grand coup, ce qui le fit frémir, puis répéta :

— Vous êtes mon champion préféré.

Bobby ne savait que répondre, avec ces yeux si faibles qui restaient éperdument posés sur lui.

— Serre-lui la main, mon chéri ! suggéra la mère.

Un bras pâle et maigre se souleva du drap et Bobby s'empara de ces longs doigts brûlants.

— Bonjour, John ! lâcha-t-il.

— Sean, rectifia la mère.

— Pardon, murmura le directeur des relations sociales. J'écris vraiment trop mal !

— Sean, reprit Bobby.

C'était le nom de son propre fils. Il ne put s'empêcher de frémir à son tour.

— Je t'ai apporté quelque chose, se hâta-t-il d'ajouter.

Il souleva la batte pour que l'enfant puisse la voir et sentit la petite paume étreindre la sienne puis la lâcher avant de se soulever de nouveau. Alors il y glissa le manche de la batte.

— Vous voulez bien la signer ? demanda la mère.

Le directeur tendit un feutre à Bobby qui écrivit : « A Sean. » Ce n'était pas suffisant, aussi le stylo continua-t-il d'inscrire : « Qui a beaucoup de courage. » Puis il signa. La mère laissa échapper un sanglot, se cacha le visage dans les mains et s'éloigna, mais l'enfant avait entendu. Il poussa un grand soupir plein de patience. La mère se calma et le silence retomba dans la petite pièce. Dans le lointain, un verre se brisa.

L'enfant s'humecta les lèvres d'une langue sèche avant de prendre une longue inspiration pour demander avec effort :

— Vous avez joué, aujourd'hui ?

— Je me suis entraîné. On a un match amical demain.

— Contre qui ?

Bobby n'en savait rien.

— Contre les Tigers, intervint le directeur des relations sociales.

Tout d'un coup, le petit garçon parut vouloir se soulever, s'asseoir, mais l'effort était démesuré pour ses maigres forces et il se tint tranquille.

— Bobby, souffla-t-il.

— Oui ?

Les grands yeux humides restaient fixés sur le joueur.

— Vous voudrez bien faire un coup de circuit pour moi ?

Bobby ne répondit pas.

— Dites ! insista l'enfant.

— J'essaierai.

— Je sais que vous le ferez. Vous êtes un super-champion.

— J'essaierai.

L'enfant lui décocha un faible sourire, puis ferma les paupières. Et s'il était mort ? Bobby faillit poser la question tout fort mais l'infirmière intervint :

— Il faut le laisser se reposer, maintenant.

Ils se retrouvèrent dans le corridor, laissant l'enfant s'endormir, sa batte près de lui. La mère embrassa Bobby, noyant au passage son polo de larmes.

— Encore merci, monsieur Rayburn ! Vous êtes un dieu pour lui.

L'infirmière raccompagna les deux hommes à l'ascenseur et glissa un papier dans la main de Bobby qui le lut pendant que la cabine descendait.

« Je quitte à vingt heures », mentionnait le message.

Elle avait ajouté son nom et son numéro de téléphone.

Il chiffonna le papier.

— Vous pouvez me le passer ? demanda le directeur des relations sociales.

Bobby le lui donna et remit son baladeur en marche.

Il se pointait au premier tee à quatorze heures cinquante-cinq. Wald l'attendait déjà.

— Comment ça s'est passé ? demanda-t-il.

— Très bien. J'ai promis au gosse de faire un coup de circuit demain. Comme Babe Ruth.

— Ce n'était pas Babe, rectifia Wald, mais William Bendix.

Là-dessus, il envoya sa balle de golf dans un bosquet, non loin de là.

## 4

— ... et, au plan freudien, Bernie, le receveur c'est le père, et le fils, le lanceur. Ça saute aux yeux quand on considère la chose d'un point de vue psychanalytique.

— Très intéressant, doc. Tout à fait intéressant, vraiment. J'aime cette idée, mais si on poursuit dans ce sens, que représentent la batte et la balle ?

— La batte, inutile de faire un dessin... Quant à la balle, elle symbolise le pool génétique de la famille.

— Le pool génétique ?

— Sous la forme de l'éjaculation.

— C'est-à-dire ?

— La semence, Bernie. Le fluide viril.

— Ah bon ! Malheureusement, on n'a pas le temps de poursuivre. Merci d'écouter JOC.

— Voyez-vous...

— C'était le Dr Helmut Behr, auteur de *Dis-moi ce que tu rêves... Freud, Jung et le base-ball.* Dans un instant les derniers résultats de la soirée. Restez à l'écoute.

Gil attendait à un feu rouge. Il éteignit sa radio pour appeler Everest and Co sur son téléphone de bord et demanda le directeur commercial.

— Désolé pour le malentendu d'hier, Chuck, commença-t-il. Le mauvais temps...

Le directeur commercial ne dit rien.

— Quand est-ce qu'on peut reprendre rendez-vous ? J'ai hâte de vous montrer notre nouvelle collection Iwo Jima. Vous en avez entendu parler ?

— Non.

Gil jeta un coup d'œil sur son catalogue, ouvert sur le siège voisin.

— On se lance dans le style japonais. L'Expérience Iwo Jima.

Comme le directeur commercial ne répondait toujours pas, Gil ajouta :

— Vous n'auriez pas une minute pour me recevoir cet après-midi, par hasard ?

Il l'entendit feuilleter des pages.

— Je suis bloqué jusqu'au 8, à quatorze heures trente.

— Vous voulez dire le 18 ? Le 8, c'était la semaine dernière.

— Le 8 avril.

— Le mois prochain ?

— C'est ça.

— Mais d'habitude...

— On m'appelle sur une autre ligne. Au revoir.

— ... on se voit tous les mois.

Gil ne parlait déjà plus qu'à une tonalité.

Un coup de klaxon retentit derrière lui. Feu vert. Il passa le carrefour, dérapant sur une plaque de verglas. L'enfoiré de derrière klaxonna de nouveau et Gil répondit de même.

*Et faites du chiffre, abruti !* Et comment voulait-on qu'il y arrive sans sa commande mensuelle d'Everest and Co ? Sur le coup, il eut envie de faire une bêtise, par exemple aller emboutir la voiture de devant, ou gueuler sa fureur à travers toute la rue. Pour se calmer, il ralluma la radio.

— Qu'est-ce que tu nous rapportes, ce matin, Jewel, en plus de ton joli bronzage ?

— Sûrement pas de bronzage, Bernie. Ne me dis pas que tu trouves du charme aux mélanomes. Non, la grande nouvelle, ce sont les débuts au club, hier, du très onéreux champion, Bobby Rayburn...

— Norm dit que le téléphone a sonné toute la journée.

— Pas étonnant. Figure-toi qu'au cours de cette simple séance d'entraînement il s'est montré tout simplement prodigieux. Il possède effectivement ce swing légendaire dont tout le monde parle mais il y a une chose dont on ne peut se rendre compte qu'en le voyant à l'œuvre, en chair et en os, c'est l'extraordinaire puissance qu'il dégage. La balle jaillit de sa batte comme une bombe. J'aime autant te dire que Sid Burrows rayonnait, littéralement. Et Dieu sait que ça ne lui ressemble pas.

— En effet, d'habitude il serait plutôt du genre bougon. Est-ce que tu as pu lui parler ?

— A Rayburn ? Très peu, Bernie. Mais, contrairement à ce qu'on prétend, il se laisse facilement approcher.

— Qu'est-ce qu'il a dit ?

— Je peux lancer l'interview, si tu veux.

— D'accord, ensuite on passera aux résultats.

Gil composa FANLINE.

— Qu'est-ce que ça vous fait d'avoir signé l'un des plus gros contrats de l'année ?

— Rien.

— Et vos fans ?

— Qu'est-ce qu'ils ont, mes fans ?

Gil venait d'obtenir la tonalité d'attente. Quelqu'un décrocha :

— Fanline, annonça la voix. Ne quittez pas...

Elle cria à quelqu'un d'autre :

— Minute !

Puis revint à Gil :

— Votre nom ?

— Gil.

— D'où appelez-vous ?

— De ma voiture.

— A quel sujet ?

— Rayburn.

— Vous connaissez la procédure : Bernie va vous présenter et... ne quittez pas... Je vous le passe...

— Nous avons un appel de Gil, de sa voiture.

— ... à vous !

— Salut, Gil !

— C'est à moi ?

— Tu es sur JOC.

— Vous m'entendez ?

— Très bien, Gil. Tu peux éteindre ta radio ?

Gil obéit.

— C'est beaucoup mieux. Qu'est-ce que tu nous racontes ?

— Vous devez des excuses à quelqu'un, les gars.

— Explique-nous ça, Gil.

— Rapport à la façon dont vous avez débiné Rayburn hier.

— Hé, doucement ! J'ai passé toute la journée à Atlanta.

— Alors, c'était Norm, votre collègue.

— Qu'est-ce que tu veux dire ?... Allô ? Tu es toujours là ?

— Pourquoi vous êtes toujours si négatifs, tous autant que vous êtes ? C'est ça que je voulais dire.

— Négatif, moi, le plus gentil des animateurs ? En fait, bonnes gens...

— Alors pourquoi vous vous acharnez sur Rayburn avant même que la saison soit commencée ? Si vous étiez aussi bon dans votre domaine que lui dans le sien, vous seriez...

Gil s'interrompit quand il s'aperçut qu'il s'adressait de nouveau à une tonalité. Il ralluma la radio.

— ... n'est pas une religion, bon sang ! Ce n'est pas une église catholique ; ni un temple protestant, ni une synagogue juive ou une mosquée musulmane. Que sais-je encore ? Un ashram bouddhiste ? Un panthéon ? Le base-ball c'est pas ça. C'est...

Le téléphone grésilla et Gil ne put entendre ce qu'était le base-ball.

— Oui ? aboya-t-il.

— Gil ?

— Qui appelle ?

— Figgy.

— Ah !

— C'était toi, là, sur JOC ?

Gil répondit d'un rire gêné.

— Tu es un sacré fouteur de merde ! poursuivit Figgy.

S'ensuivit un silence qui leur coûta à tous deux de l'argent, car Gil avait compris que son ami l'appelait lui aussi de sa voiture.

— Qu'est-ce que tu fiches en ce moment ? reprit Figgy.

— Je bosse.

— Ah bon !

Une pause, puis :

— On pourrait se voir, quelque part ?

— Pas maintenant.

— Alors ce soir, chez Cleats ?

— J'essaierai, dit Gil.

Il s'engagea sur une rampe bordée de congères noircies comme des marshmallows grillés. Sur l'autoroute, la circulation était intense, mais Gil s'en fichait. Il aimait lancer sa BMW dans ce genre de combat. Appuyant sur l'accélérateur, il prit vers le sud, changeant souvent de couloir pour doubler, sans cesser d'écouter JOC. Il lui fallut parvenir à une quarantaine de kilomètres de la ville pour rencontrer moins de voitures. Il aperçut la mer, d'abord par à-coups, au travers des arbres dénudés, puis le long de grandes plages désertes. Alors il accéléra, légèrement penché sur son volant.

Ils mènent d'une manche sur les Tigers. Boucicaut vient de prendre ses instructions et rapplique. La sueur lui trace des marques dégoulinantes dans la poussière qui macule son visage. Un début de moustache dessine ses lèvres supérieures.

— Envoie-moi un bon petit strike, dit-il à Gil en lui tendant la balle.

— Et qu'est-ce que je fais d'autre, d'après toi, patate ?

Boucicaut le fusille du regard.

— Tu as du chewing-gum ?

— Non.

Boucicaut abaisse son masque et s'en va d'un pas lourd vers le marbre. Gil lance un regard vers l'abri. Personne ne bouge. Personne ne vient le remplacer, alors qu'en fait il s'en ficherait. Gil pousse un soupir, se concentre, pour ne plus voir que le centre des gants noirs de Boucicaut et tâcher d'oublier son épaule douloureuse.

— Imagine un tuyau qui te relie au receveur, lui disait son père, et envoie ta balle dedans. C'est simple.

Gil lance la balle dans le tuyau imaginaire. Pease l'intercepte et l'expédie droit à la troisième base ; balle morte. Les deux autres lancers de Gil atterrissent dans le gazon, bloqués par Boucicaut. Il prend une longue inspiration et croit entendre son père lui crier des tribunes :

— Vas-y, Gil !

Mais ce n'est pas possible. Son père est à l'hôpital.

Le lancer suivant manque de justesse le coin extérieur.

— On en est à combien ? crie Gil.

L'arbitre dresse la main : trois à un.

Gil contemple dans la poussière le gant de Boucicaut, prend son élan, bande ses muscles. Alors qu'il relâche tout, il entend comme un bruit de papier qu'on déchire et sent une brûlure au fer rouge lui inciser l'épaule. Pease intercepte la balle et l'envoie par-dessus le mur ; balle morte.

L'arbitre envoie une nouvelle balle à Gil, dresse les doigts. Trois à deux.

Gil frotte la balle entre ses paumes, vérifie que rien ne bouge dans l'abri. Il attend un peu que se calme la douleur de son épaule, contourne le monticule. Il sait que Pease va intercepter son prochain lancer, à lui de modifier l'angle. Impossible de marquer avec une épaule dans cet état, jamais il ne supporterait une deuxième fois cette atroce douleur.

Pourtant, il y met tout son cœur. Pease brandit sa batte, prêt à tout, et Gil fait feu.

Au cinéma, on montrerait une telle scène au ralenti mais, dans la vie, tout se passe si vite, le swing, la batte qui frappe dans le vide, que Gil a l'impression que tout est fini à l'instant même où Boucicaut, bondissant les bras écartés, vient le frapper dans le dos et lui saute dessus.

Tout cela il l'avait vécu, sauf peut-être quand il avait cru entendre la voix de son père.

Le vent s'était levé, chassant le brouillard. Gil s'aperçut qu'il faisait du cent quarante et ralentit. Boucicaut. Un roc. C'était avec lui qu'il avait connu les meilleurs moments de sa vie.

Il passa le pont en direction du cap. Maintenant, il avait la chaussée à peu près pour lui seul. Un vent violent balayait l'atmosphère mais restait impuissant contre la BMW. Gil n'oubliait pas qu'il devait verser le lendemain sa prochaine mensualité et qu'il en avait encore pour des années de crédit. Il additionnait mentalement ses dettes quand il bifurqua vers la sortie de l'autoroute pour se diriger vers le bord de l'eau. Impossible de renoncer à cette tire. Sans tire, il serait mort.

Il passa devant un parc communal, une église et un restaurant de poisson, puis s'engagea dans un chemin malgré le panneau indiquant qu'il s'agissait d'une voie privée. Il s'arrêta devant la guérite du gardien.

Un vieil homme en sortit, revêtu d'un uniforme kaki trop grand pour lui.

— Renard, annonça Gil. Je viens voir M. Hale.

Le vieil homme fit courir un index sur son carnet, vérifia, hocha la tête et leva la barrière. Gil passa.

Le chemin traversait un terrain de golf en direction de la mer, passant devant trois ou quatre grandes maisons pour aboutir sur une falaise où se dressait une dernière demeure aux vitres qui brillaient dans le soleil. Gil se gara dans l'allée, sortit le coutelas et le poignard de la boîte à gants, les enveloppa d'une peau de chamois et se dirigea vers le portail d'entrée, le vent faisant claquer son pantalon contre ses jambes. Il sonna.

La porte s'ouvrit sur une domestique en uniforme, qui posa un instant les yeux sur la pointe du poignard dépassant de la peau de chamois.

— Renard, répéta Gil. Je viens voir M. Hale.

Elle le précéda dans le vestibule de marbre, à travers un couloir aux murs tapissés de marines pour l'emmener dans une bibliothèque qui donnait sur un belvédère où se tenait Mme Hale, apparemment perdue dans la contemplation des vagues qui venaient s'écraser sur les rochers en contrebas.

Quant à son époux, il était assis devant la cheminée, occupé à graisser une épée jusqu'à la garde. Il se leva, présentant ses paumes pleines d'huile.

— Pardon de ne pas vous serrer la main. Mais vous prendrez bien un petit remontant.

Il était un peu tôt pour boire.

— Seulement si vous m'accompagnez, répondit Gil.

— Pourquoi pas ?

M. Hale désigna la baie vitrée derrière laquelle le vent semblait s'en donner à cœur joie.

— On a besoin de se réchauffer avec un temps pareil, observa-t-il en frissonnant.

Il portait un pantalon de flanelle grise et un pull-over de laine orné d'une broderie de golf. Derrière lui, le feu crépitait dans la cheminée.

Il accrocha l'épée au mur puis se dirigea vers la table de bar avant de revenir armé de deux verres de cristal à demi remplis de scotch.

— Vous l'aimez nature, je crois ?

En fait, Gil ne buvait pas de scotch. Tant qu'à faire, il préférait la tequila. Il ne savait trop s'il allait en réclamer, ou peut-être une bière, quand M. Hale ajouta :

— Je veux dire sans glace ?

— C'est ça.

Finalement, il accepta le verre qui glissa un peu entre ses doigts.

— Alors, buvons à nos lames.

Gil avala une gorgée et s'aperçut que son hôte l'observait du coin de l'œil.

— Ça fait du bien, n'est-ce pas ?

— Oui.

Il s'attendait que M. Hale le fasse asseoir mais ce dernier se contenta de lui demander :

— Les affaires marchent bien ?

— Comme ci, comme ça.

M. Hale but un instant en silence, avant de reprendre :

— Vous aimez votre métier, Gil ?

— Beaucoup.

— C'est parce que vous connaissez votre produit. C'est votre force.

Gil se demanda s'il n'allait pas lui expliquer quel était son point faible et, en attendant, but une autre gorgée de scotch. Mais M. Hale n'en fit rien. L'œil sur la peau de chamois, il s'enquit seulement :

— Qu'est-ce que vous m'apportez, là ?

Gil posa le paquet sur la table de bar et le déroula. Aussitôt, M. Hale s'empara du coutelas, une main sur le manche, l'autre sur la pointe, pour l'examiner à la fenêtre. La lame damasquinée scintilla dans la lumière.

— Mon Dieu ! s'exclama-t-il. Quel artiste c'était !

Il vida la moitié de son verre puis alla chercher un livre qu'il feuilleta pour en lire quelques lignes. Il releva la tête :

— Quinze cents, offrit-il.

— Ça vaut beaucoup plus que ça, monsieur.

— Gil, vous êtes un vendeur. Vous savez que c'est là son prix et que je n'en donnerai pas plus.

Les yeux bleus se posèrent sur le regard buté de Gil.

— Dix-sept cents, renchérit-il pourtant.

— Deux mille.

— Dix-sept cent cinquante, Gil. N'exagérez pas.

— Dix-huit.

M. Hale vida son verre.

— J'étais content de vous voir, Gil.

— Bon d'accord, va pour dix-sept cent cinquante. Et le poignard ?

— Ça ne m'intéresse pas, même si c'est votre père qui l'a fait. Je n'aime pas ces petites cochonneries pour loubards.

Il prit le coutelas et se dirigea vers le mur opposé à la cheminée, tapissé de classeurs à tiroirs. Il sortit une clef qu'il introduisit dans une serrure. Gil aperçut toute une collection de poignards rangés sur du velours bleu, dont aucun ne provenait de son père.

M. Hale émit un son indiquant qu'il s'était trompé, ferma le tiroir pour en ouvrir un autre, rempli, celui-là, de poignards du père de Gil, tous dûment étiquetés avec mention de la date d'achat et du prix. Gil en reconnut trois qu'il avait lui-même vendus. M. Hale déposa sur le velours sa dernière acquisition puis sortit son chéquier.

— Ça ne vous serait pas possible de me régler en liquide ?

— Si vous voulez.

M. Hale souleva une vieille photo encadrée, d'étudiantes de Radcliffe, au milieu desquelles trônait une très jeune Mme Hale, pour dégager un coffre mural. Il en formula la combinaison et l'ouvrit. Gil aperçut à l'intérieur un paquet de billets d'une dizaine de centimètres de haut. Comme M. Hale jetait un regard par-dessus son épaule, il se détourna pudiquement.

Pour s'occuper les yeux, il détailla le contenu du tiroir comprenant les couteaux de son père. Il en reconnut particulièrement un, à manche recourbé, qui lui remit en mémoire quelques chasses au daim qu'ils avaient effectuées à deux. Il le souleva pour en lire l'étiquette. M. Hale l'avait acheté quatre cent cinquante dollars à un médecin de l'Oregon.

Son hôte revint vers lui, une liasse de billets à la main. Il lui reprit le coutelas en souriant.

— Quelle merveille, n'est-ce pas ?

— C'était son premier couteau à cent dollars.

Il se voyait encore, dans la caravane, par ce jour de fort blizzard, faisant ses devoirs sur la table de cuisine pendant que son père vidait six cannettes de bière pour fêter l'événement.

— Vous m'en direz tant, commenta M. Hale en rangeant l'arme dans son tiroir.

Il tendit l'argent à Gil.

Celui-ci ne le prit pas.

— Il y a une sacrée différence entre quatre mille cinq cents et dix-sept cents dollars.

M. Hale ne répondit pas.

— Ils sont tous les deux en parfait état, insista Gil.

— Vous savez très bien qu'une quantité d'autres facteurs entrent en jeu. Vous n'allez pas me faire faux bond maintenant ?

Gil n'en avait pas les moyens. Il prit l'argent et le compta ostensiblement, histoire de se donner une contenance. Dix-sept billets de cent dollars et un de cinquante.

— Satisfait ? demanda M. Hale.

Gil hocha la tête.

Posément, son hôte se dirigea vers la porte.

— Si vous avez l'intention de vous dessaisir d'autre chose, passez-moi un coup de fil.

Gil s'arrêta devant une énorme marine. Il ne lui restait plus rien dont il pût se dessaisir.

— Expliquez-moi une chose.

— Si je peux.

— Combien les gens comme vous se font par an ?

— Quelle question !

— Des millions ?

— Les gens comme moi ? Des millions ?

— Cinq ou six millions de dollars...

M. Hale se mit à rire.

— C'est absurde ! Aucun honnête homme ne gagne tant d'argent.

— Si, Bobby Rayburn.

— Qui ?

Derrière la baie vitrée, le vent emportait un morceau de papier qui voleta dans tous les sens jusqu'à disparaître de leur vue.

Gil reprit le pont qui menait au continent et roula près de trois quarts d'heure avant de s'arrêter sur le bas-côté pour se soulager. C'est à ce moment-là qu'un flic s'arrêta derrière lui.

— Vous avez des ennuis ?

— Non.

Avec l'alcool absorbé chez M. Hale, le flic allait lui demander son permis et le prier de souffler dans le ballon ; il lui faudrait des heures pour s'en dépatouiller...

— Il y a des toilettes publiques à la prochaine sortie, indiqua seulement le flic.

Gil rentra dans sa voiture et s'aperçut qu'il avait laissé le poignard à côté de lui, dans sa peau de chamois. Pas le moment de se faire remarquer... Il déboîta prudemment, reprit la route et emprunta la bretelle suivante pour s'arrêter à la première station-service. Dans les toilettes des hommes, il fixa le poignard à son mollet droit.

Il arrivait en ville quand il se souvint qu'il y avait match, ce soir, et alluma la radio pour entendre les premiers commentaires. On annonçait Rayburn à la batte mais il rata la suite parce qu'il pénétrait dans un tunnel. Les voitures s'y traînaient comme des escargots ; quand il revint à l'air libre, le reportage était fini.

Gil se rendit alors au bureau de location du stade de base-ball, où il retrouva l'homme à la casquette de la veille, toujours adossé à son mur de brique, près du portail B.

— Vous cherchez des billets ? lança le revendeur.

Il ne semblait pas le reconnaître.

— Les deux derrière le marbre, au troisième rang. Pour le match d'ouverture.

— Cent cinquante, dit l'homme. Chacun.

— Hier, vous êtes descendu à deux cent soixante-quinze les deux.

— Je n'étais même pas là, hier.

Ils se regardèrent. Gil en avait par-dessus la tête de tous ces gens qui tenaient le bon bout du fouet pour le faire danser comme une marionnette, O'Meara, Garrity, le directeur commercial d'Everest, jusqu'à ces acheteurs poivrots comme Hale, ou ces enfoirés d'escrocs ; tous ne pensaient qu'à se payer sur la bête. Il sentit la pression du poignard sur sa jambe. En un sens, c'était réconfortant.

— Bon, bon ! acquiesça le revendeur. Vous avez les deux cent soixante-quinze dollars ?

— Deux cent cinquante, c'est tout ce que vous aurez.

— Vous rigolez ? Deux cent soixante-quinze et c'est déjà un cadeau.

Ils se regardèrent encore. Gil se rappela ce qu'il avait appris sur la lutte au couteau : on pouvait utiliser un poignard pour blesser mais ça n'avait rien de facile lorsque votre adversaire s'y attendait. Mieux valait taillader. Même une merde comme le Samouraï d'Iwo Jima ferait l'affaire. Rouler à terre, se redresser en entaillant les tendons derrière les genoux. Jamais il n'avait fait cela, bien qu'il se soit entraîné des années avec son père, à l'aide de couteaux de caoutchouc, dans la cour derrière l'atelier. Quant à son père, cela lui était arrivé plus souvent qu'à son tour, à l'époque des Rangers.

— Alors, mon pote, insista le revendeur, on ne va pas passer la nuit dessus !

— Faites voir les billets.

Gil les examina. Côté droit, rang BB, places trois et quatre. Première partie du match d'ouverture. 8 avril, treize heures. Il tendit les deux cent soixante-quinze dollars et s'en alla, non sans les vérifier une dernière fois. Leur prix de vente s'élevait à dix-huit dollars cinquante chacun.

Gil commanda un hamburger au bacon et des frites chez Cleats. Figgy l'y attendait déjà. Ils regardèrent à la télévision un début de match qui se déroulait en Arizona.

— Gil ?

— Oui.

— Tu peux me rendre un service ?

— Comment ça ?

— J'aurais besoin de deux à trois cents dollars. Dépanne-moi. Je dois aller faire un tour au Connecticut, ce week-end, pour y régler quelques affaires.

— Quelles affaires ?

— J'ai un ami d'amis qui y fabrique des cannes à pêche. Ils cherchent un représentant. Je pourrai te rembourser dans une semaine ou deux au plus tard.

— Tu es un citadin. Qu'est-ce que tu y connais en cannes à pêche ?

— J'en saurai assez d'ici au week-end. J'ai lu des trucs, là-dessus. Et puis, quand on sait vendre, on sait vendre.

Ils commandèrent une deuxième tournée. Rêveusement, Gil regarda un gamin qui mimait un lancer parfait. Cela lui rappela sa jeunesse, lorsqu'il jouait contre les Indians. Il se tenait alors à la première base et...

— Alors, qu'est-ce que tu en dis ? reprit Figgy.

— De quoi ?

— Des deux cents dollars ?

A l'écran, le lanceur tourna sur lui-même et envoya une balle canon qui fit montrer les dents à l'arbitre. Le frappeur se lançait dans la course.

— Tu sais, observa Gil, je ne suis pas sûr de garder ma place moi non plus.

— Tu veux rire ? Tu as ton nom sur le catalogue. Jamais ils ne te sacqueront.

— Pas mon nom, celui de mon père. Je ne suis sûr de rien du tout.

Figgy se mordit les lèvres avant de lâcher son dernier argument :

— Bon, alors, cent cinquante ?

Tout d'un coup, Gil s'avisait que c'était lui qui tenait le bon bout du fouet.

— Ça te fait rire ? demanda Figgy.

— Non. Mais je ne peux pas te prêter plus de cinquante dollars.

Figgy les prit et s'éclipsa. Quant à Gil, il resta pour regarder la fin du match puis les commentaires, puis une autre émission sportive. Ensuite, il rentra chez lui.

Etendu sur son lit, il n'avait gardé, pour tout vêtement, que son poignard toujours accroché à sa jambe. Il écoutait Lenore qui allait et venait, là-haut. Un instant, il eut l'impression de l'entendre gémir. Cela lui donna une érection. Il se demanda si elle était en compagnie d'un autre homme puis se dit qu'il avait rêvé. Elle devait dormir, ou elle travaillait tard, ou elle passait la nuit chez sa sœur. Et s'il allait faire un tour à sa porte, histoire de vérifier ? Finalement, il ne bougea pas. Il n'aimait pas faire le premier pas.

Il éteignit sa lampe. La dernière chose qu'il vit fut le portrait de Richie, sur la commode.

Il finit par se laisser glisser dans le doux flottement qui précède le sommeil, cet instant où l'on peut guider ses rêves, frapper une balle en direction de Bobby Rayburn, par exemple. Bobby fut impressionné par sa précision. Il l'aurait juré.

Subitement, Gil s'assit sur le lit, alluma, quitta son lit, ramassa son manteau qui traînait sur le plancher, fouilla dans sa poche, en sortit les billets.

Première partie du match d'ouverture. 8 avril, treize heures. Son rendez-vous avec le directeur commercial d'Everest and Co était prévu pour le même jour, à quatorze heures trente.

## 5

Celle-ci s'appelait Dawna. Bobby n'eut pas à faire d'effort de mémoire pour s'en souvenir car elle portait un collier d'or agrémenté des lettres de son nom. Quand il s'éveilla, dans sa chambre du Flamingo Bay, elle était allongée sur le côté et le regardait.

— Tu as l'air tellement calme, quand tu dors ! susurra-t-elle. Et tu as des mains magnifiques.

Bobby connaissait ce refrain, surtout le deuxième couplet. Les femmes qui attachaient de l'importance aux mains remarquaient toujours les siennes. A commencer par Val : c'était exactement ce qu'elle lui avait dit, la première fois qu'il l'avait emmenée dîner, à la pizzeria voisine de la salle de gym. Des années plus tard, alors qu'elle avait repris ses études, elle avait donné un nouvel aspect à la chose. Maintenant, quand elle regardait ses mains, elle lui répétait ce qu'avait dit Onassis à la Callas :

— Tu ne serais rien du tout sans cet oiseau que tu as dans la gorge.

Il ne savait pas qui était la Callas. Il avait fallu que Wald le lui expliquât, ajoutant que sa femme se moquait de lui. Mais Bobby n'était pas de cet avis :

ses mains, ses yeux, son corps, voilà les dons que lui avait apportés la vie, comme le cerveau à Einstein.

— Merci, dit-il à Dawna.

— Le reste n'est pas mal non plus, ajouta-t-elle, malicieuse.

Celle-là aussi, il l'avait entendue maintes fois. Dawna roula sur lui, s'appuya sur ses épaules, lui agaçant le nez et le menton des effleurements de son collier. Bobby répondit à ses provocations, bien qu'il eût envie de dormir seul cette nuit. D'ailleurs, il s'était couché seul mais, survolté par ses succès à l'entraînement, incapable de trouver le sommeil, il s'était relevé, rhabillé pour descendre au bar. Elle était là.

Le téléphone sonna. Il décrocha.

— Allô ?

Dawna se glissa sous le drap, bien décidée à le distraire.

— Je te réveille ? demanda Wald.

— Non.

— Bon. Je ne voulais pas t'appeler si tôt mais il fallait que je te parle avant le début du match. Au fait, ça va, tes côtes ?

— Oui. Qu'est-ce que tu voulais me dire ?

— Ils demandent cinquante mille dollars.

— Arrête !

— Pardon ?

— Ce n'est pas à toi que je parlais. Qui demande cinquante mille dollars ? Pour quoi faire ?

— Les gens de Primo. C'est son prix pour qu'il change de numéro.

— Merde alors !

— Ecoute, c'est à toi de voir. Tu crois que ça les vaut ?

— Merde alors !

— Comme tu dis.

— Tu ne peux pas les faire baisser ?

— Au début, ils en voulaient cent mille.

Bobby s'assit. Pour autant, la fille ne s'interrompit pas dans ce qu'elle faisait.

— Qui est derrière tout ça, lui ou eux ?

— Excellente question, Bobby. J'y ai réfléchi, je voulais savoir si c'étaient eux qui avaient pris l'initiative, alors j'ai carrément interrogé Primo. C'est lui.

— Mais pourquoi ?

— Il dit que c'est son numéro porte-bonheur. Au fait : il parle très bien l'anglais.

— Moi aussi, c'est mon numéro porte-bonheur.

— Alors tu vas devoir cracher.

Bobby n'arrivait pas à se concentrer. Il repoussa la fille d'un coup de pied.

— Bobby ?

— Oui.

— Tu réfléchis ?

— Ouais.

Dans sa tête, deux pensées se bousculaient : *cinquante mille dollars* et *ce connard de Primo*. Il ne voyait pas plus loin.

— Si tu veux, il reste les numéros trente-trois et quarante et un, reprit Wald. Et aussi le cinquante et un, d'après Stook. Il y a un un, dedans.

— Tu en as parlé à Stook ?

— De l'argent ? Personne n'est au courant, à part Primo, son staff et nous deux.

— N'empêche que tout le monde va bientôt être au courant, surtout si je paie. En plus, j'aurai l'air complètement idiot.

— Sans doute. C'est bien raisonné, Bobby. Tu pourrais prendre ma place.

Bobby n'avait jamais songé à exercer un autre métier que joueur de base-ball. Cette seule perspective le révulsait.

— Il faut que je te donne ma réponse tout de suite ?

— Vite, en tout cas. Le match est à quatorze heures cinq.

La fille émergea des couvertures, l'air froissée. Bobby lui tapota la jambe.

— Bon, alors je te la donne tout de suite.

— Vas-y.

— Qu'il aille se faire foutre.

Il n'allait pas se laisser entuber par ce tocard à gueule de caniche. Tant pis pour le numéro qu'il porterait sur le dos. L'important, c'était de bien balancer sa batte, comme il l'avait fait la veille.

Il raccrocha.

— Qu'est-ce qui se passe ? demanda la fille.

Il la fit venir sur lui.

— Rien. Les affaires.

— Les affaires ?

Ecarquillant les yeux, elle semblait tout d'un coup se demander si elle n'avait pas commis une énorme bévue.

— Tu ne joues pas au base-ball ?

Bobby prit un taxi pour rejoindre le club des Sox. A mi-chemin, il avisa un marchand de voitures.

— Laissez-moi là, demanda-t-il au chauffeur.

Il en avait assez de le voir sans cesse le mater dans son rétroviseur. Il n'avait aucune envie de passer trois semaines à voyager en taxi, à se faire chaque fois lorgner en douce. D'ailleurs, il lui faudrait bien une voiture sur la côte Est, si ce n'est deux ou trois.

Il entra dans le magasin.

— Je ne veux rien de voyant, indiqua-t-il. Plutôt un modèle familial sans histoires.

Finalement, il choisit une Jeep Grand Cherokee, moteur V8, système de freinage ABS avant et arrière, radio-lecteur de CD, à trente-cinq mille neuf cent quatre-vingt-onze dollars... Un agent d'assurances se pointa, appela la compagnie de Bobby, en Californie, et lui réclama un autre chèque. Quelqu'un se chargea ensuite d'enregistrer le véhicule puis revint avec des plaques neuves : 983 KRZ. Bobby ne voulait pas de K sur sa plaque. Ils retournèrent en chercher d'autres. Le tout prit à peu près une heure. Enfin, non sans avoir signé au passage quelques autographes, Bobby put s'en aller.

Bel engin. Il en avait eu de plus clinquants mais il aimait se trouver en hauteur sur son siège et puis le bruit du moteur lui plaisait, puissant, rassurant. Il roula un moment pour le seul plaisir de prendre la voiture en main, d'en essayer les divers aspects mais, juste avant de tourner vers le club, il s'aperçut qu'il en avait déjà fait le tour. Il la donnerait à Val quand elle arriverait et s'achèterait autre chose pour lui. Il se gara dans l'emplacement qui lui était réservé, près du palmier. Le compteur indiquait 000018 miles.

Stook l'attendait au club.

— Alors, demanda-t-il, lequel choisissez-vous ?

Les trois chemises, marquées trente-trois, quarante et un et cinquante et un, attendaient dans son placard. D'office, il élimina la trente-trois, l'âge de Jésus à sa mort... Ensuite, il chercha si les deux autres numéros n'étaient pas des nombres premiers. Le cinquante et un était divisible par trois mais le quarante et un par rien du tout. Il s'aperçut alors que Primo l'observait de loin.

— Hé, Primo ! lança-t-il. Je vais t'en apprendre une bien bonne.

— Vas-y...

— Quarante et un est un nombre premier.

L'autre se renfrogna.

— Comprends pas.

Bobby éclata de rire et prit le quarante et un.

Après avoir enfilé son uniforme, il se rendit à la cafétéria, prit du poulet frit et du thé glacé puis sortit s'entraîner. Le lanceur de service envoyait plus fort que Burrows mais Bobby n'en voyait pas moins clairement la balle, à sa place, nette comme dans son livre d'art, peut-être même plus grosse, plus lente et plus droite que la veille. Il l'envoya valdinguer à travers tout le terrain et ne cessa plus de faire des étincelles jusqu'à l'arrivée des Tigers.

Il retourna au club boire un autre thé glacé, vérifia s'il avait du courrier. Toujours la même chose : demandes de photos dédicacées, qui provenaient pour la plupart de gamins de huit-neuf ans et, de temps à autre, de leurs grandes sœurs. Ces dernières n'hésitaient pas à y joindre leur portrait en maillot de bain... Il y avait aussi une lettre d'un monsieur qui voulait savoir pourquoi Bobby ne frappait jamais doucement. Et puis une petite grand-mère du Texas qui lui envoyait un trèfle à quatre feuilles dans un médaillon de plastique. Bobby le passa à son cou.

Burrows entra, alluma une cigarette et sortit la liste des frappeurs. Bobby qui, depuis ses débuts à l'université, était toujours passé en troisième position, se pencha négligemment pour rattacher un lacet.

— Primo, à l'arrêt court, frappera le premier. Lanz, à gauche, en deuxième. Rayburn, au centre, en troisième. Washington en première...

Bobby enfila ses écouteurs et appuya sur LECTURE.

Quelques minutes plus tard, ils entraient sur le terrain. Ce fut Boyle qui commença. Il élimina les deux premiers frappeurs, fit marcher le suivant. Le coureur atteignit la deuxième base ; le lancer d'Odell était parfait mais Primo rata la balle.

Tout au jeu, Bobby émit un claquement de langue désapprobateur.

A dix mètres derrière lui, une voix lança :

— Tu l'as dit, bouffi !

Bobby se retourna pour apercevoir un petit vieux en fauteuil roulant, le visage tanné par le soleil, une paire de jumelles pendues au cou.

— Crétin ! Ça ne sait que frimer ! Tous pareils, ces espingouins !

Bobby se concentra sur le jeu sans faire de commentaire.

Boyle revint à la batte. Quand il eut frappé la balle suivante, Burrows fit signe à Bobby de pousser vers la droite. Il changea de position. C'est alors qu'Odell lui signifia d'envoyer une courbe. Bobby en fut étonné, alors que, depuis sa plus tendre enfance, il n'avait jamais su déchiffrer les indications destinées aux receveurs.

— C'est pas vrai ! se dit-il. Je vais battre tous les records, cette année !

Boyle s'apprêtait à frapper lorsque le vieux aux jumelles se remit à brailler :

— Regardez-moi ça ! Burrows, merde ! Il va te passer dessus et égaliser. Ça fait des années qu'on aurait dû le virer, celui-là...

La batte tournoya, fit contact... Rien qu'un râleur dans les tribunes. Bobby se déploya. Si Burrows ne l'avait pas remplacé, il aurait marqué le point. Cette pensée s'effaça quand il s'aperçut qu'il avait encore une chance : il n'avait pas manqué la balle, elle arrivait, il venait de l'apercevoir, à la dernière fraction de seconde. Il se détendit de tous ses membres, plongea dans l'air à sa poursuite, comme s'il s'envolait avec, et la renvoya. Elle s'éloigna en sifflant pour ne plus tracer bientôt qu'une pointe blanche et silencieuse dans le lointain. Bobby avait pourtant l'impression de toujours sentir l'impact au creux de son gant. Encore sous le coup de la surprise, il roula au sol, resta un instant allongé.

Lanz s'approcha de lui.

— Ça va ?

Bobby cherchait son souffle.

— Je l'ai eue ?

— Et comment ! Mais ce n'est que le début de la saison, n'en fais pas trop.

Dans la foule s'éleva le glapissement du petit vieux. Bobby huma l'odeur du gazon, sentit un insecte lui chatouiller la nuque.

— Trois retraits ?

— Oui.

Bobby se levait au moment où l'entraîneur arrivait au petit trot, à bout de souffle.

— Ça va ?

A quoi il répondit faiblement :

— Oui.

— Et les côtes ?

— Impeccable.

Il partit vers l'abri sous les acclamations de la foule, y but de l'eau. Une légère douleur lui pinça la poitrine. Il avait dû heurter une fourmilière en tombant. En examinant sa chemise, il ne trouva aucune fourmi mais s'aperçut que son médaillon s'était cassé. Plus de trèfle à quatre feuilles.

Burrows se tenait debout devant lui, sa cigarette cachée dans la paume de peur de se faire surprendre par un objectif de télévision.

— Ça va ?
— Oui.
— Et les côtes ?
— Bien.
— Vous voulez sortir ?
— Non.

Bobby ne tenait pas à s'asseoir. Il avait eu tout l'hiver pour se reposer. Il voulait jouer.

Pendant ce temps, Primo envoyait une balle calamiteuse. Dans la foule, plusieurs voix s'élevèrent pour le huer.

— C'est ça que j'aime dans ce pays, observa Burrows. Ici, même les pauvres types peuvent donner leur avis.

Bobby reprit sa batte et rentra dans le cercle.

— Il frappait combien, l'année dernière ? demanda-t-il à Lanz.

— Primo ? J'en sais rien. Deux cent cinquante, deux cent soixante ?

Bobby hocha la tête. Lui-même avait atteint trois cent dix-neuf.

Il faisait un temps idéal pour le base-ball : grand soleil, pas un souffle de vent, vingt-sept degrés. Bobby ne manquait pas une balle. Il se sentait bien et n'avait aucune envie de quitter le terrain. Il voulait participer à la deuxième manche et se fit inscrire sur la nouvelle liste des frappeurs.

A la fin du match, alors qu'il regagnait les vestiaires, une menaçante goutte de pluie lui tomba sur le nez.

Il prit une douche et il achevait de se rhabiller quand le directeur des relations sociales lui apporta un téléphone cellulaire.

— C'est pour vous.

Bobby prit la communication :

— Allô ?

— Monsieur Rayburn ? commença une voix de femme. Je tenais encore à vous remercier.

— A quel sujet ?

— Pour votre gentillesse.

— Qui m'appelle ?

La femme déclina un nom qui ne lui dit absolument rien.

— La mère de Sean, ajouta-t-elle.

— Ah oui ! Ne vous en faites pas. Je retournerai le voir, un de ces quatre.

La femme émit un son bizarre, une sorte de cri aussi aigu qu'étouffé.

— Il est parti, monsieur Rayburn.

— Le petit ?

— Oui, juste à la fin du match. Le médecin disait qu'il aurait dû mourir cette nuit, mais il s'est maintenu jusque-là. Il voulait rester vivant, pour vous. Merci pour cette journée supplémentaire, monsieur Rayburn.

Sa voix se brisa et, après un déclic, il n'entendit plus que la tonalité continue.

Bobby rendit le téléphone au directeur des relations sociales.

— Vous seriez bien aimable de filtrer mes appels, à l'avenir.

Il prit un taxi pour aller au restaurant et ce n'est que devant sa table qu'il se rappela sa nouvelle voiture. Il fut heureux de pouvoir s'installer tranquillement au fond de cette sombre salle. De lourds nuages s'étaient amoncelés pendant le trajet ; il pouvait maintenant pleuvoir à tout moment. Pourtant rien ne vint. L'orage s'était borné à cette seule goutte idiote sur son nez.

Il dîna, but plusieurs bières, appela New York, sans succès.

A la nuit tombée, il reprit un taxi pour retourner au club où l'attendait sa voiture. En chemin, il s'était acheté une lampe de poche et, avant de partir, il fit un détour par le terrain baigné de lune. Mais il eut beau chercher, gratter l'herbe de ses mains, il ne retrouva pas son trèfle à quatre feuilles.

Alors il regagna le Flamingo Bay, s'enferma dans sa chambre, alluma. Une femme était allongée à plat ventre sur son lit.

— Merde ! s'exclama-t-il.

Elle se retourna.

— Déçu ? demanda-t-elle.

C'était son épouse.

— Tu avais promis de téléphoner !

— En effet, j'ai l'impression que ça t'aurait permis de mieux m'accueillir.

Bobby s'aperçut qu'elle ne dormait pas le moins du monde. Elle portait encore du rouge à lèvres, du fard à paupières, des boucles d'oreilles.

— Où est Sean ?

— Chez ma mère.

— Tu aurais dû l'amener.

Val le contempla d'un air ébahi.

Il avait tout d'un coup très mal aux côtes.

## 6

— La géométrie du tranchant, disait le père de Gil. Tout est là.

Il tapait l'acier de son accordoir et Gil frappait d'un coup de marteau. Taper, frapper, taper, frapper l'acier rouge sang sous la forge, l'enclume vivante et solide ; Gil n'était encore qu'un enfant mais il se sentait grand et fort et son père était son maître.

Ils vivaient dans la caravane, et l'atelier avait pris place dans la grange. RENARD, FORGERON D'ART proclamait une pancarte au-dessus de la porte. Ils en profitaient davantage en hiver, parce qu'ils étaient chauffés gratis par la forge quand le vent hurlait dans les fissures des vieux murs, alors qu'en été, dans la chaleur immobile, rien n'entrait par les portes grandes ouvertes, que les mouches de temps d'orage.

En grandissant, Gil était devenu le meilleur marteleur que son père eût connu mais, à l'époque, c'était devenu un anachronisme : on n'utilisait déjà plus que des marteaux électriques. En outre, Gil ne parvint jamais à se faire à la géométrie du tranchant, ni à aucune technique de précision. Rien ne lui plaisait tant que balancer ce lourd marteau.

Gil s'éveilla dans des draps trempés de sueur.

La géométrie du tranchant, les techniques de précision... à quoi bon, désormais ? Son père était tombé malade et, peu après, on était venu ôter leur nom de l'atelier. Les yeux de Gil revinrent sur le portrait de Richie ; son père aussi s'appelait Richie. Mais c'était là leur seul point commun.

Il alluma la radio.

— ... aurait pu se casser encore des côtes en effectuant ce sensationnel plongeon pendant la première manche. La presse ne va pas manquer de commenter la décision de Burrows de le laisser continuer à jouer.

— Je vois les commentaires d'ici, Jewel : « Pourquoi prendre le risque d'exposer ainsi leurs meilleurs atouts avant le championnat ? »

— Tout à fait, Norm ! Et je dois dire qu'il n'avait pas l'air en forme, après cette chute. Sid Burrows aura des comptes à rendre.

— Merci, Jewel. A tout à l'heure, aux prochaines informations. Nous allons prendre quelques appels téléphoniques après ce bref...

De mauvais poil, Gil enfila sa robe de chambre, prit sa trousse de toilette et sortit dans le corridor. Lenore avait déjà utilisé la salle de bains, témoin la glace encore pleine de buée, dont elle n'avait dégagé qu'un cercle au milieu, où apparaissait maintenant le visage de Gil. Il humait les relents de son parfum, fort et musqué, plein de senteurs tropicales, qui donnait mal à la tête ou ne faisait qu'accentuer une migraine déjà installée. Gil se rasa, prit une douche et retourna dans sa chambre.

— ... Ron, de Brighton. Qu'est-ce que tu nous racontes, Ron ?

— On peut parler de hockey, pour une fois ?

— Tout ce que tu voudras, Ron.

Gil s'habilla : chemise blanche, costume bleu, cravate jaune. Il possédait cinq ou six cravates jaunes, souvenir de l'époque où elles faisaient fureur. Il considérait celle-ci, avec ses minuscules disques violets, comme sa cravate porte-bonheur, parce qu'il la portait le jour où il avait gagné sa plus grosse commission, trois mille sept cent quarante dollars, dans un magasin d'articles de sport qui avait d'ailleurs déposé le bilan peu après.

Il achevait de la nouer autour du cou quand on frappa à la porte.

— C'est ouvert.

Lenore entra, revêtue de son kimono, celui qui arrivait à mi-cuisses. Le mal de crâne de Gil, jusque-là confiné derrière un œil, s'étendit brusquement.

— Jolie cravate ! observa-t-elle.

— Merci.

— Devine combien il fait, dehors.

Il jeta un coup d'œil à la fenêtre mais le mur de brique ne laissait rien entrevoir.

— Moins neuf, annonça-t-elle. Et ils prévoient de la neige.

Gil n'appelait pas ça froid et il se fichait de la neige.

— C'est mon jour de congé, Dieu merci ! poursuivit-elle. Je vais la passer au lit.

Le kimono s'entrouvrit, dévoilant un peu plus sa jambe longue et musclée ; Lenore avait beaucoup fait de sport dans sa jeunesse et conservait fièrement les nombreux trophées remportés à la course. Désormais, elle était vendeuse dans une bijouterie, au cœur d'un centre commercial.

Gil éteignit la radio et décrocha son manteau. Lenore ne broncha pas, continuant de jouer avec une mèche de cheveux.

— Je n'aurais rien contre un peu de compagnie.

— Il faut que j'aille travailler, maugréa Gil en se dirigeant vers la porte.

Lenore s'écarta mais pas assez pour lui éviter de la heurter à la hanche.

— Excuse-moi, dit-il.

— De rien.

Elle s'appuya contre lui, pressant les seins sur sa poitrine, le poussant vers le lit.

Gil devait absolument faire du chiffre. Il avait organisé sa journée en ce sens, avec un emploi du temps précis qu'il ne lui restait plus qu'à remplir. D'un geste un peu brusque, il posa les mains sur les épaules de Lenore, pour la repousser, mais elle ondulait si bien contre lui que l'emploi du temps finit par crever comme une bulle de savon.

Le costume bleu, la cravate jaune, le kimono, tout vola en l'air dans un joyeux désordre.

— Ça faisait un moment que j'en avais envie, souffla-t-elle.

Les deux corps tièdes, la peau encore fraîche de leurs douches récentes, mais déjà hérissée de chair de poule, roulèrent sur le lit.

Gil aussi était en état de manque. Il ne se retint pas longtemps.

— Doucement ! gémit-elle.

Il n'avait aucune intention d'y aller doucement. Avec son mal de tête et sa mauvaise humeur, il était incapable de brider ses pulsions. D'autant que, la bouche contre son oreille, Lenore haletait sans lui épargner une nuance de ses sensations. C'était l'explosion de l'animal, tout un univers primitif, essentiel.

— Gil ?

Il restait sur elle sans bouger, tandis que son emploi du temps se reconstruisait peu à peu dans sa tête.

— Tu ne m'as pas attendue ?

D'abord, appeler Everest and Co, ensuite filer à la banque, compter ce qu'il restait de l'argent de M. Hale et payer l'échéance de la voiture, puis renflouer quelque peu les cartes de crédit. Troisièmement, aller voir Bluewater Fishing and Tackle. Quatrièmement, pousser vers le littoral nord pour rendre une petite visite au Great Outdoors. Il lui resterait juste le temps de redescendre voir Richie, pour dix-sept heures.

— Gil ?

— Oui ?

— Tu ne vas pas me laisser comme ça ?
— Comme quoi ?
— J'ai encore envie, Gil.
— Qu'est-ce que tu veux que j'y fasse ?
— Je ne sais pas, quelque chose.
Il se mit en devoir de la caresser.
— Suce-moi, souffla-t-elle.
Elle respirait toujours dans son oreille mais cela ne lui faisait plus le même effet. Mentalement, il en était à enfiler sa chemise, nouer sa cravate, tourner la clef de contact dans la BMW, former le numéro d'Everest and Co sur le téléphone de bord.

Dès qu'il entrait dans la voiture, Gil allumait la radio, systématiquement. Cette fois encore, il attendit d'être assez remonté par l'émission pour appeler Everest and Co. Et il lui fallut bien toutes ses forces pour passer le barrage de la secrétaire.
— Salut, Chuck, ici Gil Renard.
— Vous désirez ?
— Pour notre rendez-vous du 8... Quatorze heures trente, ce sera difficile pour moi. On pourrait avancer au matin ?
— Non, je suis complet.
— Alors en fin d'après-midi ?
— J'ai un avion pour Chicago.
— On ne pourrait pas se voir plus tôt ?
— Plus tôt ?
— La veille ou l'avant-veille, par exemple. Le 6 ou le 7 ?
— On en a déjà discuté, non ?
— J'espérais que vous auriez une annulation quelque part, que sais-je ? Que vous pourriez me faire une petite place.

Merde. Règle numéro un du VRP : paraître heureux et sûr de soi.

— Non.

— Et un peu plus tard dans la semaine ?

— Je vous ai dit que je serais à Chicago.

— Quand est-ce que vous rentrez ?

— A la fin du mois.

— A la fin du mois ?

— Je suis à Chicago jusqu'au 12. Ensuite, je passe quinze jours à Hawaii.

Règle numéro deux : prendre l'offensive. Gil chercha une formule adéquate, ne trouva rien.

— Allô ? dit le directeur commercial. Vous êtes toujours là ?

— Oui.

— Alors, qu'est-ce que vous décidez ? Je raye notre rendez-vous du 8 ?

— Non. Je viendrai

Il trouva enfin une réplique :

— Préparez votre chéquier.

— Nous verrons.

Et le directeur commercial raccrocha.

Règle numéro trois : ne pas tenir compte des rebuffades. Gil appela Garrity :

— Bonne nouvelle ! annonça-t-il. Everest and Co adore la ligne Iwo Jima. Ils vont construire leur prochaine campagne autour. Seulement, il leur faut quelques semaines pour la mettre au point. Est-ce qu'on les leur accorde ?

— Si je comprends bien, ils ne vont rien commander ce mois-ci ?

— Je vous ai dit qu'il leur fallait du temps pour se réorganiser.

Silence.

— On les leur accorde, finit par répondre Garrity, mais vous avez intérêt à ce qu'ils y mettent le paquet.

— Comment cela ?

— Sur la commande.

— Vous pouvez compter dessus.

— Certainement. Je vous vois le 9 avril.

— Le 9 ?

— Pour la réunion des vendeurs.

— Ah oui ! Bon, je vous laisse, j'ai un appel.

Paraître sûr de soi.

Gil s'arrêta chez Cleats, pour y prendre un rapide repas, puis regagna sa voiture, ralluma la radio. Maintenant, passer à la banque. Après avoir réglé son échéance et les intérêts sur ses cartes de crédit, il lui restait six cent quatre-vingt-treize dollars et vingt cents sur son compte et trois ou quatre cents dollars en liquide sur lui. Plus les billets. Pas de quoi aller bien loin...

Il se rendit chez Bluewater Fishing and Tackle. Le fils du propriétaire l'accueillit et Gil lui montra le catalogue Iwo Jima, qu'il trouva fort intéressant. C'est alors que se présenta le père, un gros bonhomme en chemise à carreaux. A son tour, il consulta le catalogue, demanda si Gil avait apporté des échantillons. Celui-ci lui tendit le Samouraï.

— Quel manche ! s'exclama le fils, admiratif.

Le père tourna et retourna le couteau entre ses mains.

— C'est de la merde ! finit-il par maugréer. Vous le savez très bien.

Gil faillit lui répondre que rien ne se vendait comme la merde, surtout dans un bel emballage. Mais : on ne contrarie pas le client. Il écarta le couteau.

— Bien, dit-il, et les articles habituels ?

Son mal de tête, qui s'était un moment cantonné derrière l'œil, lui envahissait de nouveau tout le crâne.

— Je vais prendre trois douzaines de coupe-papier, dit le propriétaire. Et une douzaine de couteaux de chasse.

— Grand modèle ?

— Petit. Une douzaine de grattoirs, deux boîtes de canifs...

— Rouges ?

— Bleus. Une douzaine de couteaux à dépecer et quelques couteaux à découper.

— Et ?

— C'est tout.

— C'est tout ?

En mars, habituellement, on prenait de gros réassorts, particulièrement chez Bluewater Fishing and Tackle. L'année précédente, ils lui avaient passé une commande quadruple de celle-ci.

— Vous savez, la conjoncture économique...

Gil rédigea le bon d'achat. Commission : cent quatre-vingt-sept dollars et soixante-trois cents. Il l'envoya par fax de sa voiture puis retourna chez Cleats où il vérifia les résultats du jour en base-ball.

— Burrows est un con, dit-il à Leon.

— Parce qu'il en demande pour son argent à ses joueurs ?

— Réfléchis, une seconde ! Rayburn représente un investissement. Comme un puits de pétrole. Il faut savoir protéger ses investissements.

— Et moi alors ? Je suis dans un état épouvantable, aujourd'hui, et je me crève pourtant le cul derrière ce comptoir. Personne ne m'a dit : « Tu es notre puits de pétrole, Leon. Prends ta journée. »

— Tu es remplaçable. Voilà toute la différence.

— Et toi, alors ?

Tout d'un coup, Leon parut se rappeler qu'il s'adressait à un client qui commençait d'ailleurs à le regarder de travers.

— Hé ! ajouta-t-il, ne le prends pas mal.

Il lui offrit une bière pour se faire pardonner.

Gil la but et sortit. La neige tombait, comme Lenore l'avait prédit.

Au nord de la ville, il neigeait encore plus dru. Il fallut une heure à Gil pour atteindre le Great Outdoors, un grand bazar qui présentait toutes sortes d'équipements et offrait, à l'entrée, une cascade et un mur d'escalade. Gil commença par faire un tour à l'intérieur, quand il fut abordé par une femme qui portait son nom en badge.

— Vous désirez, monsieur ?

Paraître sûr de soi.

— Je voudrais voir le propriétaire.

— Le propriétaire ?

— Ou le directeur.

— A quel sujet, je vous prie ?

— Pour affaires.

Inutile d'entrer dans les détails avec le petit personnel. Autre règle d'or.

La femme le toisa un instant puis le précéda vers le bureau du directeur. Elle y entra seule, en ressortit :

— Il va vous recevoir.

Gil fit son entrée, une carte de visite à la main. L'accueil lui parut plus que glacial. Surtout ne pas se laisser abattre.

— Gil Renard ! lança-t-il en guise de bonjour.

Il déposa la carte sur le bureau : R.G. RENARD — COUTEAUX DE QUALITÉ. Il affichait un sourire confiant.

Le directeur ne regarda même pas la carte. C'est tout juste s'il leva la tête de son ordinateur.

— Vous êtes représentant ?

— Oui. Et je n'ai pu m'empêcher de remarquer que, dans ce beau magasin consacré à la vie au grand air, il n'y avait pas un seul couteau.

Il ouvrit sa valise.

— On va en avoir des tonnes, bientôt, lâcha le directeur d'un ton égal.

— Pardon ?

— Le bateau est arrivé à San Francisco cette nuit.

— Vous avez un fournisseur ?

— Exactement.

Le directeur cita une entreprise japonaise, l'une des meilleures et des plus connues sur le marché.

Gil ne se départit pas de son sourire.

— Pourriez-vous m'accorder trois minutes ?

Il avait volé cette formule à Figgy.

— Je vais vous prouver que nous sommes aussi bien placés en qualité, et meilleur marché. En fait, nous avons un nouveau...

— Impossible. Nous avons signé une exclusivité de trois ans.

Gil n'avait pas de formule toute faite pour contrer cette objection.

— Je pourrais vous laisser notre catalogue.

— Posez-le là.

Les doigts du directeur tapotèrent le clavier.

Dehors, il neigeait de plus en plus fort, sous un ciel de plus en plus sombre, de gros flocons presque fondus. Gil rentra dans sa voiture et reprit la route du sud.

Le téléphone grésilla.

— J'ai sous les yeux la commande Bluewater Fishing and Tackle.

C'était Garrity.

— Qu'est-ce que vous avez fichu, avec eux ?

— La conjoncture...

— Je ne parle pas du montant, même s'il est nul. Je vous demande pourquoi vous ne leur avez pas fait prendre d'Iwo Jima ?

— Je leur en ai parlé. Mais le type s'y connaît, voilà tout.

— Ça veut dire quoi, ça ?

— Qu'il a très bien vu que c'était de la merde.

Il devait brailler parce que la femme, dans la voiture voisine, le regardait d'un drôle d'air.

Un court silence s'ensuivit, avant que Garrity reprenne :

— Je vous conseille de réfléchir un tout petit peu, Gil.

— A quoi ?

— Vous avez très bien compris, mon vieux !

Garrity raccrocha.

Gil s'efforça de réfléchir un tout petit peu. La première pensée qui lui vint fut que Boucicaut s'était assommé lui-même en partant dans le mur pour rattraper une balle. Boucicaut. Un roc. Alors qu'Odell, malgré sa puissance et son talent, ne lui arrivait pas à la cheville.

Gil alluma la radio.

Les Sox étaient en plein match. On rapportait des actions de Primo qui laissait échapper ses trois balles, de Lanz qui n'envoyait que des balles mortes, de Washington qui atteignait le marbre. Gil composa FANLINE.

— Où joue Rayburn ?

— La ligne est close, lui répondit une voix. Nous ne prenons pas d'appels avant la fin du match.

— Ce n'est pas ce que je demande. Je veux seulement savoir où joue Rayburn.

— Je n'en ai aucune idée.

La manche s'achevait sans que Gil ait obtenu de réponse à sa question. Il appela Cleats. Ce fut Leon qui répondit.

— Leon ? Ici Gil. Tu suis le match ?

— Quel Gil ?

— Renard... Tu sais...

— Ah oui !

— Quelle est la place de Rayburn ?

— Hein ?

— Où est-ce qu'on a placé Rayburn ?

Gil entendit Leon crier à travers la salle :

— Il y a quelqu'un, ici, qui suit le match ?

S'ensuivirent une rumeur, des voix. Gil tendait l'oreille pour tâcher de comprendre ce qu'ils disaient. Leon reprit l'appareil :

— Il ne joue pas.

— Comment ça ?

— Comment veux-tu que je le sache ?

— Je me demandais...

— On a du boulot, ici. Je te laisse.

Ce devaient être ses côtes. Ça prenait du temps à guérir, ces machins-là. Et dire qu'on l'avait fait jouer la veille... A cette pensée, Gil aurait tué Burrows.

Il changea de poste, à la recherche d'un peu de musique ; il voulait penser à autre chose mais en vain. Finalement, il appela les renseignements, demanda le numéro de la correspondante de presse du club des Sox, l'entra dans ses numéros préprogrammés puis l'appela.

— Oui, répondit une voix masculine.

Comment s'appelait-elle, déjà ?...

— Jewel, demanda-t-il. Jewel Stern.

Bruits de fond. Il eut l'impression d'entendre frapper une batte. Une femme prétendait s'ennuyer « à cent sous de l'heure ».

Cette même femme prit la communication.

— Allô ?

— Jewel Stern ? demanda Gil.

— Elle-même.

— Qu'est-ce qui arrive à Rayburn ?

— Qui le demande ?

Gil faillit donner son nom, mais à quoi bon ?

— Un fan.

— Ecoutez, monsieur le fan, vous êtes dans une salle de presse, ici. On a du travail, alors je vous accorde une seule question.

— T'excite pas, cocotte. C'est justement ce que je voulais...

Jewel raccrocha.

— Ils deviennent tous fous, commenta-t-elle.

Le journaliste du *Herald* rouspétait parce qu'il n'avait pas « prodigieux » dans son correcteur orthographique.

— Ni dans le vocabulaire de tes lecteurs, observa Jewel avant de le lui épeler.

Vers dix-sept heures, la neige s'était transformée en une pluie qui détrempait les cheveux de Gil. Devant la porte d'un pavillon, au milieu d'un ensemble de maisonnettes mitoyennes, il attendait qu'on vienne lui ouvrir. Ce fut Ellen qui se présenta, encore dans son tailleur de travail. Elle avait minci et changé de coiffure.

— Ce n'est pas la peine de frapper comme un sourd ! commença-t-elle. Je ne suis pas aux pièces.

— Où est Richie ?

— Parti avec Tim.

— Comment ? Je t'avais dit que je l'emmenais au cinéma.

— Ne crie pas comme ça, tout le monde t'entend !

Gil baissa la voix.

— Qu'est-ce qu'il fiche avec Tim ?

— Ils ont avancé à ce soir les sélections de base-ball junior. Je n'ai pas pu t'avertir.

— On ne fait pas de sélections à cette heure, l'école est fermée.

— Oui, mais pas le lycée ; c'est là qu'ils sont.

— Ça a commencé à quelle heure ?

— Est-ce que je sais ?

— Pourquoi tu ne m'as pas averti ?

— Ne crie pas si fort !

— Pourquoi tu ne m'as pas averti ?

— J'ai essayé de te joindre, je te l'ai déjà dit.

— Comment se fait-il que le bureau arrive toujours à me joindre, et pas toi ?

Ellen ne répondit pas. Les épais verres de ses lunettes lui faisaient de tout petits yeux. Il s'aperçut qu'elle avait changé pour une monture rouge. C'était censé signifier quelque chose, mais il ne se rappelait plus quoi. Cependant, il ne dit rien et regagna sa voiture pour filer aussitôt.

Le lycée se trouvait à trois rues de là. Gil courut jusqu'au gymnase, la pluie lui dégoulinant dans le cou. Au centre de la salle, un homme, qui portait un sifflet autour du cou, envoyait une balle à un gamin arborant le numéro vingt sur la poitrine. Il ne ferma pas assez vite son gant et la balle lui échappa, ce qui l'obligeait à filer derrière, pour la renvoyer à un adolescent qui attendait au centre, près de l'arbitre.

— Bien joué ! commenta l'homme au sifflet.

Le gamin alla rejoindre une dame dans les tribunes. Sur les bancs de touche, d'autres hommes prenaient des notes.

— Vingt et un ! lança l'homme au sifflet.

Le vingt et un émergea d'un groupe d'une soixantaine d'enfants qui attendaient au bout du terrain.

Tandis que les sélections se poursuivaient, Gil s'approchait, cherchant son fils du regard. Bientôt il le repéra : Richie portait le numéro vingt-six et mordillait nerveusement son gant. Ce ne serait pas trop long. Gil alla s'asseoir dans les tribunes.

Les petits joueurs étaient de niveaux très divers. Certains manquaient toutes leurs balles, d'autres montraient déjà de brillantes aptitudes, à commencer par le numéro vingt-trois, un grand gaillard qui paraissait beaucoup plus âgé que Richie.

Gil sentit que quelqu'un venait prendre place près de lui.

— Salut ! Ils sont mignons, non ?

Il tourna la tête : Tim.

— Qui ? demanda Gil.

— Les gosses. C'est le meilleur âge.

Tim lui tendit la main.

— Comment vas-tu ?

— Bien. Mais ils n'ont pas tous neuf ans, quand même ?

— En principe, si. Ils passent par ordre d'âge. Ceux de dix ans viendront après, puis ceux de onze et douze ans. Les équipes doivent être formées dans quinze jours, encore que Richie ne soit pas concerné.

— Pourquoi ?

— Parce qu'à neuf ans, ils sont très peu à passer l'épreuve. En général, ils restent chez les minimes.

Mais Richie était doué. Gil avait eu l'occasion de constater ses talents dès le plus jeune âge.

— Ils vont le choisir sans hésitation, tu verras.
Justement, l'homme au sifflet appelait :
— Vingt-six !
Le petit garçon se présenta, toujours en train de mâchonner son gant.
— Dépêche-toi ! ordonna l'homme au sifflet.
Richie trottina vers le centre du terrain, légèrement déporté sur le côté par son pied droit.
— Il court toujours comme ça ? demanda Gil.
— Comment ? répondit Tim, plongé dans ses fichiers.
Déjà, l'homme au sifflet envoyait une balle à l'enfant, beaucoup plus violente que les autres, observa Gil à part soi.
Baisse ton gant ! Baisse ton gant ! le pressa-t-il mentalement.
Richie abaissa son gant mais trop tard et la balle lui passa entre les jambes.
— Aïe ! commenta Tim.
— Ce n'est pas grave, dit l'homme au sifflet.
Il lança une autre balle à l'enfant, toujours plus fort que pour les autres.
— Baisse ton gant !
Cette fois, Gil l'avait dit à haute voix, mais calmement, il en était sûr.
Richie réagit un peu plus vite, détournant la balle sur le côté. Il courut après, la bloqua et la renvoya d'un beau mouvement du bras.
— Beaucoup mieux ! observa Tim.
— Il y a combien de temps que tu étais au courant ? demanda Gil.
— Au courant de quoi ?
— De ces sélections ?
— Quelques semaines.
— Tu l'as un peu entraîné ?

— Par ce temps ?

La troisième balle était partie.

— Regarde-moi ces boulets que lui envoie ce crétin ! marmonna Gil. Baisse les fesses !

Baisse les fesses, le gant suivra automatiquement. Richie l'avait-il entendu ? Sans doute pas, pourtant, cette fois, il s'abaissa et la balle atterrit directement dans son gant.

— C'est bien, vingt-six ! dit l'homme au sifflet.

L'enfant la renvoya, mais pas assez fort.

— Redresse-toi, bon sang ! s'écria Gil.

Il n'avait pas parlé très fort, pourtant, Richie avait tourné la tête.

A ce moment-là, l'homme au sifflet expédiait une balle liftée.

— Tu vas le lever, ton gant, merde ?

— Hé ! intervint Tim. Du calme !

Richie leva son gant mais ne vit même pas surgir la balle qui vint le frapper droit dans la tête.

Il tomba en poussant un cri et se prit le front, roulant sur lui-même dans une contorsion. Les sélectionneurs, l'homme au sifflet, le camarade chargé de ramasser les balles, tous se précipitèrent, mais Gil était arrivé le premier. Il s'agenouilla, posa une main sur l'épaule de Richie, tâtant son petit corps maigrichon sous le sweat-shirt.

— Richie, c'est moi ! Tu n'as rien.

L'enfant continuait de se tordre en hurlant.

— Ça va, Richie. Remets-toi.

Il lui prit les mains pour découvrir son front sur lequel s'épanouissait une belle bosse. Pas de quoi fouetter un chat.

— Allez, ça suffit !

Gil lui secoua les épaules, pas trop fort.

Richie se calma.

— C'est ta faute ! murmura-t-il alors.

Si bas que son père avait à peine entendu. En fait, il l'avait peut-être juste imaginé.

Alors Gil se rendit compte du monde qui les entourait. Il prit la main de l'enfant, l'aida à se lever. Des applaudissements jaillirent des tribunes.

— Ça va ? demanda l'homme au sifflet.

Gil le fusilla du regard.

— Ne vous occupez pas de ça ! Tâchez plutôt d'envoyer les mêmes balles à tout le monde.

Là-dessus, il emmena son fils hors du gymnase.

Au deuxième Coke et à la troisième part de pizza, Richie se sentait mieux.

— Je me suis bien débrouillé, tu ne trouves pas ?

— Si. Mais n'oublie jamais de baisser les fesses quand on t'expédie une balle basse.

— C'est ce que j'ai fait.

— Pas assez. La prochaine fois, vas-y encore plus franc.

— Tu crois qu'ils vont me prendre ?

— Où ça ?

— Chez les cadets.

Gil contempla un instant les yeux noisette de l'enfant, qu'il tenait de sa mère. Un de ces jours, il aurait sans doute besoin de lunettes, lui aussi, si ce n'était déjà le cas.

Il cherchait encore quoi répondre lorsque le gamin s'écria :

— Papa Tim dit que c'est pas grave si je reste chez les minimes cette année.

C'était nouveau, ça, « papa Tim »... Gil avala le reste de sa bière avant de répondre :

— Il a raison.

Hochant la tête, Richie mordit dans sa pizza.

— Ils ont de plus beaux uniformes chez les cadets. Avec des chemises à boutons et on a son nom dans le dos. Les plus beaux sont ceux des Rossi Plumbing avec des rayures vertes…

Gil commanda une autre bière.

— Tu crois qu'ils vont m'engager ?

— Qui ça ?

— Les Rossi Plumbing. C'était leur entraîneur qui envoyait les balles.

— C'est difficile à dire, tu sais.

— Tu crois qu'ils ont apprécié mon dernier lancer ?

— C'est difficile à dire. Tu veux un autre Coke ?

— J'ai pas le droit de boire du Coke.

— Qui a dit ça ?

— Maman et pa… et Tim.

— Mademoiselle ! cria Gil à l'adresse de la serveuse. Un autre Coke.

Il se tourna vers Richie :

— Avec ton père, ce n'est pas le même règlement.

Le gamin mâchonnait sa paille.

— Tu as vu Jason Pellegrini ?

— Qui ça ?

— Le numéro vingt-trois.

— Je crois.

— Il est bon, hein ?

— Pas mal. Je n'ai pas bien fait attention.

— Il est meilleur que moi ?

— A peu près pareil. A ton âge, tous les enfants jouent à peu près de la même façon.

Richie planta ses billes noisette dans ses yeux.

— Et toi, tu étais comment, à mon âge ?

Bien meilleur, tu peux me croire. Je l'aurais ridiculisé, ton numéro vingt-trois… il aurait eu l'air de jouer comme… comme toi…

— A peu près pareil.

Gil fouilla dans ses poches et déposa sur la table les billets qu'il avait achetés la veille au revendeur.

— Tiens, regarde.

Richie les prit pour les regarder de plus près. Décidément, il avait besoin de lunettes.

— Le match d'ouverture ! s'écria-t-il, enthousiaste.

— Je te l'avais promis, non ?

— Ouais, c'est vrai. Merci, papa !

— Je passerai te prendre à onze heures pile.

— C'est dans combien de temps ?

Ils comptèrent les jours qui les séparaient de l'événement. Puis ils allèrent au cinéma, voir un film racontant l'histoire d'un pirate qui faisait naufrage et revenait ensuite sous la forme d'un fantôme. Gil trouva la chose très drôle jusqu'au moment où le fantôme coupa la main d'un croupier avec un coutelas qui lui parut tellement faux qu'il voulut en faire l'observation à son fils. Il s'aperçut alors que l'enfant se cachait les yeux dans les mains.

Après le film, il le ramena à la maison, se gara devant la porte. Sur le coup, il eut envie d'étreindre son fils mais se demanda ce qu'il en penserait et préféra lui laisser l'initiative. Rien ne vint.

Déjà, Richie se glissait au-dehors.

— Salut ! lança-t-il.

— Salut !

Il claqua la portière et s'engagea sur la petite pelouse qui séparait le trottoir de la maison.

Gil abaissa sa vitre.

— Richie ?

Le gamin s'arrêta, se retourna.

— Oui ?

— Tu as vu un ophtalmo, dernièrement ?
— Pourquoi ? J'étais si mauvais que ça ?
D'un pas insouciant, il repartit vers la maison.

## 7

Le jour du match d'ouverture se leva, rayonnant. La neige avait disparu, la température grimpait autour de vingt degrés, le ciel était bleu. Gil portait son costume de toile beige, une chemise bleue et sa cravate porte-bonheur jaune. A neuf heures, il commençait à marquer, inscrivant une commande de deux boîtes de couteaux suisses et d'une douzaine de Samouraïs presque sans lever le petit doigt. Cinquante-neuf dollars trente-six de commission. Il garda sur lui son Samouraï échantillon... pour une fois qu'il en vendait...

— Qu'est-ce que c'est que ça ? demanda Leon.
— L'avenir de la coutellerie américaine.
— Chouette manche. Combien ça vaut ?
— A la vente ? Soixante-dix, soixante-quinze...
Leon plongea la main dans sa poche.
— Tu peux bien faire soixante, pour un ami ?
— C'est mon échantillon.
— Soixante-dix.

Gil vendit son échantillon soixante-dix dollars. Il se sentit soudain plus léger, comme s'il venait de se débarrasser d'un grand poids. C'était son jour de chance, il le sentait, à cette légère griserie qui lui donna tout d'abord l'impression d'avoir trop bu. Il commanda une autre bière, qu'il sirota en repassant les journaux de sport qui parlaient tous du match d'ouverture.

Le *Globe* présentait une photo en couleurs de chaque joueur, accompagnée d'une brève notice biographique. Rayburn habitait à San Diego, avec sa femme, Valerie, ancienne pom-pom girl de l'université du Texas, et leur fils, Sean, âgé de cinq ans. Il aimait le golf, la musique country et, par-dessus tout, couler des jours paisibles en famille.

— Trois cent vingt-sept doubles, dit Gil.

— Qui ? demanda Leon.

— Rayburn. Ça lui fait une moyenne de plus de trente par an.

Gil déchira la page consacrée au joueur et la plia dans sa poche.

— Où sont tes places ? s'enquit Leon.

— Juste derrière le marbre.

— Tu me feras un signe si tu vois qu'on te filme.

Gil prit Richie à onze heures et demie. Ellen les attendait à la porte, prête à partir.

— Tu es en retard.

— Il y avait des embouteillages.

— Comme c'est original !

Richie apparut, coiffé d'une casquette des Sox, son gant à la main.

— Salut, champion ! dit Gil.

— Salut !

— Quand est-ce que tu nous le ramènes ?

— Je ne peux pas te le dire exactement.

— A peu près ?

— Tout dépend de la durée du match, pas vrai, champion ?

— Oui, maman. Tu te rends compte, s'il y avait trente-trois tours de batte, comme ça s'est passé en 1981 entre Rochester et Pawtucket ?

Ellen sourit.

— Je vois...

Elle caressa la tête de son fils. A cet instant, Gil se prit à souhaiter de pouvoir retourner en arrière, rectifier quelques détails dans son passé, qui lui étaient passés sous le nez sans même qu'il ait le temps de s'en apercevoir. Pour une fois, depuis longtemps, les trois protagonistes se trouvaient réunis, Ellen, Richie et lui, devant la maison qu'elle partageait désormais avec Tim...

— A dix-huit heures au plus tard, lâcha-t-il.

Elle lui décocha un regard qu'il ne lui avait plus vu depuis longtemps, pas totalement hostile. Son jour de chance...

— Amusez-vous bien, dit-elle en embrassant Richie.

Ils entrèrent dans la voiture. Gil s'assura qu'il avait toujours les billets dans sa poche puis alluma la radio.

— Je suis euphorique, dit-il. Et toi ?

— C'est quoi, euphorique ?

— Voyons... impatient, heureux, optimiste. content, quoi.

— A cause du match ?

— Oui, et puis parce que la saison recommence, et tout le reste.

— Moi aussi, renchérit le gamin. Tu crois qu'on va pouvoir attraper une balle morte ?

— On verra. Si c'est ton jour de chance.

Richie ne répondit pas immédiatement. Gil lui jeta un regard en coin. Il se mâchonnait la lèvre supérieure.

— J'espère, dit-il enfin. C'est aujourd'hui que je saurai si je passe.

— Si tu passes quoi ?

— Chez les cadets. Jason Pellegrini m'a dit que son père me choisirait si je suis disponible.

— Si tu es disponible ? Dis donc, ça m'a l'air bien parti.

— On dirait.

— Tu es malin, Richie. Tu tiens de ta mère.

L'enfant lui jeta un regard surpris.

— Et toi, t'es pas malin ?

— Non.

Gil monta le volume de la radio. C'était Jewel Stern qui parlait :

— ... les joueurs commencent à sentir les effets du trac. Moi-même, j'ai le cœur qui bat.

— Une vieille pro comme toi ?

— Attention à ce que tu dis, Norm !

— Jewel Stern, en direct du stade. A tout à l'heure.

Gil se gara dans le parking le plus proche du stade, à quinze dollars la place. Il offrit cinq dollars de pourboire au gardien chargé de ranger les véhicules.

— Une place dégagée à l'avant, demanda-t-il.

L'employé se renfrogna.

Gil sortit un autre billet. Il devait pouvoir s'éclipser en vitesse.

L'homme empocha l'argent en hochant la tête.

Ils prirent place dans les tribunes avec une heure d'avance. Sur le terrain, quelques joueurs s'entraînaient déjà. Rayburn se trouvait dans la cage, qui frappait des balles de virtuose.

— C'est assez près pour toi ? demanda Gil.

Richie regarda autour de lui.

— Mais comment on va faire pour attraper des balles mortes ?

En effet : ils se trouvaient juste derrière le filet de sécurité.

— Et si tu demandais plutôt des autographes ?

— Comment ?

Gil lui désigna le groupe de gosses agglutinés autour de l'abri des Sox.

— Je peux y aller ? demanda le gamin, les yeux brillants.

— Pourquoi pas ?

Gil lui acheta un programme, lui donna un stylo et le regarda se frayer un chemin vers l'abri. Les joueurs commençaient à rentrer et, chaque fois, les gosses se collaient autour d'eux, agitant des programmes ou n'importe quel autre bout de papier, les appelant par leurs noms. Dans la mêlée, Richie fut bousculé et tomba assis sur les marches des tribunes.

— Ne pleure pas, cria Gil.

Mais le petit garçon pleurait, c'était visible, même de là où se tenait son père. Celui-ci se leva et, enjambant quelques places vides, eut tôt fait de le rejoindre.

— Arrête de pleurer ! dit-il en le faisant lever.

De nouveau, il se prit à penser que l'enfant était bien maigre, même pour son âge.

Richie s'essuya les yeux du dos de la main.

— Je veux pas d'autographes.

— Mais si !

Gil le prit par la main et l'entraîna à travers la masse bruyante des gosses.

Tout d'un coup, il se trouva devant Rayburn, si près qu'il aurait pu le toucher. L'homme était grand, mais pas autant que Gil. Son uniforme blanc brillait dans le soleil ; il signait des autographes sans regarder personne ni desserrer les dents, tout en se dirigeant imperceptiblement vers l'abri, comme aspiré par la gravité. Il avait la peau bronzée, ce qui ne l'empêchait pas de présenter de légères poches sous les yeux. Gil remarqua tout de suite qu'il ne s'était pas rasé, ce matin, mais qu'en revanche il sentait l'odeur de ce shampooing à la noix de coco pour lequel il faisait de la publicité, et aussi un peu la transpiration.

Gil poussa Richie en avant et le gamin resta en face du joueur, les bras ballants, les yeux écarquillés.

— Demande-lui, le pressa son père.

— Un autographe, dit Richie.

Si bas que même Gil ne l'entendit pas.

Rayburn signait d'autres carnets, tout en glissant insensiblement le long de la balustrade pour regagner l'abri.

— Pas comme ça, dit Gil. Plus fort : « Pouvez-vous me donner un autographe, s'il vous plaît ? »

Richie éleva la voix :

— Pouvez-vous me donner un autographe, s'il vous plaît ?

— « Monsieur Rayburn ! »

— Monsieur Rayburn !

Mais Rayburn trancha :

— C'est fini.

Et, sans plus tenir compte des crayons, des stylos et des programmes qu'on lui agitait sous le nez, ni des implorations de ceux qu'il laissait ainsi tomber, il se mit à reculer.

Gil se pencha par-dessus la balustrade.

— Allez, Bobby ! lança-t-il peut-être un peu trop fort. Encore un pour le petit !

Rayburn s'arrêta sur la première marche, croisa le regard de Gil.

— C'est toi, le petit, gros lard ?

Là-dessus, il plongea dans l'abri.

Gil eut l'impression de s'empourprer. Sur le moment, il ne songea plus à rien d'autre. Puis il entendit le stade qui vibrait tout autour de lui et, enfin, sentit la petite main humide dans la sienne. Il baissa les yeux.

— Papa ?

— Qu'est-ce qu'il y a ?

— Pourquoi il est méchant ?

Il lâcha la main de l'enfant.

— Réfléchis ! Tu n'es plus un bébé !

Les yeux de Richie s'emplirent de larmes.

— Et cesse de pleurer, bon sang ! Il devait aller se préparer pour le match, c'est tout !

— Mais il avait déjà tout son équipement sur lui !

— Mentalement.

— Mentalement ?

— Le mental, c'est quatre-vingt-dix pour cent du jeu. Tu ne sais pas encore ça ?

— Alors je serai un champion. J'ai toujours dix en calcul mental.

Ils achetèrent des hot dogs et du Coke pour Richie, de la bière pour Gil et regagnèrent leurs places. Cette fois, les tribunes étaient pleines à craquer. Les haut-parleurs présentèrent un à un les joueurs qui entraient sur le terrain puis l'orchestre joua l'hymne national et, enfin, le président des Etats-Unis s'avança pour lancer la première balle. Ce fut Odell qui la récupéra en douceur. Il vint serrer la main du chef de l'Etat, lui glissa une phrase qui fit sourire ce dernier et le regarda regagner sa place sous les ovations.

Le match en lui-même débuta exactement à treize heures quatorze. Gil avait vérifié à sa montre. Il prenait déjà du retard. De nouveau, il calcula mentalement : cinq minutes pour gagner sa voiture, un quart d'heure pour arriver à Everest and Co, cinq minutes pour se garer. Cela le faisait partir à quatorze heures cinq au plus tard.

Deuxième balle, tombante, intérieure.

Ensuite, une demi-heure au maximum avec le directeur commercial, puis vingt-cinq minutes pour revenir, cinq minutes pour se garer ; il serait de retour à sa place avant quinze heures trente. Il pourrait alors assister aux deux derniers tours de batte... peut-être même plus s'il se basait sur leur façon de jouer ces derniers temps.

Troisième balle.

— Tu as vu cette courbe ? s'exclama Richie.

— Je n'ai pas fait attention.

— Moi, je l'ai très bien vue.

Gil se demanda tout d'un coup s'il ne faisait pas allusion à son acuité visuelle.

— C'est des places géniales, papa !

— Oui.

Il voulut lui passer le bras autour du cou. Leur voisine, une dame à cheveux blancs, lui sourit. Elle portait un collier de perles et une casquette de baseball aux couleurs de Harvard. Décidément, ce sport, cette équipe attiraient du beau monde.

Strike un.

Il était treize heures trente-six quand Primo catapulta un premier strike par-dessus la tête du deuxième base. Seulement il doubla la première base et continua sa course. La foule se leva, Gil et

Richie aussi. Primo glissa et plongea, la tête en avant, atteignit le coussin. Nuage de poussière. Sauf. La foule rugit, Gil et Richie aussi. Le petit garçon sautait sur place. Il avait de la moutarde sur le nez. Gil la lui essuya de la main.

— Arrête ! dit Richie.

Lanz frappa au champ gauche sans faire progresser le coureur. Rayburn s'avançait vers le marbre. La foule l'acclama, Gil aussi mais pas Richie.

— Pourquoi tu applaudis ? demanda le gamin. Il est méchant.

— Je t'ai déjà expliqué ça.

Gil resta debout mais cessa de battre des mains. Néanmoins, il encourageait intérieurement le joueur. De son beau swing, celui-ci envoya une balle impossible à intercepter. Treize heures quarante-sept.

A la fin de la manche, Richie demanda :

— Où sont les souvenirs ?

— Quels souvenirs ?

— Tu sais, des battes miniatures.

— J'ai vu une boutique juste en bas.

— Je peux y aller ? Maman m'a donné de l'argent.

— Reste ici. Je m'en occupe.

Gil descendit à l'échoppe, acheta une batte. On vendait aussi des posters. Il examina ceux d'Odell, de Boyle et de Zamora. Derrière, d'autres spectateurs piaffaient d'impatience. Il finit par prendre celui de Bobby Rayburn. Ensuite, il s'offrit une bière et regagna sa place. Richie se servait dans un cornet de cacahuètes offertes par leur voisine au collier de perles. Les Sox étaient de nouveau à la batte.

— Vous en avez un gentil garçon ! observa la dame.

— Qu'est-ce qui s'est passé ? demanda-t-il.

— Pardon ? s'étonna-t-elle.

En désignant le terrain, Gil renversa un peu de bière sur sa manche.

— Manche rapide, expliqua-t-elle.

Elle tendit le cornet de cacahuètes à Richie.

— Tiens, garde-les.

Et elle ne s'intéressa plus qu'aux joueurs.

Gil tendit la batte et le poster à son fils :

— Tiens.

— Merci.

Il était treize heures cinquante-neuf.

— Tu t'amuses bien ?

— Oui.

— Il va falloir que je m'en aille un petit moment.

— Où ?

— Passer quelques coups de fil. Tu n'as qu'à rester là, je vais revenir.

— D'accord.

— Tu ne veux pas faire pipi, tu n'as besoin de rien d'autre ?

— Non.

— Bon.

Il tapota l'épaule de Richie. Quatorze heures et une minute. Sur le terrain, les Sox se donnaient à fond, parfaitement coordonnés dans leurs relais. Feinte d'amortie. Quatorze heures quatre. Il ne lui fallait pas trois minutes pour atteindre sa voiture. Base sur balles pour Primo. Quatorze heures huit. Il ne lui faudrait pas cinq minutes pour se garer ; d'ailleurs, il pourrait se mettre en double file. Lanz, parvenu à sa troisième balle, manqua le lancer suivant. Socko leva les bras au ciel.

— Vas-y ! Vas-y ! cria Gil.

Lanz fit encore trois fausses balles avant d'en sortir une.

Quatorze heures quatorze. Rayburn sortait du cercle des frappeurs pour se mettre en position. Le lanceur touchait sa plaque. Rayburn sortit, nettoya les crampons de ses semelles.

— Mais allez-y, putain ! hurla Gil.

Il se fichait du regard en coin de sa voisine.

Première balle, à l'extérieur.

Rayburn sortit encore. Quatorze heures seize.

— Bas au centre ! Bas au centre !

Strike un, swing. Rayburn jeta un coup d'œil à l'arbitre.

— Bas au centre !

Gil sentit qu'on tirait sur sa veste et s'aperçut qu'il s'était levé. Il s'assit.

Deuxième balle. Rayburn tapait encore sur ses crampons.

— Allez, allez !

— Bas au centre !

De nouveau, on tirait sur sa veste. Gil fit volte-face, avala une gorgée de bière, en renversa sur sa chemise.

— Hé, papa ! J'y vois rien !

— Demande poliment.

Gil sentait le poids du poignard sur son mollet.

— C'est ce que j'ai fait.

— Bas au centre ! Bas au centre ! cria quelqu'un d'autre.

Gil entendit la balle heurter le cuir et se retourna à temps pour apercevoir le receveur qui renvoyait au lanceur. Strike deux. Quatorze heures dix-neuf.

Alors arriva une balle, morte, encore. Rayburn sortit.

— Et merde !

— Bas au centre !

Tout le stade vibrait, réagissant bruyamment. Gil renversa encore de la bière sur sa chemise. Quatorze heures vingt-trois. Remue tes fesses !

Gil passa devant Richie, devant la femme aux perles, courut dans l'escalier, traversa les couloirs obscurs au galop, sentant sa cravate se dénouer. Un énorme rugissement jaillit de la foule, au-dessus de sa tête. Il eut l'impression que tous les sièges vibraient à la fois et que ces trépidations, portées par le béton, lui parvenaient jusque sous les semelles et le faisaient à son tour frémir de tout son être.

## 8

Trois actions.

Une, le parking : quatorze heures trente-quatre. Gil, d'une traite, traversa l'entrée du stade, laissant au passage se dénouer sa cravate porte-bonheur, en quête de sa BMW au premier rang du parking. Il avait pourtant dit à cet enfoiré de gardien de la lui laisser dégagée, il lui avait même donné dix dollars pour ça. Mais pas de voiture. Gil eut beau écarquiller les yeux, chercher rangée par rangée, il ne la voyait pas. Et s'il s'était trompé de section ? Et si l'autre n'avait rien compris ? Tout d'un coup il l'aperçut, au dernier rang. Il avait l'impression que la foule continuait de hurler dans sa tête, quoique, autour de lui, tout fût calme, comme un jour de Noël, sous la neige, sinistre et désormais dénué de toute chance. Il alla frapper aux parois de la guérite mais les coups lui parvinrent comme étouffés, aussi frappa-t-il plus fort. Le gardien, qui lisait un livre dans un alphabet inconnu de Gil, leva la tête, l'air surpris.

— Oui ?

Ce devait être un Pakistanais, ou quelque chose d'approchant. Gil n'y avait jamais fait attention. D'ailleurs, il s'en battait l'œil, tellement furieux, la tête tellement prise par ce bourdonnement qui n'en finissait pas qu'il se sentait incapable d'aligner une phrase complète. Tout ce qu'il put sortir consistait en un farineux :

— Ma bagnole, connard !

— Pardon ?

Le gardien s'était à demi levé, l'air surpris ; il avait refermé son bouquin étranger tout en marquant la page de ses doigts d'étranger.

Soudain, Gil s'avisa que cet enfoiré ne devait même pas comprendre ce qu'il lui disait. Il avait pris le fric pour un pourboire et sans doute sa demande pour un compliment ! Seulement, Gil n'avait pas le temps de lui pardonner cette petite erreur ; il l'empoigna par les épaules et le sortit de sa guérite, un peu brusquement, peut-être... Désignant la voiture de sa main libre, il éructa :

— C'est ça qu'on appelle une place dégagée chez toi, abruti ?

— Mais monsieur, protesta l'autre avec un léger accent, elle est dégagée.

D'une démarche tranquille, il alla ouvrir, au fond du parking, une barrière que Gil n'avait pas remarquée puis entra dans la BMW qu'il fit passer en marche arrière pour venir l'arrêter devant lui.

Il sortit de la voiture, la rendit à Gil qui s'installa et claqua la portière.

— Désirez-vous un reçu ? demanda l'employé.

Presque pas d'accent. Il parlait un anglais plus châtié que Gil. Celui-ci ne répondit pas, accélérant brusquement. Un bref regard dans son rétroviseur lui montra la silhouette sombre du gardien qui se rapetissait dans le lointain.

Deux : dans le tunnel. Quatorze heures cinquante et une. Au pas d'escargot.

— Allez, du nerf !

Horripilé, Gil s'agitait sur son siège. Il déboucla sa ceinture, klaxonna comme ces enfoirés de chauffards qu'il ne pouvait pas blairer, et quelqu'un lui répondit avec une vigueur qui retentit à travers tout le tunnel.

— Avancez, merde !

Une longue file de stops s'illumina devant lui. Plus personne ne bougeait.

Quatorze heures cinquante et une.

Quatorze heures cinquante-deux.

— Merde ! Merde ! Merde ! jura Gil tout fort.

En retard comme il l'était, il ferait mieux de se chercher une belle excuse bien enveloppée mais il ne songeait qu'aux courbatures qui commençaient à lui tenailler la nuque.

Quatorze heures cinquante-trois.

Quatorze heures cinquante-quatre.

Quatorze heures cinquante-cinq.

Toujours bloqué dans sa voiture, mort d'anxiété pour sa commande chez Everest and Co, il avait l'impression d'entendre le temps lui serrer les tempes à en hurler.

Trois : devant Everest and Co ; quinze heures sept. Toutes les places étaient occupées, la plus proche se trouvant à trois pâtés de maisons. Gil fit demi-tour et s'arrêta de l'autre côté, devant une bouche d'incendie. Il prit sa valise d'échantillons et traversa la rue en courant, escalada les marches de l'entrée, entra en trombe dans le hall de l'immeuble. Tous les ascenseurs étaient occupés. Il prit l'escalier, le pantalon fripé et trempé de sueur, la chemise maculée de bière, la cravate défaite. Trois étages à grimper. Franchissant le corridor moquetté, à l'élégant éclairage indirect, il déboucha en trombe dans le secrétariat du directeur commercial, envoyant la porte claquer contre le mur.

— Chuck est là ?

— Pardon ?

— Chuck. Quatorze heures trente.

Il aspira une longue goulée d'air.

— Pas pu faire mieux.

— Pardon ?

— En retard. Les embouteillages…

La secrétaire avait un petit nez en trompette. Ce n'était pas Angie, qui occupait habituellement cette place. Etonné, Gil n'acheva pas sa phrase. Elle renifla :

— Vous êtes ?

— Gil Renard. RG. Couteaux de qualité. On avait rendez-vous, avec Chuck, à quatorze heures trente, mais comme je vous l'ai dit…

Elle avait levé la main, une petite main boudinée aux ongles rongés.

— Il n'est pas là.

— Merde !

— Je vous demande pardon ?

— Il est déjà parti ?

— Je viens de vous le dire.

— Son numéro de vol ?

Une idée venait de germer dans l'esprit de Gil.

— Pardon ?

— Pour Chicago… Sauf s'il n'y va plus ?

— Il y va. Mais pas avant ce soir.

Changeant déjà d'idée, Gil se rapprocha de la secrétaire.

— Alors, je pourrais peut-être le rattraper quelque part avant qu'il parte pour l'aéroport ?

— Ça m'étonnerait. Il s'y rend directement depuis le stade.

— D'où ?

Toute idée oubliée, il se penchait de plus en plus sur le bureau, si bien que sa cravate tomba mollement de son épaule.

— Où, vous avez dit ?

Elle eut un mouvement de recul.

— Du match de base-ball. Mais il vous a laissé ce message.

Elle lui tendit une enveloppe cachetée.

La lui arrachant quasiment des mains, il l'ouvrit et lut :

*Gil,*

*Un fournisseur m'a fait parvenir, ce matin, deux places pour le match des Sox. Sans être très fanatique de base-ball, je n'allais pas manquer l'ouverture, ni une chance d'offrir ce plaisir à mon gamin. Désolé de vous faire faux bond.*

*Mais c'est peut-être l'occasion pour vous informer que, étant donné les circonstances économiques actuelles, notre direction a décidé de modifier sa stratégie d'achats. Nous n'avons donc pas l'intention, pour le moment, de renouveler notre contrat avec vous.*

*Nous restons cependant toujours intéressés par un produit inédit, c'est pourquoi nous vous prions de nous tenir au courant de vos nouveautés.*

*Bien à vous.*

*Chuck.*

Gil dut relire le message parce que, la première fois, les bourdonnements de sa tête l'avaient empêché de se concentrer. Puis il le chiffonna et en fit une boule, aussi petite que possible. La secrétaire ne le quittait pas des yeux, l'air perplexe.

— Je parie qu'il n'a pas dessiné de figure contente à la fin.

— Quoi ?

— La secrétaire qui m'a précédée lui conseillait de dessiner une figure contente à la place de la formule de politesse. Je me tue à lui répéter que ce n'est pas toujours indiqué.

Gil chercha une réponse cinglante mais ne trouva rien tant il avait envie de balancer cette boule de papier sur la porte vitrée de Chuck, sur la photo de Chuck en famille, sur le vilain minois de la secrétaire de Chuck. Finalement, il laissa tomber sa pelote par terre, comme une merde de chien, et sortit.

C'était la meilleure ! Tout ce chemin parcouru alors qu'il aurait dû, finalement, rester à son point de départ. Pour un peu, il en rirait tout fort, dans l'ascenseur, dans le hall d'entrée, dans la rue...

Devant l'immeuble, il commençait à se demander comment il allait présenter la chose à Garrity. C'est alors qu'il aperçut le camion-grue de l'autre côté de la rue, en train de soulever l'avant d'une voiture du trottoir, comme un fétu de paille... sa BMW.

Gil traversa la chaussée en courant.

— C'est ma voiture ! cria-t-il à l'employé de la fourrière.

Celui-ci portait des écouteurs et n'entendit rien. Gil envoya quelques coups de poing dans sa portière pour attirer son attention et le type sursauta, se retourna, enleva son casque.

— C'est ma voiture !

Le chauffeur abaissa sa vitre de quelques centimètres.

— Vous pourrez la récupérer à la fourrière.

Là-dessus, il remonta sa vitre et remit son casque.

— Va te faire foutre !

Gil tenta d'ouvrir la portière mais l'autre l'avait verrouillée et démarrait, l'entraînant dans son sillage. Gil s'accrocha, jusqu'au moment où il heurta du genou le pare-chocs d'une voiture. Perdant l'équilibre, il trébucha et ne put que regarder sa BMW s'éloigner, lamentablement traînée sur les deux roues arrière. Il entendit même le téléphone sonner à l'intérieur.

Il se releva, son pantalon déchiré au genou et maculé de sang. Il avait aussi un caillot dans la bouche, qu'il recracha, accompagné, semblait-il, d'un morceau de dent. Personne ne paraissait avoir remarqué l'incident. Les gens s'en foutaient éperdument. Ça, Gil le savait depuis longtemps.

Il héla un taxi qui vint s'arrêter à sa hauteur, prouvant tout au moins qu'il n'était pas complètement invisible.

— Où est-ce que je vous emmène ?

— A la fourrière.

— Pour chiens ?

— Pour voitures, bordel !

En démarrant, Gil vit que sa cravate porte-bonheur était tombée dans le caniveau. Il baissa la vitre pour cracher encore un peu de sang.

La course lui coûta douze dollars. A la fourrière, il dut verser cinquante dollars d'amende pour s'être garé devant une bouche d'incendie, quatre-vingt-dix dollars pour frais d'enlèvement ainsi que vingt-cinq dollars pour une journée de garde même si la voiture n'en avait profité que vingt minutes.

En reprenant sa place au volant, il poussa un énorme soupir histoire de se calmer un peu. Dans le rétroviseur, il aperçut son visage égratigné et maculé ; il s'était cassé une dent de devant. Impossible d'avoir l'air sûr de soi dans ces conditions. Il eut beau se repasser mentalement les règles de conduite du VRP épanoui, aucune solution ne se présenta pour faire face à la situation. Il savait seulement qu'il avait envie d'une bonne douche. Et puis d'une bière.

— Qu'est-ce que tu attends ? se demanda-t-il tout fort.

En tournant la clef de contact, il vit que la montre de bord indiquait seize heures vingt-sept.

Seize heures vingt-sept… C'est alors qu'il se rappela Richie.

Il alluma la radio sur JOC. Une voix annonçait :

— Nous revenons avec un résumé et tous les résultats de la ligue.

Gil appuya sur l'accélérateur, sortit en trombe de la fourrière, tourna sur les chapeaux de roues au carrefour, accrochant quelque chose au passage. Tout cela pour se retrouver bloqué dans un embouteillage quelques rues plus loin. Le téléphone sonna. Il décrocha.

— Richie ?

Ce n'était pas Richie.
— Voilà un moment que je cherche à vous joindre.
Garrity.
— Comment ça s'est passé ?
— Quoi ?
— Everest and Co, évidemment ! Vous avez des ennuis ?
— Moi ?
— Vous avez l'air bizarre.
— Mais non, tout va bien !
Ce disant, Gil sentit sa langue se couper à l'angle acéré de sa dent cassée.
— Ce qui nous fait, en dollars ?
— Pas le temps d'en parler pour le moment. Je file à un autre rendez-vous.
Pause.
— Bon, alors à demain, Gil.
— Demain ?
— On sera le deuxième mercredi du mois.
— Ah ! La réunion ?
— Tout juste, Auguste.
Des nuages s'amoncelaient, venus du nord, pour bientôt se déverser à grands seaux sur le centre ville, derrière lui. C'était peut-être au volant que Figgy trouvait les meilleures idées mais pas Gil, pas cette fois, en tout cas ; il lui fallait pourtant envisager plusieurs solutions, d'abord pour Richie, mais aussi pour sa dent, pour la réunion du lendemain. Mais rien ne vint. Et puis il entendait quelque chose cliqueter sous ses roues, qui venait rythmer encore le bourdonnement de sa cervelle.
Il ne parvint au stade qu'à dix-sept heures dix-huit.

Jaillissant de sa voiture, il courut à la porte la plus proche. Fermée. Au-delà, il apercevait les projecteurs éteints. Pas un chat.

— Hé ! cria-t-il. Hé !

Un vieil homme en blazer rouge, à la face couperosée, apparut de l'autre côté.

— Oui ?

— Mon fils est là-dedans.

— Hein ?

— Je devais le retrouver ici. Il n'est pas sorti.

— Impossible. On vérifie toutes les tribunes. Il n'y a personne.

Gil regarda autour de lui, aperçut un groupe de gens dans la rue, mais pas d'enfant.

— Alors, où est-ce qu'il est ?

La question se répercuta à travers les tribunes de béton et Gil se rendit compte qu'il hurlait. Il baissa la voix.

— Laissez-moi entrer.

Le vieil homme disparut pour revenir quelques minutes plus tard.

— Je me suis informé auprès de la sécurité. On n'a pas trouvé de gosse. Vous avez dû le rater dans la foule qui sortait.

La voix de Gil retentit de nouveau :

— Il est là-dedans.

L'homme s'en alla, revint accompagné d'un autre, beaucoup plus jeune, revêtu d'un costume et d'une tout autre assurance.

— Qu'est-ce qui se passe ?

Gil expliqua ce qui lui arrivait.

— Qu'il entre, dit l'homme en costume.

— Mais il n'y a pas d'enfant là-dedans, protesta le vieux.

— Ainsi, monsieur pourra vérifier de lui-même.

Le vieux ouvrit la porte et Gil put remonter, en compagnie des deux gardiens, à la place qu'il avait quittée quelque trois heures plus tôt. Tout était vide, plus de joueur, plus d'orchestre, plus de spectateur, plus de président. Il chercha si Richie n'avait pas laissé un message qui aurait pu tomber sous le siège ; si cela avait été le cas, il avait été balayé parmi les restes de pop-corn, de verres de bière, d'emballages d'Esquimau.

— Richie ! appela Gil à travers le stade. Richie ! Richie !

Un silence total régnait sur l'ensemble. Les premières gouttes de pluie le rendaient encore plus sinistre. Lorsque Gil se retourna, ce fut pour constater que les deux hommes le surveillaient de l'escalier. Il grimpa quelques marches.

— Il est peut-être aux waters.

— Nous vérifions toujours, rétorqua l'homme en costume. Vous ne lui avez pas dit ?

— Bien sûr que si, se défendit le vieux. Vous croyez que je ne connais pas encore mon boulot, au bout de cinquante-six ans ?

Gil restait là et ses interlocuteurs semblaient ne plus quitter des yeux son pantalon déchiré.

— Ça y est ? demanda le plus jeune.

Gil ne dit rien. Alors le vieux répondit :

— Ça y est.

A sa place.

— Dans ce cas, veuillez raccompagner monsieur.

Le vieux ramena Gil à la sortie, lui ouvrit.

— Inutile de vous inquiéter, lui souffla-t-il.

— Qu'est-ce que vous me chantez ?

— Vous savez, ça arrive tout le temps, ces histoires-là. Il a dû rentrer directement à la maison.

Richie saurait-il rentrer seul ? Gil n'en était pas sûr du tout.

— Ou bien il attend dans un fast-food du coin, ajouta le vieux en bouclant la porte.

C'était une idée. Gil sortit en hâte dans la rue, sans regarder. Une Jeep dut faire un écart pour l'éviter. Gil aperçut Bobby Rayburn au volant, qui riait dans son téléphone.

Il inspecta tous les restaurants et cafés des alentours. Il décrivit Richie à un marchand de hot dogs, à un agent, à une femme qui devait d'ailleurs faire le trottoir. Puis il prit sa voiture pour arpenter toutes les rues du quartier. La nuit tombait. *Il a dû rentrer directement à la maison.* Gil reprit l'autoroute, en direction du pavillon d'Ellen. Il entendait toujours un objet racler la chaussée sous ses roues.

Il pleuvait à torrents lorsque la BMW s'arrêta devant le pavillon. On avait allumé à la porte d'entrée. Il n'aperçut pas de visages anxieux guettant à la fenêtre, rien de spécial, à part une grosse Mercedes garée derrière la voiture d'Ellen.

Il frappa à la porte, entendit quelqu'un venir, lui ouvrir. Tim.

— Richie est arrivé ? interrogea Gil à brûle-pourpoint.

Tim s'humecta les lèvres.

— Ellen ? appela-t-il.

Celle-ci apparut, rougit en apercevant Gil. Ce qui signifiait qu'elle avait récupéré Richie, Dieu merci. Néanmoins, Gil posa la question :

— Richie est là ?

— Qu'est-ce qui t'a pris ?

— Ça va ! Ne commence pas.

— Ah non ! Tu ne vas pas jouer les offensés, par-dessus le marché ! Ça serait bien ton genre, encore, de venir te plaindre de ce qui s'est passé.

— Où est-il ?

— Il dort tranquillement dans son lit, mais ce n'est pas grâce à toi.

— Je vais t'expliquer, Ellen...

— Ça n'intéresse personne.

— Si, Richie.

— Qu'est-ce qui te fait croire ça ?

— Je lui dois bien ça.

— Tu lui en dois dix fois trop. Et puis, je t'ai déjà dit qu'il dormait.

— Il est un peu tôt, pour ça, non ?

— Pas pour un petit garçon de neuf ans à bout de forces, physiques et mentales.

— Je veux juste monter le voir une seconde.

— Certainement pas.

— C'est mon fils !

— Ça reste à voir.

— Ça veut dire quoi, ça ?

Pas de réponse. Gil entra dans le vestibule. Il crut voir Tim prêt à lui barrer le chemin, le bouscula, ainsi qu'Ellen, pour se diriger vers l'escalier.

— Arrête ! cria celle-ci.

Etait-ce elle qui l'attrapait par le bras, lui plantait les ongles dans la manche ? Ça ne lui ressemblait pas. Que se passait-il ? Gil se débarrassa de son emprise et continua de courir vers l'escalier. En passant devant le living, il entendit une voix de femme crier :

— C'est lui !

Il jeta un coup d'œil dans sa direction, aperçut un couple de personnes âgées, assis dans le canapé, une tasse de thé sur les genoux. Gil reconnut sa voisine aux perles du stade.

— Attendez ! dit l'homme en se levant.

Il était grand, carré d'épaules, bien habillé quoique sans ostentation : le pur Yankee bon teint. Tout ce que Gil détestait.

— Je crois qu'Ellen ne veut pas vous laisser entrer.

Celle-ci lui reprit le bras mais sans aller, cette fois, jusqu'à y planter ses ongles.

— Qu'est-ce qui t'arrive ? Tu devrais les remercier à genoux.

— Nous n'en demandons pas tant, dit l'homme.

— Au contraire, monsieur le juge, intervint Tim. Dieu sait ce qui aurait pu arriver à Richie.

Gil se tourna vers Tim qui souriait d'un drôle d'air. Furieux, il le plaqua contre le mur :

— Toi, la ferme !

Là-dessus, il grimpa l'escalier.

Il y avait deux chambres à l'étage. La première avait été la sienne et celle d'Ellen, maintenant celle d'Ellen seule, ou peut-être bien celle d'Ellen et de Tim, qu'importait ? La deuxième était celle de Richie. La porte en restait entrouverte, selon les préférences de l'enfant, du moins à l'époque où Gil vivait encore là. Il faisait sombre à l'intérieur de la pièce. Gil entra, éclairant le lit d'un rayon de lumière venue du corridor. L'enfant dormait, la tête tournée vers le mur.

— Richie ?

Pas de réponse.

— Excuse-moi, mon gars. Je ne sais pas si tu m'entends, mais, si oui, je reconnais que j'ai merdé.

Pas de réponse. Gil avait terriblement envie de lui poser la main sur l'épaule, ou de lui caresser les cheveux, mais il craignait de le réveiller, au cas où l'enfant ne ferait pas seulement semblant de dormir, ou même de l'effrayer. Cette dernière pensée le fit frémir.

— Richie ?

Pas de réponse.

— Je...

Gil se tut. Il entendait la respiration du gamin, légère, régulière ; il dormait. Au-dessus de sa tête, souriait Bobby Rayburn, du haut de son poster, la batte négligemment posée sur l'épaule.

Gil n'avait plus envie que d'une chose : s'allonger près de lui et s'endormir. L'impossible. Il avait remercié Dieu de lui avoir gardé son fils. C'était bien la première fois de sa vie qu'il s'adressait à Lui mais, maintenant que la glace était rompue, il ajouta une autre petite prière :

— Donnez-moi le bon bout du fouet.

Richie marmonna dans son sommeil.

Tout d'un coup, Gil se demanda s'il était reçu chez les cadets.

— Richie ?

Pas de réponse.

— Tu as du nouveau pour les sélections ?

Richie marmonna quelque chose d'inaudible.

# 9

L'ophtalmo était un vieux juif arborant, comme pendentif, un bijou qui rappelait la lettre grecque, *pi*.

Assis dans l'obscur cabinet, Bobby Rayburn regardait le médecin manipuler les verres qu'il lui faisait essayer pour lire le tableau sur le mur :

— E, W, N, T, R, F.

Clic.

— Et la ligne qui commence par L ?

— L, P, Z, Y, O, A.

Clic.

— Et celle du dessous, peut-être ?

— U, B, D, F, C R.

Clic.

— C'est mieux comme ça ?

— Non.

Clic.

— Et comme ça ?

— Oui.

Clic.

— Et là ?

— A peu près pareil.

L'ophtalmo avait de grands yeux bleus qui s'approchèrent soudain des pupilles de Bobby comme pour en examiner le fond. Il avait du poil au nez. Il fit reculer son tabouret à roulettes, alluma une lampe de bureau, prit des notes sur une fiche cartonnée. Bobby regardait le stylo s'agiter dans la lumière. Ses yeux se portèrent sur les autres lampes, sur le mur, sur sa Rolex.

— Alors, docteur, j'ai besoin de lunettes ?

— Vous ?

Le médecin s'immobilisa.

— Si vous tenez absolument à suivre la mode, oui. Sinon, votre acuité visuelle est parfaite. Mieux que parfaite, onze dixièmes à un œil, douze à l'autre. Vous avez des yeux d'enfant, si je puis dire. Vous pourriez très bien vous présenter pour devenir astronaute, monsieur...

Il consulta sa fiche :

— ... Rayburn.

— Alors tout va bien ?

— A la perfection, comme je vous le dis.

Il lui ôta les verres médicaux, désigna le mur :

— Tenez, lisez la dernière ligne, je vous prie.

— D, Y, X, C, N, R.

— Vous voyez ? Vous êtes mon premier patient, depuis janvier, capable de lire ça, et encore, c'était un enfant de moins de dix ans. Vous avez beaucoup de chance, monsieur...

Un autre coup d'œil à la fiche :

— ... Rayburn.

— Alors comment se fait-il que je ne voie plus aussi bien qu'avant ?

— Qu'est-ce qui vous fait croire ça ?

Bobby ne tenait pas à entrer dans les détails. A l'évidence, le médecin ignorait son identité et ne devait pas en savoir davantage sur le base-ball. Dans un sens, ce n'était pas plus mal, encore que cela ne facilitât pas les choses.

L'ophtalmo eut un petit sourire qui déplut à Bobby ; il en avait vu de semblables sur le visage de certains journalistes.

— Il est à peu près impossible, d'un point de vue optique, que vous ayez jamais vu mieux quc maintenant. Vous comprenez ce que je veux dire ?

Bobby n'en était pas certain, mais il préféra répondre :

— Oui.

— Vous frôlez la perfection, à l'opposé de la cécité, si vous voulez. Maintenant, pour ce qui est de votre perception, c'est une autre histoire.

— Ce qui signifie ?

Le sourire de l'ophtalmo s'évanouit.

— Que si votre équipement physique est parfait, d'autres facteurs peuvent influer sur la façon dont vous percevez le monde extérieur ou sur l'impression qu'il vous fait.

— Quels autres facteurs ?

— Le manque de sommeil, l'abus d'alcool ou la consommation de drogue.

A chacun de ces énoncés, Bobby avait secoué la tête.

— Quoi d'autre ?

— Le stress.

— Par exemple ?

— Qu'est-ce qui cause le stress ?

Bobby secoua la tête. Il n'en savait rien.

— N'importe quelle difficulté, expliqua le médecin, un problème d'argent, un chagrin d'amour, une inquiétude pour votre métier, un malade dans la famille, le décès d'un être cher. Parfois, ce sont les événements heureux qui peuvent provoquer du stress.

Les grands yeux bleus fixaient intensément ceux de Bobby :

— Avez-vous été stressé, ces derniers temps ?

— Qu'est-ce que vous entendez par *événements heureux* ?

— Une promotion, la naissance d'un enfant, un gros gain au loto. En fait, tout changement important entraîne un stress.

— J'ai signé un nouveau contrat, indiqua Bobby.

— Il y a longtemps ?

— Le mois dernier.

— Voilà !

— Quand est-ce que je verrai mieux ?

L'ophtalmo se mit à rire et Bobby ne comprit pas pourquoi. Il examina de nouveau les lettres de la dernière ligne, les lut aisément. Seulement elles restaient là bien sages, sans bouger. Tandis que, si elles se mettaient tout d'un coup à jaillir sur lui, à cent cinquante à l'heure, est-ce qu'il les identifierait aussi facilement ? Aussi vite ?

— C'est facile quand elles ne bougent pas, observa-t-il.

— Pardon ?

L'ophtalmo tripotait son petit pendentif en *pi*. Ce qui rappela à Bobby son trèfle à quatre feuilles perdu dans le gazon.

— Non, rien.

Le médecin lui appliqua une main osseuse sur le genou.

— Tâchez de vous détendre, conseilla-t-il.

— Comment ça ?

— Vous pourriez par exemple envisager de prendre un peu de vacances.

— Mais je viens d'y passer tout l'hiver !

Le médecin le lâcha. C'était bien un juif, mais pas du tout du genre de Wald, avec ses coupes à cent dollars et sa grande gueule. Plutôt du style des intellectuels qu'on montrait dans les films, aux mains protégées par des mitaines pour pouvoir continuer à travailler dans les endroits mal chauffés.

— Avez-vous jamais vu un thérapeute, monsieur Rayburn ?

— J'en vois un tous les jours.

— Tous les jours ?

— Oui, un physiothérapeute.

L'homme cligna des yeux.

— Je voulais dire, un psychothérapeute.

— Un psychiatre ?

— Pas forcément.

De toute façon, Bobby ne voulait pas entendre parler de psy.

Brusquement, il se souvint de la question de la journaliste de la radio : *Qu'est-ce que ça vous fait d'avoir signé l'un des plus gros contrats de l'année ?*

— Je suppose que la sécurité fait partie de vos priorités, suggérait l'agent immobilier au moment où Bobby entrait.

Il pénétra dans le vestibule aux tommettes d'argile qui résonnèrent sous ses talons à travers toute la maison vide.

Val et l'agent s'étaient tournés vers lui à son arrivée et Bobby lut immédiatement sur le visage de sa femme une expression de reproche, l'air de lui dire : « Tu es en retard », tandis que le vendeur, empressé, venait à sa rencontre :

— Monsieur Rayburn ?

Ils se serrèrent la main, tous deux aussi grands l'un que l'autre ; mais l'agent était plus mince et portait un de ces costumes croisés qu'affectionnait Wald. Il se présenta, cependant Bobby n'avait pas eu le temps de saisir son nom qu'il enchaînait :

— Enchanté !

Aïe ! déjà ? songea Bobby.

Val avait deviné son désarroi, il le comprit rien qu'à l'entendre lancer :

— Monsieur en était au fonctionnement du système de sécurité.

— Au-dessus de tout soupçon, naturellement, poursuivit l'agent. Le propriétaire possédait une importante collection d'art d'Amérique latine. Tenez, là, il y avait un magnifique Rivera.

Il montra le mur opposé, complètement nu, à l'exception du petit écran vidéo installé à côté de l'interrupteur. Un message y clignotait.

— Ce n'est là que la partie interne du système, poursuivit le vendeur. En fait, il est relié directement au commissariat, à la caserne de pompiers et à la société de gardiennage qui l'a installé.

Bobby n'eut pas besoin de s'en approcher pour lire, de sa place : « Mouvement dans l'entrée. Mouvement dans l'entrée. »

Ils visitèrent toute la maison en commençant par la cuisine avec son sol de tommettes, son plan de travail en granit, son vitrail éclairant le coin petit déjeuner, qui provenait « d'une vieille église près de Sienne ». Puis ils virent le living, son énorme cheminée et ses fenêtres hautes de deux étages. Ils passèrent à la piscine couverte, surmontée d'un véritable lustre. La chambre principale s'ornait également d'une colossale cheminée, mais aussi d'un dressing tellement grand qu'il devait occuper à peu près la surface de leur chambre en Californie, d'un balcon surplombant la terrasse, la piscine découverte et l'immense pelouse qui descendait en pente abrupte vers la mer, soixante mètres plus bas.

— J'allais oublier ! ajouta l'agent.

Il tourna une poignée sur le mur ; la maison s'emplit de musique, un tonitruant machin classique mais qui donnait l'impression que tout l'orchestre jouait autour d'eux.

— Fantastique, non ?

— Oui, dit Val.

Bobby ouvrit une porte.

— La salle de bains, précisa l'agent. Il y en a sept autres, sans compter celles des domestiques.

Bobby entra, ferma derrière lui. La musique l'y suivit (cordes, bois, cuivres). Il se regarda dans la glace, esquissa un swing avec une batte imaginaire. Le match d'ouverture. Un à quatre. Il n'avait pas vu arriver la balle et s'était contenté de frapper au petit bonheur, pour effectuer un coup fumant ; à croire que la balle s'était d'elle-même précipitée sur sa batte... Enfin, personne ne s'en était aperçu et il en avait tiré toute la gloire.

Il tourna un robinet doré, regarda l'eau couler dans une vasque de marbre bleu. Il voyait tout très clairement, les veines noires de la pierre, les nuances qui changeaient à mesure que le lavabo s'emplissait. Mais qu'en était-il du bel agencement de son livre d'art ? Il n'en savait trop rien. Avant tout, l'important restait de se détendre. Il s'efforça de songer aux diverses parties de son corps, les épaules, la nuque, le dos, les hanches. Et conclut qu'il se sentait tout à fait détendu, même dans la poitrine, même dans les côtes. Seulement, il ne voyait pas la balle.

Il se passa de l'eau sur le visage et sortit. L'agent immobilier était en train de discuter dans un téléphone portable, Val se remettait du rouge à lèvres, de ce geste expert qui lui donnait une si drôle de bouche, comme toutes les autres femmes.

— Viens, je vais te montrer quelque chose, dit-elle.

Il la suivit dans le vestibule puis dans une autre pièce uniquement occupée par une maquette de station spatiale.

— Ils avaient des petits enfants, conclut-elle.

— Qui ?

— Les propriétaires.

— Pourquoi vendent-ils ?

— Ils se sont tués dans un accident d'avion.

Mauvais signe. Bobby fit la grimace.

— Un avion privé, se hâta-t-elle de préciser. En revenant des sports d'hiver, je crois.

— Et alors ?

— Alors quoi ?

— Qu'est-ce que ça fait que cet avion ait été privé ou pas ?

— Ecoute, on ne va pas se battre là-dessus.

Bobby entra dans la station spatiale, se mit aux commandes, appuya sur un bouton. Des mots apparurent sur un écran : « Bienvenue dans la station

Saturne US 2, en orbite autour de Titan à quatre-vingt mille mètres, vitesse 2000 km/h, distance de la Terre, un milliard quatre cent vingt-neuf mille kilomètres, température extérieure, moins deux cent soixante-dix degrés Celsius. Tout est normal. Attendons vos instructions. »

*Vous pourriez vous présenter pour devenir astronaute...* Fallait-il y voir un signe ?

— Tu aimes cette maison ? demanda-t-il.

— Oh oui !

Cette ancienne majorette de Lubbock qui aimait une telle maison ! Bobby chercha vainement quelques ultimes traces de la pom-pom girl qu'elle avait été. Evidemment, elle possédait toujours ce corps magnifique et ces cheveux blonds, qu'elle ne coiffait plus en chignon ; elle se les était fait couper, ça lui donnait un air d'avocate, même si elle n'avait pas travaillé une demi-journée depuis leur mariage. Ce dont Bobby se fichait, d'ailleurs. Pourquoi devrait-elle travailler ? Sauf qu'elle n'avait plus l'air d'une pom-pom girl.

— Pas toi ? interrogea-t-elle.

— Pas moi quoi ?

— Tu ne l'aimes pas ?

— Bof, ce n'est pas mon genre.

— Pourquoi ?

— Ni le tien, Val.

— Valerie. Et ne me dis pas ce qui est mon genre ou pas mon genre.

Le vendeur surgit dans la pièce.

— Ah ! s'exclama-t-il. La chambre de Sean.

Bobby sortit de la maquette, agacé à l'idée que cet abruti parût déjà au courant de sa vie privée, du nom de son fils. L'écran s'illumina : « Objet non identifié en vue à quatre-vingt-sept degrés, quarante et une minutes. Vitesse approximative : vingt-cinq mille kilomètres heure, distance approximative, douze mille huit cents kilomètres. Demandons instructions. » Encore une demi-heure, se dit Bobby.

— Désirez-vous visiter la cave, monsieur Rayburn ? Examiner les machines ?

Bobby répondit non de la tête.

— Tout est dans un état impeccable, ajouta le vendeur.

— Je n'en doute pas, répondit Val. Cependant, j'aimerais quand même jeter un coup d'œil sur la piscine découverte.

— Certainement.

Il les conduisit à l'arrière de la maison, leur montra la pelouse, le barbecue encastré dans la pierre, les cabines, la piscine.

— Vingt-cinq mètres, annonça-t-il fièrement. Sur…

Il consulta un carnet à couverture de cuir.

— Sur quinze. Chauffée, bien entendu.

— Mais pas clôturée, observa Val.

— Inutile, puisque toute la propriété l'est, répliqua le vendeur. Mais si vous y tenez absolument, par exemple pour Sean, il sera très facile de prévoir une protection.

La piscine était vide. Une batte d'enfant gisait au fond, que Bobby alla chercher en descendant les marches de pierre. Le vendeur éclata de rire :

— On emporte du travail à la maison ?

— Pardon ?

L'homme se calma instantanément. Bobby remonta, armé de la batte, et aperçut Wald qui entrait par le fond du jardin, traversait la pelouse en hâte pour lui tendre le *Herald* :

— Joli coup, hier !

Sur la dernière page s'étalait une photo de Bobby en plein lancer quoique complètement déséquilibré. Le cliché l'avait trahi.

Le vendeur poussa un sifflement admiratif :

— Ben mon vieux !

Wald jeta un regard circulaire sur la propriété.

— Qu'est-ce que c'est que ça ?

— On visite, répondit Bobby.

— Ça vous plaît, Chaz ? demanda Val.

— Combien ?

Le vendeur s'empressa :

— Les propriétaires demandent un million six, tout compris, installations, système de sécurité, stéréo, tout...

— Vous n'y êtes pas, coupa Wald. Je me fiche de ce qu'ils demandent, je veux savoir combien ça vaut.

L'autre en resta coi.

— Qui sont ces gens, d'abord ? reprit Wald.

— Ils sont morts dans un accident d'avion privé, précisa Val.

— Bon, si je comprends bien, c'est une liquidation.

— En quelque sorte, admit le vendeur.

Il ouvrait et fermait nerveusement les boutons de son veston.

— En quelque sorte, répéta Wald, pensif.

Il se tourna vers Bobby :

— Alors ? Ça te plaît ?

— A moi, oui, intervint Val.

— Il faut qu'on en parle, répondit Bobby.

— Alors, parlez-en.

Le mari et la femme descendirent la pelouse en pente abrupte vers la mer grise sous le ciel gris ; seule une voile rouge, anguleuse comme un aileron de requin, ajoutait une touche de couleur à l'horizon uniforme.

— Pourquoi pas ? reprit Val. Il faut bien habiter quelque part. Sauf si tu veux qu'on reste en Californie, Sean et moi.

— Je n'ai jamais dit ça, voyons ! Je viens de signer pour trois ans ici.

Val ne répondit pas. Elle et Sean ? Bobby ne parvenait à se représenter que le visage du petit Sean, l'autre, blême et maigre sur son lit d'hôpital. Et il n'aimait pas cela.

Sa femme l'interrogeait du regard.

— Ça te plaît ? reprit-il.

— Pas à toi ?

Il haussa les épaules.

— Tu ne trouves pas que c'est un peu... trop ?

— Trop cher ?

— Non, trop...

— Trop quoi ?

Il ne trouvait pas ses mots.

— Ecoute, Bobby, c'est une propriété très élégante, beaucoup plus... classe que celle de Californie.

— Classe ?

— Tu vois ce que je veux dire. Il paraît qu'on a déjà fait plusieurs articles sur cette maison, dans des magazines de décoration.

— Et alors ?

Val soupira.

Bobby se retourna vers la piscine où Wald, et le vendeur restaient à bavarder dans leurs téléphones portables.

— Pourquoi pas ? insista-t-elle.

Oui, pourquoi pas ? D'autant que cette batte oubliée dans la piscine constituait un bon présage.

— D'accord, finit-il par dire.

Val se pencha vers lui pour l'embrasser sur la joue. Il pensait à sa tante Greta. Elle aussi avait été une majorette très populaire...

Ils revinrent vers la piscine. Wald et le vendeur dirent au revoir à leurs correspondants et rangèrent leurs téléphones.

— Voilà, annonça Bobby. Elle nous plaît assez.

Wald toisa le vendeur :

— Bon, alors, la douloureuse ?

— Pardon ?

— La note.

— Je vous ai dit qu'ils demandaient...

Wald l'interrompit d'un geste :

— Je me fous de ce qu'ils ont demandé. On n'a pas le temps. Bobby est attendu à l'entraînement dans une heure. Jusqu'à combien peut-on baisser, dernière limite ?

Le vendeur passa une main dans ses cheveux impeccables.

— Je ne saurais vous dire exactement. Voyez-vous, ce n'est pas mon...

— A d'autres ! Vous êtes de la partie ou non ? A combien vous l'estimez ?

— Un million trois.

— On ira jusqu'à neuf cent vingt-cinq mille. Point final.

— Je ne pense pas que ce soit très réaliste...

— L'offre tient jusqu'à minuit et reste subordonnée à une visite approfondie, naturellement. Vous et moi allons préparer les papiers, pas la peine de faire perdre son temps à Bobby. Je déposerai Val à son hôtel.

— Chaz ? intervint Bobby.

— Oui.

— Je voudrais te dire un mot.

— C'est toi, le patron.

Bobby redescendit la pelouse, cette fois en compagnie de Wald. La voile rouge avait disparu.

— Neuf cent vingt-cinq mille dollars, reprit-il. Je peux me le permettre ?

— Est-ce que tu as seulement lu ton contrat ? Evidemment que tu peux te le permettre ! En plus, à moins d'un million, dans ce coin, tu fais une affaire en or, crois-moi. J'ai vérifié avant de venir.

— Ah bon ?

— Eh oui ! Je fais mon travail, comme toi le tien. C'est que ça vaut encore cher, figure-toi, ces vieilles demeures de rupins.

Bobby eut beau regarder autour de lui, il ne se trouva aucun voisin.

— Qui habite par ici ? Rien que des vieux rupins ?

Wald lui envoya une claque dans le dos.

— T'en fais pas, ils te ficheront la paix. Dans ce genre d'endroit, personne ne vient jamais vous déranger.

Bobby scrutait la mer ; il finit par repérer la voile rouge qui se détachait sur l'horizon gris.

— Regarde.

— Quoi ?

— Cette voile rouge.

Wald fronça les sourcils.

— Je ne vois pas.

— Ça ne fait rien. Va signer.

— Ja wohl.

Bobby retourna au club. Une méchante bruine mouillait le terrain quand il arriva, aussi l'entraînement avait-il été suspendu. Il s'installa dans le hall, alluma son baladeur, feuilleta un journal, signa quelques balles, le tout en évitant soigneusement de croiser le regard de Primo qui jouait sur son Nintendo non loin de lui.

A midi cinquante, il enfila sa chemise, numéro quarante et un. Il n'arrivait pas à s'y faire, comme s'il avait changé de coupe chez le coiffeur ou mis des chaussures trop serrées. Il se sentait mal dans sa peau. Dans son coin, Primo se signait, et arborait le numéro onze.

A treize heures cinq, ils entraient sur le terrain, pour ne rentrer que deux heures plus tard, sous un sinistre crachin.

Dans le parking des joueurs, les attendait une fille. Bobby n'avait pas saisi son prénom, peut-être ne l'avait-elle seulement pas dit, d'ailleurs. Il l'emmena dans un hôtel, pas le sien, et la défonça sans état d'âme.

— Oh, Bobby, ça ne m'était encore jamais arrivé !

— De quoi tu parles, là ?

— De cet orgasme que tu m'as donné. C'était tellement...

Plus tard, il regagna son propre hôtel. Val n'était pas là. Il se glissa dans un bain à remous avec un verre de bière, sans plus penser à rien, comptant distraitement les anneaux du rideau de douche. Onze. Pas moyen de se détendre.

Il sortit de l'eau pour aller directement au lit et ne se réveilla qu'en pleine nuit. Il y avait quelqu'un à côté de lui. Il avait oublié où il se trouvait et crut un instant que c'était la fille du parking. Ça l'excita.

— Bobby ?

C'était Val.

— Quoi ?

— C'est fait.

— Quoi ?

— La maison. Neuf mille cinq cents. Chaz est étonnant. On peut emménager la semaine prochaine.

Bobby ne dit rien. Val se rapprocha de lui. Ils n'avaient pas fait l'amour depuis longtemps. Ce n'était pas mal non plus avec Val, quoique pas extraordinaire. Pourtant, elle possédait un corps sensationnel, beaucoup plus beau que celui de la fille du parking mais, au lit, elle ne donnait rien d'extraordinaire.

Ensuite, ils restèrent l'un près de l'autre, sans plus se toucher.

— Ça se présente bien, tu ne trouves pas ? observa-t-elle. Tu vas voir quand Sean découvrira cette station spatiale...

Bobby se demanda ce qu'était devenu l'objet non identifié qui approchait à 25 000 km/h mais, quand il voulut se représenter le visage de Sean, il ne vit que celui de l'autre, sur son oreiller, avec ses grands yeux fiévreux. Il se rendormit.

Il se réveilla encore en pleine nuit. Impossible de se rappeler où il avait fourré la batte d'enfant, son nouveau porte-bonheur.

## 10

— ... comme dans le cas de John Paciorek, si tu veux un exemple.

— Tu ne veux pas dire Tom ?

— Non, je sais ce que je dis, Bernie. John Paciorek, le 29 septembre 1963. Premier match du championnat. A Houston, avec un colt 45.

— Tu te souviens de cet uniforme, Jewel ? Aujourd'hui c'est une pièce de collection.

— Je n'étais pas née, Bernie, tu le sais très bien. Quant à John Paciorek, il a effectivement donné un match époustouflant ce jour-là pour ne jamais plus jouer ensuite. Jamais. C'est tout ce qu'il y a de vrai. D'après toi, qu'est-ce qu'il faut en conclure ?

— Je t'écoute, Jewel.

— Que le base-ball ressemble parfois à un film européen.

— Je ne suis pas calé en cinéma européen, Jewel. Je serais incapable de citer un seul titre au pied levé, à part *The Crying Game*[1].

— Il y a de ça.

Le 9 avril, deuxième mercredi du mois, sept heures cinquante-neuf. Ding. Quatrième étage. Toujours ce revêtement de sol visqueux, le Grand Emprunt National, toujours vacant. Gil : douché et rasé de frais, revêtu d'une nouvelle chemise et d'un costard tout droit sorti du teinturier, armé de sa valise d'échantillons et d'un mégagobelet à café. A l'heure. Il inaugurait également une cravate neuve, sobrement rouge et noir, rien à voir avec son modèle porte-bonheur, et gardait en tête l'explication minutieusement préparée qu'il ressortirait, le moment venu, pour annoncer la défection d'Everest and Co, non sans y ajouter une pointe d'optimisme. Il avait désormais compris que le jaune ne pouvait en aucun cas constituer une couleur seyante pour une cravate. Le rouge et noir c'était dix fois mieux. Sûr

1. Jeu de mots sur le titre de ce film anglais (non traduit en français mais équivalant à « flagrante machination ») qui pourrait également signifier « match lamentable ». *(N.d.T.)*

de soi, optimiste, on ne fait pas de prisonniers. Le VRP modèle arbore une expression contente, il avait lu ça dans un mémo de Cincinnati, et la cravate c'est comme le visage du costume. Il aimait cette idée. Il faudrait qu'il l'essaie sur quelqu'un... Lenore ? Ellen ? Impossible de déterminer qui pour le moment. En tout cas, il affichait un large sourire parfaitement en concordance avec ses vêtements propres. Et le poignard lui enserrait doucement le mollet.

— Bonjour, Bridgid. Figgy se débrouille bien avec ses cannes à pêche ?

Sans lever les yeux de son clavier, elle répondit :

— C'est fini.

— Tant mieux, finalement ! Je le voyais mal se mettre à jouer les culs-terreux.

Cette fois, elle le regarda mais se détourna très vite.

— Oui.

Au fait, se dit soudain Gil, si cette histoire de cannes à pêche ne fonctionnait pas, qu'en était-il de ses cinquante dollars ? Préférant écarter cette question pour le moment, il se dirigea résolument vers la salle de réunions. Garrity et ses onze collègues siégeaient déjà autour de la table. En fait, ils étaient douze : les huit anciens, les trois ramenés par O'Meara mais aussi Figgy, en train de passer des pastilles à Verrucci, le Texan débarqué le mois précédent. En voyant Gil entrer, Garrity leva le doigt et se précipita vers la porte.

— Vous avez une minute ?

— Si c'est vous qui me le demandez, répondit Gil. Il est huit heures...

Son chef le suivit dans le corridor et l'entraîna dans son bureau.

— Asseyez-vous, Gil.

Il lui désigna le canapé acheté quelques années auparavant, à l'époque de son divorce. Beaucoup trop profond et moelleux pour un meuble de bureau, si bien que personne ne s'en servait jamais.

Effectivement, Gil s'y enfonça trop pour s'y sentir à l'aise, d'autant que Garrity restait perché sur un coin de son bureau. Le bas relevé de son pantalon révélait un carré de chair rose et brillante, dénuée de tout poil, une jambe de vieux. S'il n'était pas mort, le père de Gil ne serait guère plus âgé que Garrity.

— Figgy est revenu ? demanda-t-il.

— Je n'y suis pour rien. Les ordres de Cincinnati.

Cette réponse surprit Gil.

— Et alors ? Il n'est pas si nul que ça !

— C'est gentil de votre part, étant donné les circonstances.

Allons, se dit Gil, s'il parle des cinquante dollars, inutile d'en faire tout un plat.

— Pardon ? s'étonna-t-il.

Garrity poussa un soupir.

— Gil.

— Quoi ?

— Il faut vraiment que je vous dise tout ?

— Que vous me disiez quoi ?

— O'Meara a eu les gens d'Everest and Co au téléphone.

Garrity attendit la réaction de Gil mais celui-ci ne broncha pas, continuant d'afficher l'air béat du VRP bien dans sa peau.

— En un mot comme en cent, conclut alors Garrity, et j'aurais préféré ne pas avoir à vous l'annoncer, vous êtes...

Gil venait de retrouver sa voix :

— Je vais vous expliquer, pour Everest and Co. Mais pas le cul coincé au fond de ce fichu canapé. Il se leva, les mains chargées de son carnet de commandes, de sa valise d'échantillons et du mégacafé noir. Evidemment, le café se répandit à la fois sur son pantalon et sur le canapé ; sans s'arrêter sur la cuisante douleur occasionnée par la brûlure, et bien que l'idée d'avoir bousillé un second costume en deux jours d'affilée lui donnât envie de tout déchirer sur place, Gil se mit à parler à mille à l'heure :

— Je vais vous expliquer cette histoire. D'abord, je ne sais pas ce que vous a dit O'Meara ni ce qu'a pu lui raconter Everest, encore que ce n'est sûrement pas Chuck qui lui a parlé parce qu'il est à Chicago, mais je vous assure que ça ne se présente pas si mal que ça peut en avoir…

Garrity secouait la tête.

— Laissez tomber, Gil. L'ordre vient de Cincinnati.

— Quel ordre ?

— Vous tenez absolument à ce que je vous le dise ? Que vous êtes… voyez-vous…

S'avançant d'un pas, Gil toisa son chef de toute sa hauteur.

— Que je suis quoi ?

Garrity se rembrunit.

— Il va falloir me rendre votre carnet de commandes, et votre valise d'échantillons. Vous recevrez par chèque le solde de vos commissions.

— Que je suis quoi ? Que je suis quoi ? Que je suis quoi ?

Garrity ne répondit pas, alors que leurs deux visages se trouvaient à quelques centimètres l'un de l'autre. Gil gardait toujours dans la main son carnet de commandes, et sa valise d'échantillons. Il se vit même les lever et en assener un coup sur la tête de son chef, accompagné d'un début de jouissance. Mais il n'en fit rien et les lâcha seulement, les laissant tomber par terre.

Garrity ne bougea pas, n'éleva pas la voix.

— Il va falloir vous reprendre, mon gars, considérez-le comme le conseil d'un vieil ami de votre père.

Gil jeta un coup d'œil vers cette jambe rosâtre qu'il pourrait sans doute casser de ses mains comme un vulgaire bout de bâton. Est-ce que Garrity élèverait la voix à ce moment-là ? De nouveau, il se sentit traversé d'une onde de plaisir et crut entrevoir un avenir d'étranges perspectives, tout aussi troublantes qu'excitantes. Néanmoins, il réprima la tentation.

— Le vieil ami ferait mieux de la fermer. C'est mon père qui a monté cette boîte.

Garrity secoua la tête :

— Il fabriquait de magnifiques couteaux. Mais c'est Cincinnati qui en a fait une affaire florissante.

— En commençant par le virer.

— Il a été largement dédommagé.

— Tu parles, connard ! Il était mourant.

— Ce n'était pas un homme d'affaires, Gil. Point final.

Brusquement, une idée inonda ce dernier comme une révélation.

— Vous avez donné mon secteur à Figgy ?

— Pas moi, O'Meara.

Gil tourna les talons et sortit en coup de vent, passa devant le bureau de Bridgid. Celle-ci, ses lunettes perchées au bout du nez, se penchait sur son clavier.

— Combien tu en as sucé pour faire revenir Figgy ?

Elle sursauta, les yeux écarquillés.

— Garrity, O'Meara, qui encore ?

A la voir virer à l'écarlate, il en conclut qu'elle était forcément coupable. Alors elle fondit en larmes. Mais, cette fois, il n'en éprouva aucun plaisir. Trop facile, comme s'il avait suffi d'appuyer sur un bouton. Lui, il avait besoin d'action.

Il se dirigea vers la salle de conférences. Dans la salle d'attente, un homme en coupe-vent se leva, comme pour lui barrer le passage, mais il souriait :

— Monsieur Renard ?

— Oui ?

— Bonne journée.

Il lui tendit une enveloppe blanche et sortit.

Gil la fourra dans sa poche et fit gicler la porte de la salle de conférences contre le mur, pour tomber sur le joyeux tapage de tous les représentants pliés en quatre devant Figgy qui faisait un numéro d'équilibriste avec une pile de pastilles aux fruits posée sur son nez.

Un ange passa subitement, accompagné du seul bruit des pastilles qui s'éparpillaient par terre. Tous les yeux venaient de se porter sur l'entrée. Gil n'avait pas d'objectif précis mais il devait faire quelque chose. Contournant la table, il se dirigea sur Figgy ; ce dernier se leva, recula. Gil souriait de toutes ses dents, la main tendue. Instinctivement, Figgy en fit autant : n'étaient-ils pas collègues, après tout ? Ils se serrèrent la pince. Gil avait mollement saisi la paume de son partenaire mais continuait d'afficher ce large sourire vache qu'il ne se connaissait pas mais qui semblait parfaitement convenir à la circonstance.

— Félicitations, mon vieux ! Et meilleurs vœux de réussite.

Il lâcha la paume moite de Figgy.

— C'est vraiment très gentil, Gil, balbutia celui-ci.

Il baissa la voix pour ajouter :

— Ne t'inquiète pas, je n'ai pas oublié ton fric.

Apparemment, c'était ce qui le gênait le plus dans la situation.

— Quel fric ? demanda Gil.

Figgy ajouta encore plus bas :

— Tu sais, ce que je te dois...

Gil éclata de rire, d'un nouveau rire qui allait bien avec son nouveau sourire.

— Laisse tomber. Cinquante dollars, ça s'oublie entre potes. Tiens, achète un petit quelque chose pour Bridgid avec.

Là-dessus, il repartit, passa devant Garrity penché sur Bridgid en larmes et sortit. Dans la rue. Enfin.

Il monta dans sa BMW, démarra, roula quelques instants avant de se rendre compte que le cliquetis dans ses roues était revenu. Il s'arrêta au milieu de la rue, fit le tour de la voiture pour constater, à l'arrière, une énorme bosse et le pot d'échappement à moitié arraché qui traînait par terre. Il acheva de le casser, emportant le silencieux dans le mouvement, et dut se retenir pour ne pas mettre toute la voiture en pièces par la même occasion. En fin de compte, il préféra passer chez Cleats.

Il commanda une bière-téquila.

— Alors, ton gosse a aimé le match ? demanda Leon en posant les deux verres sur le comptoir.

Gil lui jeta un regard torve.

— Il s'appelle bien Richie, je crois ?

— Comment tu le sais ?

— C'est toi qui l'as dit, une ou deux fois, répliqua Leon, quelque peu surpris.

On se calme ! se dit Gil. Après tout, ça partait d'un bon sentiment. Du coup, il sourit, en espérant que son pote avait droit au bon vieux sourire des copains, pas au nouveau, le vache des VRP.

— Ouais, ça lui a plu. Tu parles, les gosses adorent tous ça.

— Surtout le match d'ouverture, renchérit Leon.

— Ouais.

— Tu sais que tu avais peut-être raison à propos de Rayburn ?

— Ah oui ?

— Un coup pareil, ça ne se discute pas.

La page des sports de *Globe* se trouvait sur le comptoir. Gil la parcourut, relut tout le déroulement du match, vida sa bière, en commanda une autre, compara les scores de toutes les équipes. Il commençait à se sentir bien, même plutôt optimiste. Evidemment qu'il avait raison pour Rayburn ! Il s'y connaissait, il savait à quels bestiaux il avait affaire. Il resserra sa cravate noir et rouge devant la glace. Pas mal.

Il lut alors un encadré sur les gains de Bobby Rayburn, qui lui rapporteraient quelque sept cent cinquante mille dollars par an rien qu'en dividendes. Et alors ? Avec un swing pareil, ça les méritait bien. Ce type allait tous les enfoncer, Gil avait pu le constater de ses yeux.

Il déchira l'article, le plia et le mit dans son portefeuille.

Quelques minutes plus tard, il l'en sortait pour le relire : Rayburn allait se faire, en plus, cinquante mille dollars par an de rente à vie, à partir de 2007. C'était cette idée qui enchantait le plus Gil, lui qui ne savait pas de quoi il vivrait la semaine à venir. Il se regarda de nouveau dans la glace pour s'encourager. Il avait le visage sombre et bouffi.

Il s'offrit une troisième tournée.

— Devine qui est venu, hier soir, reprit Leon.

— Figgy.

— C'est vrai, il est passé. Avec sa petite amie. Ils ont bu du champagne. Mais ce n'est pas de lui que je voulais parler.

— Ah bon ? Alors de qui ?

— Des joueurs. D'habitude, ils vont plutôt au Bluebeard's. Si ça se trouve, ils vont venir ici, maintenant. Ils aiment mon poulet grillé, ils en ont tous repris.

— Quels joueurs ?

— Primo, Sanchez, Zamora et quelques autres.

— Où est-ce qu'ils se sont assis ?

Leon désigna la table du fond, sous les battes dédicacées Louisville Sluggers d'Aaron et de Mays, croisées comme les épées d'un écusson médiéval.

— De quoi ils ont discuté ?

Leon haussa les épaules.

— Je sais pas trop, ils parlaient en espagnol.

Il réfléchit, puis :

— Il y a un type qui s'appelle Onsay, dans le baseball ?

— Pas que je sache.

— Parce qu'ils avaient l'air de se moquer de lui.

— Comment ça ?

— Primo disait qu'*Onsay* et les autres allaient craquer.

— Tu as l'encyclopédie ?

Leon tira de sous son bar *l'Encyclopédie du baseball* mais il n'y avait personne entre Manuel Dominguez « Curly » Onis qui avait joué en 1935 dans les Brooklyn Dodgers, et Edward Joseph Onslow qui avait frappé 232 sur 207 *at bats* en quatre ans entre 1912 et 1927.

— Au fait, demanda Gil à brûle-pourpoint, tu sais ce que c'est, *The Crying Game* ?

— Un film, je crois.

— Sur le base-ball ?

— Non, il ne me semble pas. Onsay, ce doit être un bleu.

— Je le connaîtrais, affirma Gil.

Il avala une gorgée de tequila, finit sa bière et s'apprêtait à en commander une autre, histoire de s'occuper devant le bar, quand Leon demanda :

— Tu prends ta journée ?

— Non.

Il avait tout gâché, cet enfoiré. Gil ferma l'encyclopédie et demanda sa note.

— C'est pour moi, dit Leon.

— Quoi ?

— Ce verre-là.

Apparemment, il savait ce que Figgy était venu fêter.

Gil prit au nord, quitta la ville en direction des montagnes. Tout y était brun à l'exception des pistes de ski artificielles. Il écouta les reportages sur les matches en cours puis remit JOC où un auditeur demanda des nouvelles des côtes de Rayburn. A quoi Bernie répondit qu'on avait grandement exagéré leur état. Rayburn allait bien et Burrows avait eu raison de le faire jouer.

— Ta gueule ! maugréa Gil.

D'un seul coup, il se mit à le brailler à pleins poumons :

— Ta gueule !

Burrows avait bousillé la carrière de Rayburn et la saison tout entière de l'équipe, et les médias s'en faisaient les complices. Il était clair que ses côtes faisaient souffrir Rayburn… sinon il ne serait jamais resté bêtement planté sans réaction devant l'abri.

Gil voulut appeler Bernie pour l'engueuler mais la ligne sonnait constamment occupé.

Quittant l'autoroute, il s'engagea sur une voie secondaire. De temps à autre, il s'arrêtait pour prendre un verre, dans des bars miteux de villes miteuses.

La nuit tombait et il n'avait rien mangé. Assis au comptoir de son dernier drugstore, il consultait le menu en buvant une bière. Il finit par commander un autre verre.

— Et qu'est-ce que vous mangez ?

De la tête, il fit signe que rien.

Par hasard, il découvrit que l'établissement possédait également l'*Encyclopédie du base-ball*. Du coup, il alla s'installer avec au fond de la salle.

De nouveau, il chercha Onsay. Puis Boucicaut, et Claymore, et lui-même, Renard Gilbert Marcel. Mais il ne trouva aucun de ces noms. Il resta jusqu'à la fermeture et finit par se retrouver dans une petite rue froide et silencieuse. Main Street, dans la ville où il avait grandi.

## 11

Le ciel était noir, constellé d'étoiles, l'air froid et tranquille. Gil n'entendait que ses pas et sa respiration. Il descendit Main Street jusqu'au dernier néon, jusqu'à la dernière boutique fermée, pour s'engager dans Spring Street. Il était peut-être saoul mais ce n'était pas la première fois que ça lui arrivait chez lui ; en fait, il avait commencé adolescent, alors que le bourg représentait encore un centre d'une quelconque importance ; à l'époque, quand on se saoulait, par une nuit telle que celle-ci, on se croyait le maître du monde, l'avenir plein de possibilités, on se sentait pousser des ailes, on pouvait s'envoler. Maintenant, il ne sentait plus rien, à part la présence des bois, invisibles à cette heure mais qui enserraient toute la ville. Elle n'avait pas changé, ou plutôt elle avait rétréci, tandis que les arbres avaient grandi.

Spring Street s'achevait sur un chemin de terre surmonté d'une enseigne en arc aux lettres autrefois dorées, désormais à peu près illisibles : Amvets Memorial Field, 1951. Au-delà se dressaient les hautes silhouettes de la cabine des commentateurs, du guichet des entrées, des grilles qui scintillaient çà et là dans la lueur des étoiles. Gil les escalada et se laissa tomber de l'autre côté dans l'herbe froide et humide.

Il se dirigea vers le marbre qu'il frotta de sa semelle de mocassin. Cincinnati avait recommandé les mocassins à glands. Les lignes de base défoncées semblaient lumineuses à Gil, diamant creux dans l'obscurité. Il marcha vers la première base, jusqu'à l'endroit où auraient dû se trouver les coussins, la contourna et continua vers la deuxième puis la troisième, de plus en plus lentement. C'est à peine s'il pouvait encore placer un pied devant l'autre quand il atteignit le marbre. Pas un cri, pas une acclamation pour accueillir son arrivée ; il n'entendait que son souffle vibrant, le sifflement dans ses poumons.

— Pas très engageant ! lança-t-il tout fort.

Il sauta au centre du marbre : sauf. Puis, reprenant sa course, il rejoignit l'abri des joueurs, un simple bunker de ciment au toit plat, et s'assit sur le banc de béton. Il regarda le monticule du lanceur qui formait une petite bosse claire et discrète.

Peu à peu, le froid l'engourdissait. Blotti dans sa veste, les mains entre les genoux, il ne quittait pourtant pas l'abri des yeux. Jusqu'au moment où ses paupières se fermèrent, où il perdit conscience, ou connaissance.

Richard Renard avait quitté l'hôpital le matin d'un match de finale. Sans demander son avis à personne. Il avait tout simplement attendu la fin des visites pour déserter sa place, dans la salle commune. Il avait pris des vêtements dans son placard, s'était habillé puis s'était assis sur le lit pour se reposer un peu. Ensuite il avait emprunté l'escalier de peur de se faire repérer dans l'ascenseur, obligé de s'arrêter à chaque palier et au milieu des marches pour reprendre son souffle.

Il trouva sa voiture dans le parking, l'ouvrit, entra, reprit son souffle. Puis il roula sur deux cents kilomètres pour revenir au terrain de base-ball. Le match commençait à treize heures. La montre de bord indiquait midi cinquante-sept quand il arriva. Il se reposa trois minutes puis tâcha de quitter la voiture, ce qui consistait d'abord à tourner le torse puis à baisser la poignée et à descendre. Cela commença bien mais ne dura pas. Il ne s'était jamais rendu compte du rôle que pouvaient jouer les jambes dès qu'il s'agissait de sortir d'une voiture. En fait, toute sa vie, il avait possédé des jambes puissantes alors que, maintenant, elles ne pouvaient seulement le porter vers la terre ferme.

Richard Renard demeura dans sa voiture, dans le parking du stade. Il abaissa sa vitre, tant qu'il en avait encore la force, pour écouter les échos du match, les cris, les acclamations, le claquement des balles sur les battes. Un bruit plus sourd que les autres lui indiqua que son fils se trouvait au monticule, du moins l'imaginait-il. Il voulut klaxonner pour appeler à l'aide mais, le temps de s'en aviser, il avait perdu la force de le faire. Les rumeurs et les claquements se firent plus sourds et s'éloignèrent peu à peu de sa conscience.

Gil avait soif. Mais c'étaient là de ces distractions dont il ne voulait pas tenir compte. Et puis il y avait la foule qui se levait en rugissant, et les coureurs des deuxième et troisième bases qui tourbillonnaient autour des coussins. Seulement, comme disait son père, le lanceur devait avoir une vision de tunnel et, au bout de ce tunnel, Gil voyait Bouchard, le frappeur yankee, qui attendait tranquillement, déjà grand comme un homme.

— Si tu veux le marquer, lui glissa Boucicaut à l'oreille, vise la tête.

Il cracha à travers son masque et regagna sa place. Gil anticipait déjà la douleur, pourtant il s'apprêtait à lancer, quoi qu'il arrive.

D'un geste de la main, Boucicaut lui demanda une balle rapide.

— Balle trois ! lança l'arbitre.

La fin du match se déroula comme dans un rêve. Ils gagnèrent, remportèrent le trophée dont chaque joueur reçut un exemplaire. Ils se congratulèrent, s'étreignirent. Il fallut une demi-heure à toute l'équipe pour quitter le terrain. Ce fut alors qu'on trouva le corps du père de Gil, froid et gris, effondré à l'avant de sa vieille Chevrolet, dans Spring Street.

Gil s'éveilla en frissonnant. Il faisait encore nuit mais la lune s'était levée et une gelée blanche recouvrait l'herbe du vieux terrain. Etourdi et glacé, il se leva pour aller gerber dans un coin, rien que de la bière et de la tequila, transformées en une biture amère par son estomac révolté. Il n'avait plus mangé depuis... impossible de se souvenir au juste.

Il escalada les grilles, lourdement, cette fois, et regagna sa voiture puis roula vers Main Street, le chauffage poussé à fond. Il partit vers le nord, où se situait le cimetière, en bordure des bois. Comme tous les représentants dont le secteur pouvait se trouver enneigé, Gil emportait en permanence une pelle dans son coffre. Il alla la chercher avant de s'aventurer parmi les tombes.

La ville avait peut-être rétréci mais le cimetière, comme les bois, avait grandi. La pierre de Richard R.G. qui avait été dressée au dernier rang, presque dans les arbres, se trouvait maintenant entourée d'autres tombes, avec des noms du coin : Pease, Laporte, Spofford, Cleary, Bouchard. Gil les lisait au clair de lune. Il lui fallut du temps pour repérer Richard R.G.

L'avoué qui avait exécuté le testament avait vendu la Chevrolet pour payer la pierre de marbre au sommet arrondi, un peu plus jolie que ses voisines mais pas vraiment monumentale. Il y avait en fait tout juste la place d'y graver le nom et des dates de naissance et de décès tellement rapprochées qu'elles encadraient une durée de vie tout juste valable dans un pays du tiers monde. Gil n'eut aucun mal à la déplacer.

Il déplia la pelle et se mit en devoir de creuser ; bientôt, il se sentit parcouru de gouttes de sueur malgré le froid qui engourdissait encore ses mains et ses pieds. Plus le trou s'approfondissait, plus il s'y enfonçait, jusqu'aux genoux, jusqu'aux cuisses, jusqu'aux hanches, son souffle bleuté s'élevant rageusement dans la nuit.

Petit à petit, le ciel s'éclaircissait à l'est mais Gil, enterré jusqu'aux épaules, ne le vit pas. Il creusait, envoyait la terre, creusait, envoyait la terre, creusait, envoyait la terre, en rythme, comme s'il frappait sur une enclume. C'en était presque jouissif, certainement mieux que tout le travail qu'il avait accompli depuis son apprentissage à la forge. Il aurait dû se faire fossoyeur, encore que, même dans ce genre de métier, on devait avoir des Garrity et des O'Meara pour vous commander.

C'est alors que sa pelle heurta quelque chose de dur. D'un seul coup, il se rendit compte que l'aube allait se lever et qu'il ferait mieux de se dépêcher. Il venait d'entrevoir une planche de pin au vernis écaillé ; après en avoir dégagé une bonne partie, il l'attaqua de toutes ses forces et finit par faire voler le bois en éclats. Il s'arrêta un instant, prêt, déjà, à subir l'inévitable odeur de putréfaction qui allait sûrement le prendre à la gorge. Mais il n'en fut rien.

Alors il s'agenouilla pour achever de dégager avec les mains le trou qu'il venait de faire, et jeta un coup d'œil à l'intérieur. Il aperçut la chemise blanche pleine de trous, encore boutonnée jusqu'au cou, et quelques petits os desséchés d'une main qui reposait sur une cravate de VRP complètement râpée.

Mais, au milieu de tout cela, une balle de base-ball en cuivre montée sur un socle de bois, parfaitement conservée. Gil s'empara du trophée sans faire attention au désordre qu'il provoquait parmi les os éparpillés.

En brandissant le trophée vers le ciel déjà clair, il laissa échapper un son totalement incontrôlé qui lui jaillissait du larynx, des cordes vocales, du cerveau. Il était tellement abasourdi qu'il en perdit l'équilibre et s'abîma sur le cercueil. De nouveau, il vagit, plus fort encore et, sans savoir comment, se retrouva sur le sol, au bord de la tombe. Tel un lézard surpris par un prédateur, il fila en rampant dans l'herbe glacée, à bout de souffle, saisi d'une nausée qui lui déforma les lèvres. Seulement il n'avait plus rien à gerber.

Lentement, il se releva, regarda autour de lui. Personne. Au-delà du cimetière, la ville était encore plongée dans l'ombre. Il retourna vers la tombe, la combla, redressa la pierre puis, le trophée, son trophée, à la main, il s'en alla. A cet instant, une lueur orange jaillit des bois et il entendit une détonation. Il détala vers la route, aussi vite que le lui permettaient ses jambes, esquivant les tombes, s'attendant à tout instant à recevoir une balle dans le dos. Mais il n'entendit pas de second coup de feu. Alors il ralentit, regarda derrière lui.

Un homme sortait du bois, un fusil à la main, une biche sur l'épaule. Même de là où il se trouvait, Gil vit que l'animal était trop jeune. D'ailleurs, la chasse n'était pas ouverte. Alors il comprit instantanément ; d'ailleurs, n'était-il pas chez lui ? L'homme semblait lui aussi guetter les intrus. Gil préféra se cacher derrière une stèle surmontée d'une croix.

Le braconnier traversa vivement le cimetière en direction de la rue, vers une camionnette que, dans l'obscurité, Gil n'avait pas aperçue en arrivant, garée derrière un arbre près de l'entrée. C'était un homme grand et fort, assez énorme, en fait, avec des cheveux tombant sur les épaules, une barbe noire et broussailleuse. Comme bien des obèses, il ne semblait pas sentir le froid : il ne portait qu'un jean et un simple tee-shirt, et le sang frais de son gibier coulait encore sur ses bras nus. Gil se blottit derrière son abri comme l'autre approchait et c'est alors qu'il crut reconnaître cette démarche rapide, ces jambes arquées. Il se leva :

— Co ?

Au son de sa voix, le braconnier laissa tomber la biche, fit volte-face, le fusil braqué, avec une vivacité incroyable pour un homme de cette carrure.

— Qu'est-ce que vous foutez là ? lança-t-il en pointant son arme sur Gil.

C'était bien lui, plus de doute : Boucicaut. De sa vie Gil n'avait été aussi heureux de voir quelqu'un.

## 12

— Putain ! s'exclama Boucicaut.

Il balança par la porte de sa caravane une poignée d'entrailles de la biche.

— Sacrée bagnole que tu as, Gilly !

La BMW était garée sur le terrain boueux de Boucicaut, derrière la camionnette, entre un four rouillé et sans porte, des roues sans pneus, un matelas défoncé et autres détritus. En buvant son café, Gil repensait à tous les dépotoirs de ce genre qu'il avait vus dans son enfance, mais certainement pas chez les Boucicaut. Ce n'était pas le genre.

— Merci, dit-il.

Cette tire ne représentait désormais plus rien pour lui. Il l'avait massacrée à l'arrière, elle faisait un bruit d'enfer et, de toute façon, il ne pouvait plus en payer les échéances. Et c'était bien ce qui le désespérait.

— Alors, demanda-t-il, qu'est-ce que tu deviens ?

Le café tremblait dans sa tasse, comme si la terre ne voulait pas rester tranquille sous leurs pieds. Il le reposa sur la table.

— Je me présente au Congrès.

Gil n'était pas sûr d'avoir bien entendu.

— Je plaisante, ajouta Boucicaut. Qu'est-ce que tu veux que je devienne ?

— Je ne sais pas, je croyais que tu bossais pour les Sox.

Boucicaut s'esclaffa longtemps, tout son saoul, avant de reprendre :

— Où tu as pêché ça ?

— Je l'ai toujours cru. J'étais certain que tu finirais aux commandes d'un grand club.

— Tu vivais dans un rêve.

Toute hilarité bue, Boucicaut le contempla d'un long regard pensif.

— Sacré costard que tu portes là, assorti à la bagnole.

Gil songea que le costard en question occupait un rang bien modeste, en réalité, dans la hiérarchie des costards, sans compter qu'il était plein de café ; mais il n'en dit rien.

— Ça fait quoi ?

— Quoi, quoi ?

— De palper tant de flouze ?

— Qu'est-ce que tu veux que j'en sache ?

— Joue pas à ça avec moi.

Les cheveux dans les yeux, la biche étendue à ses pieds sur un papier journal, Boucicaut dépeçait, équarrissait à l'aide d'un gigantesque couteau de chasse vraisemblablement made in China. D'un seul coup, Gil détacha son poignard de sa jambe et le lança sur le sol de vinyle, à quelques centimètres de la main de Boucicaut. Celui-ci ne broncha pas.

— Essaie plutôt ça, dit Gil.

Son compagnon lui sourit. Il avait perdu deux incisives.

— Tu as continué ?

Machinalement, Gil passait la langue sur sa dent cassée.

— A quoi ?

— A t'entraîner au couteau.

— Pas vraiment.

Boucicaut saisit le poignard.

— Il vient de ton père ?

— Oui.

— Combien ça peut valoir, aujourd'hui, un truc comme ça ?

— Je ne sais pas trop.

Boucicaut éprouva la lame du bout du pouce.

— Putain !

Un filet rouge venait de s'ouvrir dans sa chair, qu'il lécha avant de reprendre son travail sur la biche. Il dégagea sans mal un tendon blanc le long d'une patte, le coupa et l'envoya promener.

Comment paralyser un homme, se rappela Gil : plonger, rouler, surgir dans son dos, couper là et là. Son père le lui avait enseigné avec les lames de caoutchouc, non loin de l'endroit où il se trouvait en ce moment, dans une autre caravane, sous le même ciel pommelé. Mais tout le reste avait changé.

— Ça, il savait faire un couteau, ton vieux ! murmura Boucicaut, admiratif.

Il se leva péniblement, son ventre ballonnant pardessus sa ceinture, alla ouvrir le frigo.

— Une petite bière ?

Il était huit heures du matin, Gil avait mal au crâne et toujours rien dans l'estomac, pourtant il accepta. Il était heureux en ce moment que ce gros homme s'occupât de lui et ce serait bien s'il pouvait complètement se laisser prendre en charge, débarrasser de ses soucis, tel le lanceur de sa balle.

Son ami lui tendit deux cannettes à la fois et referma la porte du réfrigérateur où resta imprimée une trace de sang.

— Tu as une de ces montres, Gilly !

— Plus personne ne m'appelle comme ça.

— Ah non ?

— Non.

Boucicaut s'agenouilla devant la biche, plongea la main entre ses côtes et lui arracha le cœur. Puis il émit un sifflement. Un énorme corniaud noir apparut sur le seuil, qui attrapa l'organe au vol avant de s'enfuir. Les yeux de Boucicaut revinrent sur la BMW.

— Plus personne ne t'appelle Gilly ?

— Non.

— Alors comment on t'appelle ? Monsieur Renard ?

— Ça arrive.

— Ça arrive.

Boucicaut secoua la tête.

— Tu as réussi, toi, mon vieux ! Tu t'es lancé dans le monde et tu as réussi.

Gil préférait ne pas faire de commentaires sur son exceptionnelle réussite. Il demanda, pour la seconde fois :

— Qu'est-ce que tu deviens ?

— Comme ci, comme ça.

— Tu as l'air de te débrouiller.

Boucicaut s'interrompit dans ce qu'il faisait pour jeter à Gil un de ces regards d'autrefois, derrière son masque de receveur pendant un match. Seulement, maintenant, il brillait d'une lueur menaçante que Gil ne lui connaissait pas. Au fond, cette impression ne provenait peut-être que de la barbe noire...

— Tu possèdes une camionnette, cette caravane.

Quelque chose se brisa dans la carcasse.

— La camionnette n'est qu'un tas de merde rouillé avec trois cent mille kilomètres au compteur. Et cette porcherie ne m'appartient même pas. C'est à ma bonne femme.

Gil ne put s'empêcher de jeter un coup d'œil au lit du fond, vide et défait.

— T'excite pas, Gilly, elle ne reviendra qu'en août.

— Gil.

Boucicaut porta une cannette à ses lèvres, en avala la moitié.

— Demande-moi pourquoi, Gil.

— Pourquoi quoi ?

— Pourquoi elle ne reviendra pas avant août.

— Pourquoi ?

— Parce qu'elle est en taule.

Gil ne dit rien.

— Demande-moi pourquoi.

— Dis-le, Co.

— Plus personne ne m'appelle plus comme ça.

— Comment est-ce qu'on t'appelle ?

— Len.

Boucicaut vida sa première cannette qu'il déposa sur la table avant de se rapprocher de Gil. Celui-ci l'entendait respirer, de sa respiration lourde d'homme obèse et vieillissant. Plus rien d'un grand joueur.

— C'est mon nom, pas vrai ? reprit Boucicaut.

— Vrai.

— Tu savais qu'il y avait un chevalier Boucicaut au temps des croisades ?

— Non.

— Un vrai, pas une espèce de Robin des Bois. C'est une lycéenne qui m'a dit ça.

— Tu es allé au lycée ?

— Elle est bonne, celle-là ! Non, une lycéenne que j'ai soulevée dans un bar.

Boucicaut entama sa deuxième bouteille.

— Tu ne me demandes pas pourquoi ?

— Pourquoi quoi ?

— Pourquoi ils ont arrêté ma bonne femme.

— Pour excès de vitesse ?

Gil venait lui aussi d'achever sa première bouteille et la tête lui tournait.

— Toujours le mot pour rire, mon vieux !

— Je donne ma langue au chat.

— Parce qu'elle vendait ses fesses.

— C'est pour ça qu'elle est en prison ?

— Elle travaillait dans les stations de ski. Ce n'était pourtant pas une mauvaise idée, c'est là qu'il y a de l'argent. Seulement ça faisait désordre, alors on l'a fait arrêter. Ces connards ne jurent que par les apparences.

— Mes condoléances.

— C'est surtout qu'elle ne me rapporte plus un sou, en attendant.

Le corniaud reparut à la porte. Boucicaut lui lança un autre organe rouge.

Ils vidèrent leur deuxième bière, puis une troisième. Boucicaut acheva de nettoyer sa biche, mit la viande dans des paquets qu'il rangea dans le frigo avant de jeter les restes au-dehors et de ranger le papier journal dans le poêle.

— Quel jour on est ?

Après avoir nettoyé le poignard sur son jean, il le rendit à Gil.

Sur le moment, celui-ci ne sut que répondre. Etait-ce un des premiers effets du chômage ? On ne savait plus quel jour on était ? Il s'efforça de retrouver ses idées, ses marques perdues.

— Jeudi, lâcha-t-il enfin.

— Jeudi, répéta Boucicaut. C'est jour de soldes à l'armurerie. J'ai besoin de me refaire en munitions.

Il sortit de la caravane, traversa la cour, s'arrêta devant la BMW.

— Tiens, je ferais bien un tour dedans.

— Tu veux que je te conduise quelque part ?

— En fait, je conduirais bien moi-même. Sauf si tu ne me fais pas confiance.

Gil sortit à son tour, lui donna ses clefs. Il faisait confiance à Boucicaut depuis l'âge de cinq ans.

— Je reviens tout de suite ! lança celui-ci.

Il ouvrit la portière, aperçut le trophée sur le siège avant.

— C'est quoi, ce truc ?

— Rien. C'est à mon gosse.

Cependant, Gil s'empressa de le récupérer.

— Tu as un gosse ?

— Oui.

— Moi deux. Une fille et un garçon.

— Ils sont à l'école ?

— Si on est effectivement jeudi, oui.

— Ils se lèvent si tôt que ça ?

Boucicaut parut surpris de cette question.

— Oui, expliqua Gil. Ils étaient déjà partis quand on est arrivés.

— Mais non, banane ! Ils n'habitent pas ici. Ils vivent chez leur mère.

— En prison ?

Boucicaut leva les yeux au ciel.

— Pas elle, elle s'est barrée à Portland il y a déjà un bout de temps.

Il s'installa au volant et démarra dans un nuage de poussière, comme s'il connaissait cette voiture depuis des années. Son exclamation de plaisir retentit dans toute la cour, à moins que Gil ne l'ait seulement imaginée.

Ce dernier rentra dans la caravane, ferma derrière lui. Il avait froid. Il alluma le poêle, éclusa une autre bière, fit le tour du propriétaire, ne trouva rien d'intéressant, sauf s'il s'était intéressé aux armes : l'endroit regorgeait de fusils et de munitions. Finalement, au fond de l'unique placard, il découvrit un gant de base-ball sous un tas de poussière, et une mitaine de receveur. Il enfila le gant, ouvrit et referma plusieurs fois le poing, puis l'enleva, le huma et le déposa sur la table à côté du trophée.

Il s'allongea sur le lit, excité à l'idée que la bonne femme de Boucicaut soit une pute. Autrement dit, elle coucherait avec lui s'il payait. Ça lui plaisait d'imaginer qu'il pourrait s'envoyer la bonne femme de Boucicaut, mais il décida de n'en rien faire. Pourtant, si elle entrait dans la caravane à cet instant précis... Un moment, il surveilla la porte puis ferma les yeux.

Quand il les rouvrit, ce fut pour découvrir qu'il faisait froid et que la caravane était plongée dans l'ombre. Sa montre indiquait dix-huit heures trente. Il avait dormi toute la journée. Il se leva, ouvrit la porte, sortit. Pas de voiture. Pour autant qu'il s'en souvienne, l'armurerie se trouvait à un petit quart d'heure de là. Le corniaud passa devant lui en trottinant vers les bois.

— Ici, le chien !

Pour toute réponse, l'animal grogna et disparut.

Gil écouta les bruits autour de lui, guettant un ronflement de moteur, mais un calme quasi absolu régnait autour de lui. La température baissa encore, le silence grandit, présent, vivant. Gil sentait les bois, tout proches. Il mit les mains dans ses poches, pour se tenir chaud, se réconforter. Et sentit un papier fripé au fond de l'une d'elles. Il l'en sortit, le déplia : une enveloppe blanche, fermée, qui lui était adressée. Il l'ouvrit.

A l'intérieur se trouvait un document imprimé auquel il ne comprit tout d'abord rien. Des mots, des phrases en ressortaient pêle-mêle : « Date de naissance du défendeur », « Tribunal des successions et de la famille », « Plaignant ».

— Une seconde ! dit-il tout fort. Une seconde.

Le corniaud reparut, s'approcha en remuant la queue. Gil le chassa d'un coup de pied.

Il s'obligea à reprendre depuis le début, à lire mot à mot. C'était le nom d'Ellen qui apparaissait au titre de plaignant, et le sien au titre de défendeur. Sur le moment, il crut qu'il avait le beau rôle. Le défendeur se défendait, pas vrai ? Puis il lut :

LA COUR ORDONNE AU DÉFENDEUR (seules les rubriques cochées sont à observer) :

Suivaient neuf lignes numérotées, précédées de cases dont deux avaient été barrées.

VOUS AVEZ L'ORDRE DE N'INFLIGER AU PLAIGNANT ni coup ni menace de coup, ni de le mettre en position de craindre pour son intégrité physique ou sa sécurité.

VOUS AVEZ L'ORDRE DE ne plus prendre contact avec le plaignant ni aucun enfant (dont les noms suivent), ni en personne, ni par téléphone ni par lettre ou aucun autre moyen de communication et de rester à plus de cent mètres d'eux à moins d'en avoir reçu l'expresse autorisation de la Cour.

ENFANT(S) : Richard G. Renard II.

Encore abasourdi, Gil crut un instant que quelqu'un s'était faufilé sous la caravane pendant son sommeil pour lui glisser en douce l'enveloppe dans la poche. Puis lui revinrent de lointaines images, lointaines non dans le temps mais dans l'espace des innombrables souvenirs qui s'entremêlaient dans sa mémoire confuse : Bridgid écarlate et en larmes, la jambe rose et sèche de Garrity, la poignée de main de ce Judas de Figgy. Et puis cet homme en coupe-vent, souriant et poli, qui s'était levé dans la salle d'attente : « Monsieur Renard ? », qui lui avait tendu l'enveloppe blanche. Et : « Bonne journée. »

Le plus bas des coups bas d'Ellen. Elle l'avait frappé pendant qu'il était à terre. Il sentait se raidir tous les muscles de son corps à l'idée de se jeter dans l'action, mais quelle action ? Immobile au milieu de la cour boueuse, il avait l'impression que s'il demeurait plus longtemps sur place, il allait mourir étouffé. Ce qui ne serait peut-être pas plus mal. C'est alors qu'il repensa au poignard, accroché à sa jambe…

Il s'en saisit, l'examina. Une œuvre d'art mais aussi une de ces cochonneries pour loubards, comme disait M. Hale. Il l'envoya dans un tronc à dix mètres de lui, manqua son but et vit l'arme disparaître dans un buisson.

Il courut la chercher, la trouva parmi un tas de feuilles mortes et recommença son manège. Il visait un érable, un point précis du tronc dans lequel il s'était creusé une cible en forme de cœur, pas plus grande qu'une oreille de la biche tuée par Boucicaut. Il recula encore, à une quinzaine de pas, saisit le couteau par la pointe de la lame, un pied en avant, la jambe pliée, souple, le coude en pointe, le poignet fixe, derrière la tête.

Il lança le couteau en prenant garde à maîtriser jusqu'au bout son poignet, et vit l'arme virevolter devant lui pour aller se ficher dans le tronc, légèrement à droite du cercle visé, formant un angle de quarante-cinq degrés avec l'arbre. Il retourna le chercher et recommença, toujours plus attentif aux mouvements de son bras.

De nouveau en dehors du cercle mais à un angle d'une trentaine de degrés.

Encore : en plein centre, angle droit.

Une fois encore : en plein centre, angle droit.

Pour Ellen : encore.

Et pour Tim : encore.

Et Figgy : encore.

Et Bridgid : encore.

Et cette punaise de bonne femme aux perles et à la casquette de Harvard : encore.

Et pour qui encore ?

Bobby Rayburn : manqué.

Bobby Rayburn : manqué.

Gil cria à pleine voix, seul dans sa clairière, à la nuit tombante, comme pour se rassurer, émettre du bruit puisqu'il semblait le seul à pouvoir en faire en ce moment.

Bobby Rayburn, qui l'avait humilié devant son gosse. Viser, faire face, entre les deux yeux.

Bobby Rayburn : entre les deux yeux.

Bobby Rayburn. Bobby Rayburn. Bobby Rayburn. Toujours plus fort, toujours plus vite : encore, encore et encore.

Au printemps, la sève coulait fort et celle de l'érable jaillissait comme un filet de sang.

## 13

Boucicaut rentra d'excellente humeur, surgissant dans la caravane, les clefs de Gil dans une main, un demi-litre d'une boisson non identifiée dans l'autre. Il pleuvait des cordes qui tambourinaient sur le toit, si bien que Gil n'avait pas entendu le moteur de sa BMW. Il ôta la mitaine de receveur et la posa sur la table.

— Sympa, ta tire, mon vieux, commenta son ami en lui lançant les clefs.

Il regarda autour de lui.

— Tu n'as pas fait de feu ?

Là-dessus, il s'agenouilla, ouvrit la porte du poêle, y jeta des brindilles et du papier, gratta une allumette.

— Ne me dis pas que tu as viré à ce point au bourgeois.

Des flammes crépitèrent à l'intérieur du poêle.

— Je n'avais pas froid, assura Gil.

— J'avais oublié que tu étais un dur. Tant mieux !

— Pourquoi ?

— Parce qu'on va passer la nuit dehors. Enfin, si tu veux bien me donner un coup de main.

— Pour quoi faire ?

— Rien d'extraordinaire.

Boucicaut but un coup à même la bouteille qu'il avait apportée, la passa à Gil.

Du whisky canadien. Cela vous emportait la bouche, comme celui de M. Hale. En fin de compte, il faisait effectivement très froid.

— Tu sais que tu as perdu ton silencieux ? reprit Boucicaut.

Gil hocha la tête.

— T'en fais pas, c'est réparé.

— Ah bon ?

Il n'avait pas de quoi se payer ce genre d'intervention.

— Ton pare-chocs est redressé, aussi.

— Combien je te dois ?

La question sonnait faux. Il se rendit immédiatement compte que son désarroi le trahissait.

— C'est réglé, va.

— Je ne peux pas accepter.

— Mais si, ça ne m'a pas coûté un sou.

— Comment ça ?

— J'ai un pote qui a toutes sortes de pièces détachées et un fer à souder.

Du bout du pied, Boucicaut fit claquer la porte du poêle.

Quel métier fallait-il exercer pour posséder des silencieux de BMW ? Gil hésitait à insister quand Boucicaut aperçut les gants de base-ball sur la table.

— Où tu les as dénichés ?

— Dans le placard.

La logique aurait voulu que son ami lui demandât ce qu'il était allé faire dans le placard, mais il n'en fit rien et but une autre rasade au goulot de sa bouteille, avant de la tendre à Gil.

Ce dernier la vida. L'alcool lui monta directement à la tête, brûlant, âcre, agressif.

— Qu'est-ce que tu voulais qu'on fasse, ce soir ?

— Pas grand-chose.

Boucicaut s'approcha de la table, prit le trophée dans les mains.

— Tu aimes les farces ?

— Ça dépend.

Ils prirent la voiture de Gil, celui-ci au volant, suivant les instructions de Boucicaut. Le cliquetis sous ses roues avait disparu, le pot d'échappement ne meuglait plus, la voiture glissait en silence et en souplesse comme au premier jour. Ils prirent vers l'ouest, en dehors de la ville, s'enfonçant dans une pluie glacée.

— Qu'est-ce que tu renifles, tout le temps ? demanda Boucicaut.

— Rien. Où va-t-on ?

— Aux sports d'hiver.

Il avait apporté une autre bouteille que tous deux se repassaient.

— Je suis sûr que tu sais skier, Gilly. Quand on a réussi, comme toi...

— Non.

— Alors tu joues au golf, ou au tennis ?

— Non.

— Tiens, j'aurais cru que vous, les cadres d'affaires, sortis de vos grosses boîtes, vous ne pensiez qu'à ça.

Gil faillit lâcher qu'il n'avait rien d'un cadre d'affaires, même pas une boîte pour l'employer, qu'il était fichu. Tout avouer à Boucicaut... Il se mordit les lèvres.

— Pas le temps, marmonna-t-il.

Son ami éclata de rire et lui envoya une bourrade sur l'épaule.

— Tu es trop occupé à faire du fric, mon salaud ? Combien tu vaux, au juste ?

— Tu vas me lâcher, trois secondes ?

Gil s'aperçut qu'il avait littéralement hurlé.

Un ange passa.

Puis Boucicaut souffla :

— Faut pas t'énerver.

A mesure qu'ils grimpaient, la pluie se transformait en neige. Bientôt apparurent les lumières de la route d'accès à la station. La montagne se dessinait tel un triangle sombre dans la nuit, décoré d'un collier de bâtisses éclairées. Gil n'avait jamais vu cela. Il avait l'impression que tout le paysage avait changé d'aspect.

— Prends à droite, dit Boucicaut.

Ils s'engagèrent sur un chemin tellement étroit que deux véhicules pourraient difficilement s'y croiser, escaladant la montagne et s'enfonçant dans des bois profonds. Les gémissements des pneus, durement éprouvés par ce mélange de neige et de boue, poussèrent Gil à s'arrêter.

— On ne va jamais grimper ça ! protesta-t-il.

— Mais si. Tu n'as qu'à m'ouvrir le coffre.

— Pour quoi faire ?

— Je vais prendre les chaînes.

— Je n'en ai pas.

Boucicaut sortit en riant. Gil lui déverrouilla le coffre et le vit, dans le rétroviseur, illuminé en rouge par les feux de position, sortir un jeu de chaînes. Plusieurs questions jaillirent à la fois dans son cerveau, qui s'étouffèrent sous la vague rassurante de cette constatation : Boucicaut s'occupait de tout.

Celui-ci revint dans la voiture et claqua la portière sur une bourrasque de neige.

— Vas-y.

Et la BMW de se lancer bravement à l'attaque de la montagne, dévorant à belles dents les kilomètres enneigés. Bientôt, ils arrivèrent en vue d'appartements éclairés de l'extérieur mais tous obscurs à l'intérieur.

— Voilà où descendent les New-Yorkais, indiqua Boucicaut. Surtout des juifs. Ils ne viennent jamais à cette époque de l'année, même s'il y a beaucoup de neige. Eteins tes phares.

Gil freina, éteignit.

— Je ne t'ai pas dit de t'arrêter, observa Boucicaut.

— Tu veux que je conduise sans lumière ?

— Et alors ?

— Je n'y vois rien.

— T'as vraiment viré au bourge, mon pote !

Gil repartit, très lentement. Il ne voyait strictement rien, que des flocons noirs qui s'entassaient sur son pare-brise. Pourtant, Boucicaut lui indiquait la route, silencieusement, avec des gestes de la main. Penché sur son volant, Gil tâchait de distinguer quelque chose dans ce coton, tandis que son compagnon avalait quelques rasades de whisky. Et les chaînes de cliqueter dans la neige.

Une lumière jaune scintillait dans le lointain. Boucicaut déposa sa bouteille. La lumière grandit jusqu'à révéler son origine : une lanterne accrochée à un poteau.

— On arrive.

Gil s'arrêta au milieu de la route. De sa poche, son ami sortit un impressionnant trousseau de clefs et répondit au regard interrogateur de Gil :

— J'ai dû baiser à peu près toutes les filles du coin. Et je sais joindre l'utile à l'agréable.

Il sélectionna une clef qu'il détacha de l'anneau.

— Rouvre-moi le coffre et ne bouge pas de ta place.

Il sortit, se dirigea vers la lampe, et sa silhouette fut bientôt enveloppée par un rideau de flocons noirs. Puis la lumière disparut, et lui avec.

Le vent se leva, sifflant dans les branches et autour de la voiture. Gil remit le moteur en marche pour faire fonctionner le chauffage, alluma la radio et activa la recherche automatique de fréquences. Il tomba sur plusieurs extraits de chansons qu'il ne connaissait pas, rap, musique légère, country, rock. Enfin lui parvint une voix lointaine et déformée :

— ... un de perdu, un de gagné, en tête de son groupe, avec un score de...

Il régla la fréquence, monta le volume mais la voix s'éloignait irrésistiblement pour faire place à une autre station qui passait une vieille chanson idiote. Irrité, il frappa le tableau de bord d'un grand coup de paume. Cela lui fit du bien, alors il recommença, plus fort. Les résultats revinrent pour disparaître à peu près complètement dans les niaiseries à la je-t'aimerai-toute-la-nuit :

— ... et il l'allume, mais Rayburn n'apprécie pas du tout. Il...

De nouveau le commentaire avait disparu. Gil s'apprêtait à frapper encore le tableau de bord lorsque la silhouette d'un ours se profila devant la voiture.

Non pas un ours, encore qu'il dût y en avoir dans les parages, mais Boucicaut, armé d'une grosse boîte, ou d'un tas de petites boîtes. Gil baissa sa vitre.

— Tu es obligé de foutre ta musique si fort ? rouspéta son ami. Je t'entends depuis que j'ai ouvert la porte de la maison.

Gil éteignit la radio pendant que Boucicaut se dirigeait vers le coffre. Il le sentit affaisser l'arrière une ou deux fois puis le vit revenir à la fenêtre.

— Ne bouge pas d'ici.

— Où voudrais-tu que j'aille ? objecta Gil. Je suis perdu.

Boucicaut éclata de rire et Gil l'imita, nerveusement, avant de s'interrompre d'un seul coup, perplexe.

— Tu as la bouteille ? demanda son ami.

Gil la trouva par terre et la lui tendit. Ils en burent une rasade l'un après l'autre.

— Laisse-m'en un peu, mon vieux, dit Boucicaut en s'éloignant dans l'obscurité.

Gil ralluma la radio mais, cette fois, ne put retrouver les résultats du match. Il but quelques gorgées de whisky puis composa le numéro de FANLINE, entendit sonner, sonner dans le vide.

— Répondez, merde ! cria-t-il.

Mais personne ne répondit. Il compta cinquante sonneries avant de raccrocher.

Boucicaut revint affaisser l'arrière de la voiture, claquer le coffre et s'asseoir à l'avant.

— En route !

— Où ?

Il avait repris la bouteille de whisky canadien.

— On retourne sur nos pas, évidemment !

— Tu as fait ta farce ?

— Quelle farce ?

— Tu disais...

Boucicaut sourit, ses dents illuminées de vert par la lumière projetée du tableau de bord.

— Ouais, c'est fait.

Tous phares éteints la plupart du temps, Gil descendit la montagne et retrouva la pluie pendant que Boucicaut vidait la bouteille et finalement la jetait par la fenêtre.

— C'est bon, Bang et Olufsen ? demanda-t-il.

— Le haut du panier.

— C'est qu'on forme une bonne équipe, tous les deux, tu sais ?

Il sortit ôter les chaînes.

Oui, se dit Gil. J'ai eu l'occasion de le constater. Il passa la langue sur la cassure de sa dent.

Au pied de la montagne, sur l'indication de son ami, il prit vers l'ouest, la direction opposée à la ville, suivant de petites routes tortueuses jusqu'à se retrouver sur un chemin de terre qui aboutissait à une vieille ferme devant laquelle ils se garèrent. Boucicaut y entra sans frapper et revint accompagné d'un homme encore plus gros que lui, torse nu malgré le froid. Ils vidèrent le coffre pour tout emporter à l'intérieur.

Puis Boucicaut revint, seul.

— Bon travail ! dit-il en glissant quelque chose dans la poche de chemise de Gil.

— Qu'est-ce que c'est ?

— Ta part. Ne me dis pas que tu cracherais sur deux cents dollars.

Ça ne risquait pas.

— Autre chose, reprit Boucicaut quand ils furent repartis. J'ai pensé à toi dès que je l'ai vu, mon vieux.

Il fouilla dans sa veste, alluma le plafonnier et brandit aux yeux de Gil une balle de base-ball protégée d'un cube de plastique transparent, une balle jaunie par les années et qui portait un autographe. Seulement il ne put détourner assez longtemps les yeux de la route pour déchiffrer la signature.

— Qui est-ce ? demanda-t-il.

— The Babe, dit Boucicaut. Qui voulais-tu que ce soit ?

— Ça doit valoir un bon paquet de fric !

— C'est pour toi.

Gil eut envie de dire quelque chose comme : « Je ne mange pas de ce pain-là », mais il était trop secoué pour articuler un mot. Son ami déposa la balle sur la banquette, entre eux.

Les kilomètres passaient, noyés de pluie, et Boucicaut s'était assoupi. Gil sentait la balle aller et venir contre sa cuisse et se répétait qu'ils formaient une bonne équipe, tous les deux. Ils arrivaient en ville quand Boucicaut ouvrit les yeux et demanda :

— Tu connais le magazine *American Blade* ?

— Oui.

— J'en ai vu un exemplaire, ce matin. On présentait des couteaux de ton père sur la quatrième de couverture.

— Je sais.

— Il y a un type qui demande quatre mille dollars pour un spécimen.

— Ce sont des pièces de collection.

— C'est là qu'ils ont tous abouti, chez les collectionneurs ?

— Presque tous.

— Il t'en reste combien ?

— Tu l'as vu.

— Un seul ? Comment ça se fait ?

— Comme ça.

Gil traversa la petite ville, les bois jusqu'à la caravane de Boucicaut. Le vent était tombé et les essuie-glaces n'essuyaient plus qu'un pare-brise sec.

Ils se garèrent et sortirent de la voiture. Gil prit la balle.

— Attends ! dit Boucicaut.

Il entra seul dans la caravane. Les lumières extérieures s'éclairèrent, illuminant tout le terrain. Et Boucicaut revint, les gants de base-ball à la main.

— C'est fini, tes courbatures ? demanda-t-il.

Sur le moment, Gil ne sut que dire, mais une onde de plaisir lui parcourut l'épine dorsale, les bras et les jambes, pour lui remonter jusqu'au visage.

— Je t'aurais bien envoyé quelques balles, reprit son ami. Comment va ce bras ?

— Mieux que jamais.

Boucicaut éclata de rire, lui tendit la mitaine, prit la balle.

— On va utiliser celle-ci ?

— Elle est faite pour ça, non ?

Enfilant le gant, Boucicaut se rendit à la limite du terrain et s'accroupit. Gil en conclut qu'il devait avoir encore de sacrés muscles pour supporter un tel poids.

— Voyons où tu en es, dit Boucicaut en tapant sur son gant.

De nouveau cette onde de plaisir. Gil frotta la balle entre ses mains, éprouvant la douceur du vieux cuir, s'arrêta un instant sur la signature : Babe Ruth. Il glissa la main gauche dans la mitaine, agrippa la balle de la droite.

— Fais-moi un signe.

Avec un mince sourire, Boucicaut tendit l'index devant l'intérieur de ses cuisses, de ce mouvement discret que tout receveur fait à son lanceur pour lui indiquer quel lancer de balle il souhaite. Gil racla un caoutchouc imaginaire et tout lui revint instantanément, la lente rotation, la jambe gauche qui se soulevait, le bras qui reculait en souplesse. Il n'avait même pas oublié de pointer un instant sa balle sur le centre du terrain ; elle lui parut minuscule dans sa main énorme. Lui-même se sentait énorme, léger, plein de potentiel. Et le voilà qui virevoltait, poussait le dos en avant, bloquait l'épaule, projetant son poignet comme un fouet : la perfection. Il laissa tout aller et suivit des yeux la balle qui fila, haute et puissante.

Trop haut, peut-être ? Trop puissante par rapport à Boucicaut qui eut beau se détendre, la rata et la laissa lui passer par-dessus la tête pour aller se perdre derrière lui, dans le sous-bois.

— Première balle ! lança-t-il en riant.

Gil, quant à lui, n'avait aucune envie de rire. Ce n'était peut-être que la première balle, mais elle était parfaitement à la portée de Boucicaut. Cependant, il n'en dit rien.

Ils allèrent chercher des lampes de poche pour fouiller parmi les troncs et les buissons.

— Tu en connais, de ces collectionneurs ? demanda Boucicaut en écartant un tas de feuilles du pied.

— Quels collectionneurs ?

— De couteaux.

— Quelques-uns.

— Ils arrivent à en posséder combien ?

— De mon père ? J'en connais un qui en a au moins vingt, et des centaines d'autres, des Randall, des Scagel, des Morseth.

— Des centaines ? A quatre mille dollars pièce ?

— Ils n'en valent pas tous autant.

— Mais ça arrive ?

— Oui.

— Alors ils les gardent au coffre, dans une banque, j'imagine ?

— Pas ceux que je connais.

Gil pensait à M. Hale avec ses tiroirs doublés de velours, et à son coffre derrière le portrait de Mme Hale et ses petites camarades.

Ils fouillèrent le bois une vingtaine de minutes sans trouver la balle.

Boucicaut siffla et le corniaud noir jaillit des profondeurs du bois.

— Cherche la balle, Nig !

Mais Nig ne trouva rien lui non plus.

— Sale bestiole ! pesta Gil.

Nig se raidit.

— C'était sûrement un faux, commenta Boucicaut. Viens, on va boire quelque chose.

Bonne idée, Gil commençait à souffrir du coude. Il était temps de le lever.

— On la trouvera demain matin.

— C'est ça, Gilly.

## 14

Bobby Rayburn énonça :

— Quand j'ai la migraine, je la dégage avec un Moprin extra-fort.

— Fantastique, Bobby ! lança une voix montée de l'autre côté des projecteurs. DeNiro n'aurait pas fait mieux, et j'ai travaillé avec lui à ses débuts, moi qui te parle. Alors on va recommencer, un chouya plus fort. Tu vois le genre. La perfection des perfections. Ça va leur en boucher un coin. Prêt, tout le monde ?

— Ça roule.

— On tourne.

— Neuvième prise.

— A toi, Bobby.

Et Bobby de reprendre :

— Quand j'ai la migraine, je la dégage avec un nouveau Moprin extra-fort.

— Là, les enfants, on a l'Oscar ! C'est du tout cuit... *nouveau* ? Il a dit nouveau ? Et alors ? Qu'est-ce que ça peut foutre ? Ça fait plus fort, si vous voulez mon...

Mouvements divers.

— Bon, d'accord ! Bobby. Le client est là et il voudrait qu'on enlève ce *nouveau,* Dieu sait pourquoi, une histoire de législation à ce que j'ai compris, encore que, personnellement, je ne suis pas pour qu'on brime la créativité des interprètes, fermons la parenthèse, alors cette fois, tu vas essayer sans le *nouveau* et en articulant bien le nom du produit pour faire plaisir à ton petit metteur en scène chéri.

— Sans le nouveau ? répéta Bobby, hébété.

— Ils ne veulent pas que tu dises nouveau, précisa Wald, tout aussi invisible derrière les projecteurs.

— J'ai dit nouveau ?

— Merci bien, monsieur Wald, je suis assez grand pour m'en charger tout seul. Tout va bien, mon petit Bobby. Mieux que bien. J'ai adoré. On a tous adoré.

Seulement, cette fois, on s'en tient exactement à ce qui est écrit sur ton prompteur.

— Il le voit bien d'où il est ?

— Tu vois le petit écran, Bobby ?

— Oui.

— Quelle question ! Avec son acuité visuelle ! Bon, ça gaze pour tout le monde ?

— Ça roule.

— On tourne.

— Dixième prise.

Et Bobby de reprendre :

— Quand j'ai la migraine, je la dégaze avec un nouveau Moprin extra-fort.

Silence.

Dégaze ?

— Dire qu'il y a des gens qui sont payés pour faire de telles merdes ! soupira Bobby.

Le tournage achevé, il avait repris l'avion avec Wald.

— Et cher, observa celui-ci.

— Je déteste ça !

Il détestait se voir traiter comme un imbécile, il détestait New York, il détestait les avions. C'était à peine s'il se félicitait d'avoir pu bénéficier d'un jour de congé.

— Content de tes quatre cent mille dollars ?

— C'est ce que ça me rapporte ?

— Moins mon pourcentage.

Bobby haussa les épaules.

— C'est l'argent le plus facilement gagné de ma vie.

— Pas possible !

L'hôtesse apparut :

— Une autre coupe de champagne ? offrit-elle.

Wald accepta. Bobby reprit du Coke. Pas d'alcool jusqu'à la fin de la saison.

— Qu'est-ce que tu entendais par là ? demanda-t-il.

— Par quoi ?

— Quand tu as dit « Pas possible ! ».

— Rien, c'était histoire de dire quelque chose.

L'avion atterrit. Ils n'avaient pas atteint la fin de la rampe d'accès que le téléphone de Wald grésillait. Il le sortit de sa poche.

— Oui ?

Il écouta puis répondit :

— Je lui transmettrai.

Et il coupa la communication.

— Intéressant, murmura-t-il.

Bobby cherchait Val du regard. Elle devait venir le chercher.

— C'était Jewel Stern, reprit Wald.

— Qui ?

— La journaliste de la radio. Tu l'as rencontrée à l'entraînement.

Bobby chercha dans sa mémoire.

— La quarantaine, jolie. Elle veut faire un article sur toi pour le *New York Times Magazine.*

Bobby aperçut Val qui arrivait en courant, accompagnée d'un homme à queue de cheval.

— Dis-lui de faire une croix dessus.

— Tu peux bien la rencontrer, non ?

— A quoi ça servirait ?

— L'édition du week-end. Il y a beaucoup de gens qui la lisent.

— Et alors ?

Val se ramenait, un large sourire aux lèvres.

— Alors, le base-ball ça ne dure pas toute la vie, mon petit Bobby.

— Ça veut dire quoi, ça ?

Val prenait son mari dans ses bras.

— Enfin te voilà rentré, Bobby !

Comme si cette journée d'absence avait duré une éternité !

— Tiens, je te présente Philip.

L'homme à la queue-de-cheval s'avança.

— Figure-toi qu'il vient d'avoir une idée en or.

— A quel sujet ? demanda Bobby en lui serrant la main.

Philip ouvrait la bouche pour s'expliquer quand Val l'interrompit :

— La cuisine.

— Quelle cuisine ?

— La nôtre, la nouvelle, évidemment. Philip a une approche tout à fait inédite. Il est architecte, tu sais, très célèbre.

— Pourquoi ? Qu'est-ce qu'elle a qui cloche, cette cuisine ?

Non pas qu'il l'aimât particulièrement mais il s'estimait plus ou moins coupable de son carrelage de tommettes, de ses comptoirs de granit, de ses vitraux provenant d'une ville dont il avait vaguement entendu parler.

Un gamin se précipitait dans leur direction, brandissant un papier et un crayon.

— Si on en parlait au dîner ? proposa Val.

— Parfait, acquiesça Philip. On va au Fellini's ?

— Vous êtes-vous déjà fait hypnotiser ? demanda le psychologue à Bobby.

— Non.

— C'est une thérapie qui peut s'avérer très fructueuse.

— Quelle thérapie ?

— Un test de projection. Une sorte d'initiation. Je ne parle pas là de magie ni de messe noire, mais de science, appliquée à l'esprit.

— Qu'est-ce que je dois faire ?

— Avant tout vous détendre, profondément. Profondément, profondément, profondément.

La voix du psychologue s'adoucissait à mesure qu'il parlait.

— Libérez la tension de chacune des fibres de vos muscles, de la moelle de vos os, du noyau de chacune de vos cellules du cerveau.

Long silence.

— Si vous le désirez, vous pouvez reposer vos yeux sur le tableau accroché au mur.

— Celui avec les vaches ?

— Et la petite ferme. Vous aimeriez peut-être voir le feu brûler dans l'âtre, on l'aperçoit par la fenêtre aux volets rouge vif.

Silence, plus ou moins long.

— Bobby ?

— Oui.

— M'entendez-vous ?

— Oui.

— Allongez-vous sur le canapé. Oui. Comme ça. A l'aise ?

— Oui.

— Vous voyez toujours la ferme ?

— Oui.

— Et le feu dans l'âtre ?

— Oui.

— Détendez-vous, Bobby, profondément. Libérez toute votre tension. Détendez-vous.

Pause.

— Comment vont vos côtes, Bobby ?

— Très bien.

— Elles ne vous font plus mal ?

— Non.

— Elles ne vous gênent plus ?

— Non.

— Bon. Détendez tous vos muscles autour des côtes, libérez la tension de votre poitrine, surtout là où vous aviez mal. Détendez-vous, détendez-vous, détendez-vous. Laissez-vous aller, laissez-vous aller, laissez-vous aller.

Bobby soupira.

— Maintenant que vous êtes parfaitement détendu, est-ce que vous pourriez m'expliquer de quoi vous avez peur ?

Silence.

— Ou ce qui vous inquiète ?

Silence.

— Ou ce qui vous préoccupe ?

— Qu'il n'arrive quelque chose à Sean. J'ai peur qu'il ne lui arrive quelque chose.

— Qui est Sean ?

— Mon fils.

— Est-il malade ?

— Non...

— Est...

— ... pas à ma connaissance.

— Souffre-t-il de troubles quelconques ?

— Non.

— Je vois.

Long silence.

— En fait, je voulais plutôt savoir ce qui vous faisait peur dans le base-ball.

— Rien.

— N'avez-vous pas peur d'être blessé par la balle ?

— Non.

— Ou de ne plus jouer aussi bien que par le passé ?

Long silence.

— Craignez-vous d'avoir des difficultés à vous détacher des distractions de votre vie privée ?

— Non.

— Etes-vous inquiet ou soucieux de ce que votre nouveau contrat risque de rendre les choses plus difficiles pour vous (pas difficiles, plus difficiles ?), d'avoir plus de mal que naguère à remplir vos objectifs ?

— Oui.

Silence.

— Bobby ?

— Oui.

— Voyez-vous toujours le feu brûler dans l'âtre, par la fenêtre aux volets rouge vif de la petite ferme ?

— Oui.

— Maintenant, Bobby, vous allez vous représenter une chose et vous concentrer dessus, elle prendra plus d'importance que n'importe quoi d'autre ; le feu dans l'âtre, les volets rouge vif ont disparu. Tout le reste a disparu, Bobby. Vous me comprenez ?

— Oui.

— Bien. Maintenant je vais vous dire ce que vous devez voir. Etes-vous prêt ?

— Oui.

— Alors vous voyez une balle de base-ball. Parfaitement blanche et ronde avec ses coutures rouges. Est-ce que vous la voyez, Bobby ?

— Oui.

— Vous ne voyez qu'elle, et rien d'autre ?
— Comme un livre d'art.
— Je vous demande pardon ?
— Aussi clairement que les photos d'un livre d'art.
— Très bien. Et que fait la balle, Bobby ?
— Elle tournoie.
Silence, puis :
— C'est une balle glissante. Au coin extérieur. Assez lente.
Silence, puis :
— Non, pas tant que ça.
— Pourrez-vous la frapper ?
— Je n'en suis pas sûr.
— Il faut la frapper, Bobby. Ne la quittez pas des yeux et faites tout ce que vous avez à faire. Je veux que vous la frappiez de votre batte et que vous sentiez quand vous la frappez.
Long silence.
— Vous n'avez pas quitté la balle des yeux, Bobby ?
— Non.
— Avez-vous senti quand vous l'avez frappée de votre batte ?
— Oui.
— Avez-vous senti la répercussion dans chacun de vos muscles, dans chacun de vos os, dans tous les recoins de votre cerveau ?
— Oui.
— Très bien ! Alors maintenant, vous allez enregistrer cette sensation dans chacun de vos muscles, dans chacun de vos os, dans tous les recoins de votre cerveau. Vous vous en souviendrez, ainsi que de l'image de cette balle blanche avec ses coutures rouges. Nous allons à présent observer un temps de silence pour mettre au point ces souvenirs.

Silence.

— Bobby, maintenant, vous allez vous lever, venir vous asseoir dans ce fauteuil. Bon. Je vais compter à rebours de cinq à zéro et, quand j'arriverai à zéro, la séance sera terminée. Vous avez compris ?

— Oui.

— Cinq, quatre, trois, deux, un, zéro.

— Philip a un projet, dit Val.

Ils étaient au Fellini's, un restaurant dont Bobby ne comprenait pas l'utilité.

— Racontez-lui, Philip.

Celui-ci se pencha sur la table.

— En fait, nous l'avons conçu à deux, commença-t-il. Valerie et moi. Votre femme possède un œil remarquable, monsieur Rayburn.

— Ah oui ?

— Parfaitement, en ce qui concerne la décoration.

On apporta le repas, des plats bizarres et peu consistants. Philip décrivit son projet, assez étendu pour durer jusqu'au dessert. Parvenu à ce moment-là, il y avait belle lurette que Bobby ne l'écoutait plus. Il se fichait éperdument de cette sculpture des espaces et de ces recoins encastrés. Il avait hâte d'en finir avec cette journée de congé, d'arriver au lendemain, de retrouver le terrain, sa batte et de frapper. Il allait frapper de grands coups de batte : ses mains, ses poignets, tout son corps vibrait d'impatience à cette perspective.

L'addition arriva. Philip, qui dessinait sur la nappe, n'esquissa aucun geste pour la prendre, aussi Bobby s'en chargea-t-il. Sous la table, le pied de Val s'appuya sur le sien.

— Alors, Bobby, demanda-t-elle, qu'en penses-tu ?

— Vois avec Wald, dit-il en se levant.

— Attends ! On n'a pas encore pas parlé de la clôture de la piscine.

— Il faut que j'y aille.

Il rentra, laissant Val et Philip en tête à tête avec leur café.

Dans la villa, il retrouva, affalée dans un canapé profond, la mère de Val qui regardait l'écran géant de la télé, un bol de pop-corn à la main.

— Où est Sean ?

— Au lit, mon cher, dit-elle sans quitter des yeux un Marlon Brando jeune et svelte.

Bobby se rendit dans la chambre de son fils. Il y faisait sombre, si ce n'étaient les lumières clignotantes de la station spatiale. Il s'approcha du lit.

Sean dormait ; à la lueur clignotante, Bobby songeait qu'il ne ressemblait pas du tout à l'autre Sean, le pauvre enfant chauve et chétif de l'hôpital. Son Sean était presque aussi grand quoiqu'il n'eût pas encore six ans, quand l'autre devait en avoir dix. Son Sean avait d'épais cheveux blonds, une frimousse ronde, un large front, une bouille respirant la santé. Son Sean n'était pas mourant. Il dormait paisiblement, rechargeant les batteries, les mains tranquillement posées sur la couverture. Son Sean n'avait rien à voir avec l'autre Sean. L'autre Sean n'était d'ailleurs même plus de ce monde. Pourtant, deux Sean, cela portait malheur… et aucun raisonnement rationnel ne saurait le convaincre du contraire.

Bobby se dirigea vers la station spatiale. Plaisait-elle à Sean ? Il n'en savait rien. Il était en tournée depuis le jour du déménagement ou presque. Il s'assit devant la console, lut un message sur l'écran : « Capitaine Sean : l'invasion du réseau artcurien nécessite un acte héroïque. Attendons instructions. »

Bobby appuya sur un bouton. Un menu apparut : « Choisir. 1) Abandonner planète. 2) Activer arme X. 3) Envoyer négociateur avec drapeau blanc de paix intergalactique. »

Bobby se gratta les côtes. Elles ne le faisaient plus souffrir et il se sentait détendu, comme au premier jour de l'entraînement. Son faux mouvement n'avait été qu'un incident de parcours, tout le monde l'aurait oublié dans un mois, quinze jours peut-être. Pas besoin d'acte héroïque. Il n'avait qu'à continuer à faire ce qu'il faisait déjà.

Pourtant, il avait été un héros aux yeux de l'autre Sean. *Vous voudrez bien faire un coup de circuit pour moi ? Vous êtes un super-champion.* Pour faire ça sur commande, il fallait avant tout une chance incroyable, improbable. Et qu'est-ce que la chance ? Le résultat d'une action à en croire l'un de ses premiers entraîneurs de base-ball. Néanmoins, il aurait pu répondre autrement à la demande de l'autre Sean, par exemple déclarer à la presse que son premier point marqué durant le premier match de cette nouvelle saison était dédié à un petit garçon rencontré à l'hôpital pendant l'entraînement. Ou mieux, glisser la chose à l'oreille de ce directeur des relations sociales dont il avait oublié le nom. Ou à Wald... Wald aurait su que faire. C'était une bonne idée, mais elle arrivait trop tard.

Bobby choisit l'option 3. « Envoyer négociateur avec drapeau blanc de paix intergalactique. »

L'écran s'effaça pour faire place à une nouvelle inscription : « Invasion ennemie achevée. Vous êtes maintenant prisonnier du réseau artcurien. Attendons instructions. »

Le lendemain, première journée à peu près chaude de l'année, inondée de soleil et rafraîchie d'une agréable brise, Bobby arrivait le premier au stade. Il commença par un petit sprint d'entraînement, d'où il sortit en sueur, pour ensuite renvoyer magnifiquement de belles balles blanches avec leurs coutures rouges.

Au club, Burrows lui tendit un article qui reprenait les statistiques de ses précédents coups contre Pinero, son ancien lanceur.

— Souvenez-vous de ce que je pense des statistiques, commenta l'entraîneur.

— C'est-à-dire ?

— Les trois quarts du temps c'est des conneries.

— Et le dernier quart ?

— Des conneries aussi.

Bobby sourit. Il commençait à l'apprécier, ce Burrows.

Devant son placard, il écouta quelques airs dans son baladeur puis enfila sa chemise sans plus prendre garde à son numéro quarante et un.

Il ne rentra pas directement chez lui après le match. Il s'était arrêté auparavant pour boire quelques bières. Et alors ? Il n'était pas comme ces représentants ou ces employés, tenus de rentrer directement chez eux. Il était Bobby Rayburn, et se prenait tous les regards braqués sur lui ; ça le rendait nerveux. Il devait se détendre, se laisser aller...

Valerie était dans la cuisine, à boire du vin blanc en compagnie du type à la queue-de-cheval.

— Je pourrais te voir ? lui demanda Bobby.

Elle le suivit dans le vestibule.

— Qu'est-ce qu'il fout ici ?

— Enfin, Bobby ! Il est en pleine création. Il met au point sa décoration pour la cuisine. Tu es parfaitement au courant. Et puis je te serais reconnaissante de ne pas me parler sur ce ton.

Bobby la bouscula, un peu, pas brutalement ; pourtant elle tomba contre le mur, les yeux agrandis de surprise. Jamais il n'avait porté la main sur elle. Alors elle se mit à pleurer mais ravala ses larmes lorsque Philip passa une tête.

— Un petit point à préciser, Valerie, si vous le voulez bien.

— Une autre fois, mon pote, dit Bobby. La nuit, on dort.

Au lieu de s'éclipser, le décorateur resta planté là, ne trouvant rien d'autre à répondre que :

— Bonne nuit.

Aussi Bobby monta-t-il seul à l'étage. De peur de bousculer encore d'autres gens.

Il prit le téléphone et l'emporta sur le balcon pour appeler Wald. Celui-ci ne répondit qu'au bout de quatre ou cinq sonneries, la voix empêtrée de sommeil :

— J'ai raté le match, Bobby. Ça a marché ?

— Je paierai ce qu'il voudra.

Un bateau glissait à l'horizon, il en distinguait chaque lumière. Sa vue demeurait parfaite.

— Excuse-moi, Bobby, je n'ai pas saisi.

— Primo. Mon numéro.

— Tu veux dire les cinquante mille dollars ?

— Oui.

— Tu vas payer ?

— C'est ce que je viens de te dire.

Et alors ? Il en dépensait le double ou peut-être encore davantage pour décorer une cuisine qui n'avait besoin d'aucune décoration supplémentaire.

— C'est toi, le patron, soupira Wald.

— Je veux que tu t'en occupes tout de suite.

— Tout de suite ? Mais il est...

— Je sais quelle heure il est.

— Je ne suis pas sûr de pouvoir le joindre.

— Essaie.

— Comme tu voudras.

Bobby demeura sur le balcon à regarder le bateau s'éloigner, disparaître de sa vue. Peu après, le téléphone grésilla.

— Oui ?

— Non.

— Comment, non ?

— Je veux dire que je leur ai proposé cinquante mille dollars mais qu'ils ont refusé.

— Qui ça, « ils » ?

— Ses gens.

— Ils lui en ont parlé ?

— A ce qu'ils prétendent, oui.

Un autre bateau apparut, plus petit que le premier ; néanmoins, Bobby en distinguait aussi nettement chaque lumière.

— Offre-leur davantage.

— Combien ?

— Cent mille dollars. C'est bien ce qu'ils demandaient au début ?

— Oui, au début, mais...

— Mais quoi ?

— Mais rien. N'empêche que ça fait beaucoup d'argent, Bobby. C'est tout.

— On pourra toujours annuler pour cette fichue cuisine.

Wald ne répondit par sur l'instant.

— Je ne sais pas, Bobby. J'aime assez les idées de Philip.

## 15

— Primo a quelque chose de changé, cette année, non ? lança Jewel Stern.

— Plutôt, dit Norm. Si son lancer parvient à...

— Et si Rayburn arrive à secouer cette terrible, terrible...

— Alors qui sait ce qui pourrait arriver ? Voyons ce qui arrive chez nos fans. Nous avons Gil qui nous appelle de sa voiture. Qu'est-ce que tu nous racontes, Gil ?

— Allô ?

— Tu es à l'antenne, Gil. Vas-y.

— Jewel ?

— Salut, Gil. Qu'est-ce que tu voulais nous dire ?

— Dépêche-toi, Gil. On se bouscule derrière toi.

— Jewel ?

— Oui, Gil.

— J'ai entendu ce que vous avez dit au sujet de Primo, c'est tout.

— Et alors ?

— Ça ne durera pas. C'est une brêle. Et les brêles, ça finit toujours par s'étendre.

— Tu crois, Gil ? Je pourrais te nommer cinq ou six « brêles » du même genre qui sont devenues des stars du base-ball.

— Alors c'est qu'il y a quelque chose qui ne va pas dans le monde du base-ball.

— C'est ça, Gilly !

— Jewel, on dirait que notre ami Gil a un copain du même avis que lui dans sa voiture.

— Un copain d'excellente humeur, Norm, quoique peut-être pas de très bonne foi. Passons la parole à Ruben, de Malden. Qu'est-ce que tu nous racontes, Ruben ?

C'est ça, mon vieux Gil ! songea Bobby Rayburn. Il venait de se garer devant l'aéroport, un peu en retard sur l'horaire prévu. Et si Primo allait se casser la figure ? Et si un quelconque fan, certainement ivre, allait tenter quelque chose pour l'en débarrasser ? En fait non, cette bonne femme de la radio devait avoir raison... Jewel. Etait-ce celle qui voulait l'interviewer ? Pour un magazine important, avait dit Wald. Bobby n'en connaissait qu'un d'important, *SI*, parce qu'il en avait fait trois fois la couverture.

Le vieux Cole l'attendait déjà dehors, avec sa figure tannée et son éternel chewing-gum. Il avait joué quinze ans chez les cadets, avant de prendre en charge, une vingtaine d'années durant, l'entraînement de lycéens, parmi lesquels Bobby, qui l'avait suivi quatre ans. Sa maigre retraite passait dans un studio en bordure d'un golf de troisième ordre du côté de Tucson. Sans jamais faire d'étincelles, il avait au moins compris une chose : que Bobby savait frapper une balle.

— Saleté de ville ! grommela-t-il en prenant place dans la voiture.

Bobby lui tendit un chèque de deux mille dollars pour couvrir ses frais de voyage et les quelques heures qu'il allait lui consacrer. Le vieux Cole le roula comme une cigarette et le glissa derrière son oreille. Ce devait être à cause de ce genre de réaction que, toute sa vie, on ne lui avait confié que des gamins ou des débutants.

— Ça va ? demanda Bobby.

— Non. Ce foutu slice me tue. Et je me lève six fois par nuit pour pisser. Sinon ça peut aller.

Ils se rendirent sur le terrain d'un lycée de banlieue, où les attendait un gamin, bien campé devant sa cage de frappe.

— Prêt ? demanda Bobby.

— Oui, m'sieur.

Le champion lui fit face, sa batte à la main, sous les yeux du vieux Cole qui les observait en faisant des ballons de chewing-gum rose.

— Te fais surtout pas d'illusions, lança-t-il au jeune, je ne suis pas là pour t'engager.

Néanmoins, celui-ci lança de tout son cœur une centaine de balles bien appliquées à Bobby, qui les rattrapa tout aussi régulièrement.

Cole fit quelques remarques, quelques observations mais, la plupart du temps, se contenta de les étudier, silencieusement.

A la longue, le lycéen se fatigua et finit par faire la grimace en se massant le bras.

— Ça va, marmonna le vieux Cole. J'en ai assez vu.

Cela faisait deux heures qu'ils s'échinaient.

Bobby donna cinquante dollars au gamin, bien qu'il ne lui en eût promis que quarante au téléphone.

— Ça va ?

L'autre répondit que oui, sans cesser de se masser l'épaule. Il s'y reprit à deux fois avant d'ajouter :

— Je joue samedi.

L'air de dire : j'espère que je ne me suis pas esquinté pour rien.

— Tu t'en tireras très bien, dit Bobby.

Sur le chemin du retour, le vieux Cole observa :

— Il a de l'avenir, ce petit.

— Ce n'était pas ce que vous aviez l'air de dire, au début.

— Il est excellent pour l'entraînement. Malin, docile, bon caractère. On n'en trouve plus beaucoup de ce genre de nos jours. Les gosses sont devenus de vraies têtes de lard. Ils se croient tout permis.

— Et les braves gens sont plutôt à chercher dans votre génération ?

— Dans le mille ! rétorqua le vieux en faisant claquer un ballon. Quant à toi, tu viens de gaspiller deux mille balles, sans compter ce que tu as donné au gosse.

— Pourquoi ?

— Parce que tu fonctionnes très bien, plutôt mieux qu'au lycée, en fait.

— Alors comment se fait-il que je fasse des coups aussi nuls ?

— C'est toi qui le dis, moi je ne suis pas de cet avis. En réalité, soit tu as besoin de faire vérifier ta vue...

— C'est fait.

— ... soit c'est toi qui t'es mis ça dans la tête. Et là, je ne peux rien pour toi. De toute façon, tu as gaspillé deux mille balles.

Un ange passa. Puis le vieux ajouta :

— Sans compter ce que tu as donné au gosse.

Comment tu le sais ?
nz avait des cernes sous les yeux et sa moyenne
t pas meilleure que celle de Bobby.
Parce qu'elle me l'a avoué cette nuit. Elle vou-
on numéro.
Mon numéro ?
De téléphone.
Tu ne lui as pas donné, j'espère ?
Je ne le connais pas.
bby recula de quelques pas et se mit en posi-

oua comme un dieu ce soir-là, ne manquant
ne balle. Il se sentait de mieux en mieux. De
dans les vestiaires, il rejoignit Lanz :
omment elle s'appelle ?
ttends, réfléchit son collègue. Ça va me reve-

tant, l'équipe avait eu droit aux premières
e l'année.
horreur des samedis soir, maugréa son
. On joue pour tous les poivrots du coin.
trée des douches, il fut interpellé par un
ne homme à lunettes :
bby ?
i ? aboya celui-ci.
reconnut le directeur des relations sociales.
?
ous demande au téléphone.
avez vérifié de la part de qui, j'espère ?
de monsieur Wald.

Bobby le ramena à l'aéroport et le vieux lui prodigua ses derniers conseils.

— J'en ai vu beaucoup comme toi qui flippaient. Et tu sais ce que j'en ai conclu ?

— Non.

— Que c'est comme l'acné, tu as beau faire, ça s'en va quand ça s'en va. On n'y peut rien, c'est pas une question de fric.

Il claqua la portière et se dirigea vers son terminal. Bobby le suivait encore des yeux quand il entendit frapper à sa vitre. Un porteur se penchait à l'ouverture :

— Hé, Bobby, ça va ?

Celui-ci marmonna une vague réponse.

— Vous me donnez un autographe ? Pour mon gosse ?

Bobby hocha la tête.

Le porteur lui tendit un ticket de bagages qu'il signa avant de repartir, laissant derrière lui un admirateur émerveillé.

Il passa le reste de l'après-midi à rouler au hasard des avenues en essayant de ne penser à rien. Le téléphone ne sonna que lorsqu'il s'engagea sur le parking du club.

— Pas de bol ! lança Wald.

— De quoi tu parles ?

— Ils nous ont envoyés chier.

— Malgré les cent mille dollars ?

— Ouais.

— Mais c'est la somme qu'ils voulaient, non ?

— Je sais.

— Alors ils n'ont aucune parole !

— Bon. Et qu'est-ce qu'on fait, maintenant ? On traîne Primo devant les tribunaux ?

— Tu trouves ça drôle ?

— Non, et toi ?

— En tout cas, eux ils doivent bien se marrer, en ce moment.

— Ecoute, Bobby...

— C'est toi qui leur as mis ça dans la tête ! éructa celui-ci.

— Tu sais très bien que je fais tout ce que je peux...

— Des agents, j'en trouve à la pelle, par ici.

— Je n'ai pas dit le contraire.

— Alors débrouille-toi. Je veux que tu me règles ça.

— C'est bien ce que...

— Avec autant d'ardeur que pour cette histoire de Moprin. C'est quand même pas sorcier ! Je veux ce satané numéro. Point.

Boyle venait de se garer à côté de lui, avec sa Lamborghini.

— Jusqu'à combien puis-je monter ? demanda Wald.

— Fais ce qu'il faut.

— D'accord. Cela dit, tu dois comprendre...

— Quoi ?

— Que rien ne l'oblige à accepter.

De nouveau, Bobby s'emportait :

— Comment ça ?

— C'est son numéro, voilà tout.

— C'est le mien, merde ! Tu roules pour qui, dans cette histoire ? Je le portais déjà quand il traînait encore dans son île pourrie...

— Mais tu faisais partie d'une autre équipe. Ici, c'est lui...

— ... et je ne vais pas me laisser bouffer par ce petit con...

Il s'interrompit, baissa la voix.

— Je veux mon numéro, c'est tout. Le onze.



— Je ferai ce que je pourrai, Bob
après le match.

Dans les vestiaires, la première
aperçut fut Primo toujours occupé
Nintendo. On se calme ! se dit-il. On
muscles autour des côtes, on libère
poitrine. On se laisse aller, tout do
libère l'esprit et les muscles.

— Vous voyez une balle de base-b

Stook, le responsable de l'équipem
par là, se tourna, interloqué :

— Pardon ?

— Je n'ai rien dit, répliqua Bobby

— Ah bon ! Tenez.

Stook lui tendit un paquet.

Bobby jeta un coup d'œil circula
ter que personne ne regardait
papier, en sortit un tee-shirt bla
orné au dos d'un magnifique onz

— Ça ira ? demanda Stook.

— Merci.

Le joueur lui tendit un billet
d'un clin d'œil avant de s'en
Bobby enfila le col du tee-shir
puis sa chemise d'échauffem
aucun numéro. Lui seul sau
repris son porte-bonheur. Il s

Peu après, sur le terrain en
il s'imprégnait des couleurs e
Voilà qui ne pourrait que l'
quelques pas de lui, Lanz s'

— Tu cherches ta blonde

— Quelle blonde ?

— Section trente-trois. Il
tu peux me croire. Tu n'as



La
n'étai
lait to
Bo
tion.

Il j
pas u
retour
— C
— A
nir.

Pour
huées d
— J'a
receveu
A l'en
petit jeu
— Bob
— Quo
Alors il
— Oui
— On v
— Vous
— Oui,

Le directeur des relations sociales lui tendit un téléphone.

— Allô, Bobby ?

— Oui.

— Pas facile, cette partie.

— Ouais.

— Ecoute.

— J'écoute.

— Ça ne marche pas.

— Quoi encore ?

— Primo.

— Je m'en doute. Qu'est-ce qu'il veut ?

— Rien. A aucun prix.

— Impossible. Tout le monde a un prix. C'est toi-même qui me l'as dit.

— Je ne fais que te rapporter ses propres paroles.

Bobby raccrocha. Il se doucha, s'habilla. Coincé. Et il savait pourquoi.

Primo se trouvait encore en face de son Nintendo, une serviette nouée autour de la taille, une bière à portée de la main. Bobby s'arrêta devant lui. L'autre ne cilla pas.

— J'ai deux mots à te dire. D'homme à homme, sans passer pas nos connards d'agents.

— Vas-y, lâcha Primo sans lever les yeux de son écran.

— Pas ici.

Il évita une enclume et envoya au tapis un adversaire mi-homme, mi-tulipe.

— Tu es déjà allé chez Cleats ? demanda-t-il.

— Non.

Il indiqua à Bobby comment s'y rendre et celui-ci sortit sur le parking. Il aperçut la blonde de la section trente-trois, qui l'attendait.

— Salut, Bobby ! lança-t-elle.

— Pas le temps !

Il lui décocha cependant un sourire.

Il arriva chez Cleats avant Primo. Malgré la file d'attente, les consommateurs le reconnurent aussitôt et on lui attribua la dernière table libre, dans un box, sous les battes croisées d'Aaron et de Mays. Près de lui, deux hommes buvaient de la bière agrémentée de tequila. De grands gaillards dont l'un portait un costume ; l'autre, un gros barbu, arborait une chemise de bûcheron, à carreaux rouges et noirs. L'homme en costard lui jeta un coup d'œil furtif et se détourna. Bobby n'aurait su dire s'il l'avait reconnu ou non.

— Que désirez-vous, Bobby ? demanda la serveuse.

Primo fit son entrée, ses cheveux noirs et bouclés illuminés par le gigantesque écran de la télévision.

## 16

— J'ai une devinette pour toi, dit Boucicaut en entrant dans la caravane.

— Je n'aime pas les devinettes.

— Celle-ci va te plaire. Quel est l'avantage de ceux qui passent leur vie à la montagne ?

Gil réfléchit.

— Tu donnes ta langue au chat ?

— Oui.

— C'est que personne ne s'étonne de te voir en passe-montagne.

Boucicaut avait deux cagoules à la main.

— Pigé ?

La bouche subitement sèche, Gil ne répondit pas. Il avait parfaitement pigé.

Boucicaut sourit.

— La rouge ou la noire ?

Une mimique évasive permit à Gil de ne pas choisir de vive voix. Son ami lui tendit la cagoule rouge et enfila la noire.

— J'ai l'air de quoi ?

Dangereux.

Boucicaut souriait toujours et, le visage ainsi caché, n'affichait plus que cette dentition déjetée qui aurait pu appartenir à n'importe quel autre carnassier.

Il n'eut pas besoin d'expliquer la suite, tout s'enchaîna naturellement : sans même en discuter, ils abandonnèrent la BMW derrière la caravane pour prendre la camionnette de Boucicaut. Ils agissaient ensemble, en silence, machinalement, tels les deux pôles de la pile qu'ils formaient. *Le receveur c'est le père, et le fils, le lanceur.* Gil commençait à comprendre ce que cela signifiait. Et tout allait bien.

Par ce bel après-midi de printemps, vert comme les jeunes pousses des arbres, la neige fondait partout pour se transformer en infâme bouillasse. Boucicaut se mit au volant. Gil se sentait bien, ils formaient une belle équipe. Cependant, il s'aperçut vite que son ami conduisait comme un gosse, avec une telle inconscience qu'il ne tarda pas à se faire arrêter par une voiture de police.

Le flic s'approcha de sa vitre. Boucicaut avait eu juste le temps de cacher sa bouteille sous son siège, mais il garda sa cagoule.

Le flic, un rouquin à lunettes, jeta un coup d'œil à l'intérieur de l'habitacle.

— On a froid ? demanda-t-il.

Boucicaut ne répondit pas.

— Ou c'est peut-être qu'on serait timide ?

— Elle est bonne, celle-là ! s'esclaffa Boucicaut.

— Pas meilleure que de rouler à quatre-vingt-dix quand c'est limité à soixante, et tes stops fonctionnent en dépit du bon sens.

Le flic se pencha comme pour examiner Gil, se redressa, recula.

— Je te l'ai déjà dit deux fois le mois dernier.

— J'attends toujours les pièces, répondit Boucicaut.

— Tu les as commandées où, en Chine ?

— En Chine ! pouffa Boucicaut. C'est la meilleure !

— En voilà une autre encore plus marrante ! râla le flic.

Il lui dressa un PV et s'en alla. Il n'avait pas disparu de leur vue que Boucicaut ôtait sa cagoule et déchirait la contredanse dont il jeta les morceaux par la fenêtre.

— Connard ! s'écria-t-il.

Il tapa sur son volant du plat de la main, si fort que toute la camionnette en fut secouée.

— Il était déjà aussi con ? reprit-il d'un ton dégoûté.

— Qui ?

— Mais Claymore, qui veux-tu ?

— C'était Claymore ?

— Quel enfoiré ! En voilà un qui fait sa pelote. Pas autant que toi, mais il se démerde.

Il sortit la bouteille de sous son siège et Gil prit le volant. Ils roulèrent quelque temps en silence, avant que ce dernier s'insurge :

— J'aime pas ça.

— Déconne pas !

Gil se rendit alors compte que son ami faisait allusion à ce qu'ils allaient faire. Alors que lui pensait seulement à Claymore ; il se fichait de le voir devenu flic mais il lui en voulait d'avoir parlé de la sorte. Claymore n'était qu'un joueur parmi tant d'autres, Boucicaut un champion.

Tout allait de travers, tout d'un coup.

Gil n'avait pas l'intention de s'arrêter chez Cleats mais cela se fit tout seul, comme il semblait que tout se produisît depuis qu'il avait retrouvé Boucicaut. Il ne comptait pas plus s'arrêter chez Cleats que nulle part ailleurs. Il comptait seulement traverser la ville d'une traite, enfiler sa cagoule rouge, faire ce qu'il avait à faire, comme une corvée à remplir. Cependant, dès qu'ils aperçurent les premiers gratte-ciel à l'horizon, Boucicaut se redressa :

— J'écluserais bien un godet, pas toi ?

Gil répondit machinalement :

— Je connais un bon coin.

Ça s'était fait tout seul.

Ils se garèrent devant chez Cleats.

— Depuis combien de temps tu n'es pas venu ? demanda Gil.

— Ici ? Jamais.

— Je veux dire en ville.

— Jamais venu en ville.

— Tu rigoles !

Boucicaut posa une main pesante sur l'épaule de Gil.

— Moi ? Penses-tu !

Ils entrèrent dans le bar à l'instant où Lanz rattrapait une balle à l'écran de la grosse télévision.

Après quoi, les joueurs se serrèrent la main. Fin du match.

— Il déconne, cette année.

— Qui ? demanda Boucicaut, l'œil brillant.

Une foule compacte se pressait dans le bar, toutes les tables étaient prises, à l'exception de deux, dans le box du fond. Gil n'aimait pas ce coin parce qu'on n'y voyait pas la télévision. Deux émissions sur le base-ball et le sport en général devaient suivre. Il s'y assit quand même, montrant à son ami les battes croisées d'Aaron et de Mays.

— J'ai soif, dit Boucicaut.

Ils commandèrent deux bières-tequila. Apercevant Gil, Leon leur apporta lui-même les bouteilles.

— Ça va, Gil ?

Du coin de l'œil, celui-ci put constater que Boucicaut était impressionné.

— Pas mal, Leon, répondit-il. Et toi ?

Il s'attendait à bavarder un peu, histoire de continuer à jouer les habitués, avant de voir Leon s'en aller, mais celui-ci ne semblait pas vouloir jouer le jeu.

— Au fait, dit-il en déposant verres et bouteilles sur la table, tu te rappelles le couteau que tu m'as vendu ?

— Quel couteau ?

— L'Iwo Jima.

— Ah oui !

— Il y a une garantie ?

Gil n'en savait rien et s'en moquait. Il avait quitté son job et Leon le savait très bien. Tandis que Boucicaut l'ignorait. Ravalant sa contrariété, il prit un air aussi professionnel qu'inspiré.

— Pourquoi ? Tu as un problème ?

— La lame s'est cassée.

— Aucun couteau au monde n'est garanti contre les exactions. Qu'est-ce que tu faisais, avec ?

— Je coupais une brioche.

Boucicaut éclata de rire, arrosant au passage la chemise de Leon.

— Rapporte-le-moi un de ces jours, dit Gil. Je verrai ce que je peux faire.

— Tu l'auras demain.

Là-dessus, Leon s'éclipsa.

— Encore un client satisfait ! observa Boucicaut, hilare.

— Ça fait partie du boulot, grommela Gil.

Il avala quelques gorgées de bière.

— On s'en va ? lança-t-il.

— Tu es si pressé ? Moi je me plais bien, ici.

— Il est près de onze heures.

— Et alors ? La soirée commence à peine.

Ils reprirent la même chose.

— Ça te plaît, cette saloperie ?

— Quelle saloperie ?

— La tequila ?

— Personne ne t'oblige à en prendre.

— Hé, te frappe pas ! Ça désaltère quand même.

Une troisième commande s'ensuivit. Ils buvaient au même rythme et Gil commençait à se sentir mieux.

— Tu connais des filles ? demanda Boucicaut.

— Quelques-unes.

— On pourrait déjà commencer par deux, peut-être ?

Gil songea immédiatement à Lenore et sa sœur, dont il ne se rappelait pas le nom, il l'avait sur le bout de la langue. Une image insensée lui jaillit à l'esprit : tous les quatre dans le même lit... C'est alors que Bobby Rayburn entra et vint s'asseoir à la table voisine de la sienne.

En proie à la plus vive émotion, le cœur battant, la respiration haletante, transpirant, palpitant, Gil en oublia instantanément sa vision pour ne plus songer qu'à la blessure laissée par son poignard dans le tronc de l'érable de Boucicaut. Il se détourna du joueur, regarda son ami qui s'essuyait la barbe du dos de la main sans paraître avoir remarqué la présence de Bobby Rayburn, ou seulement savoir qui c'était.

Gil vida d'une gorgée son verre de tequila. Il entendit la serveuse demander :

— Que désirez-vous, Bobby ?

Dans le fond, Leon se frottait les mains tandis qu'un autre homme passait devant eux et se glissait à la table de Rayburn, un grand type à la peau mate et aux cheveux noirs que Gil ne reconnut pas tout de suite dans sa tenue de ville. Très vite, cependant, un nom s'imposait à lui : Primo.

Rayburn l'accueillit d'un vibrant :

— Salut ! Je t'offre un verre ?

— Ici c'est moi qui régale ! intervint Leon, empressé. Qu'est-ce que ce sera ?

— Une Heineken, commanda Rayburn.

— Un Coke, dit Primo en s'asseyant.

Gil sentit un coup de pied sous la table et leva la tête vers Boucicaut qui s'impatientait :

— Tu es sourd, ou quoi ?

— Quoi ?

— Je disais que tu as raison, il est temps de mettre les bouts. Finis ton verre.

Absorbé par ce qui se passait à la table voisine, Gil ne comprit pas un traître mot de ce que son ami lui disait. La serveuse se précipitait, apportant des amuse-gueule pour accompagner les boissons des deux joueurs. Il reçut un deuxième coup de pied.

— Demande la note à ton copain, dit Boucicaut.

Gil consulta sa montre. Merde ! Il adressa un signe à Leon mais celui-ci s'occupait trop de leurs voisins pour seulement les voir. Tout d'un coup, un goût amer emplit la bouche de Gil. Le cœur au bord des lèvres, il se leva vivement.

— Où tu vas ?

Il se précipita hors du box, passa devant le bar et fila vers les toilettes. Par-dessus les urinoirs, il apercevait encore l'écran de la télévision où apparaissait Bobby Rayburn, torse nu devant son placard, encerclé de micros. Il vomit tripes et boyaux avant d'avoir pu se pencher en avant, en mit plein sa chemise et sa cravate.

Quand il sentit la crise passée, il commença par desserrer sa cravate et la passa par-dessus la tête pour la fourrer dans un coin derrière les tuyaux. Une autre cravate fichue. Avant de sortir de la stalle, il nettoya comme il put, avec du papier, sa chemise, son pantalon, ses chaussures, les pans de son veston. Il avait à peu près fini quand il entendit des pas derrière lui...

— Il est tard ! lança une voix masculine.

— Et alors ? demanda une autre.

— Alors faut pas traîner, reprit la première. Qu'est-ce que tu veux ?

Gil crut reconnaître la voix. D'un coup d'œil dans la fente de la porte, il put constater que c'était bien Bobby Rayburn, qui lui tournait le dos, face à un lavabo. Il ne vit pas celui à qui il s'adressait mais aperçut son reflet dans la glace : Primo. Par-dessus leurs têtes, l'image de Rayburn à la télévision continuait de répondre aux questions des journalistes.

— Rien du tout, dit Primo.

— Qu'est-ce que je dois comprendre ? demanda Rayburn.

— Rien. *Nada.*

— Tu voulais quelque chose, avant.

— Avant ?

— A l'époque de l'entraînement.

— Qu'est-ce que tu me chantes ?

— Cent mille balles. Ça ne remonte pourtant pas à si loin, amigo.

Le reflet de Primo s'immobilisa.

— Fais gaffe à ce que tu dis.

Rayburn parut sincèrement surpris.

— Qu'est-ce que je dis ?

— Ça.

En même temps, comme si un détail le gênait dans sa coiffure, Primo commençait à se passer la main dans les cheveux.

— Bon, soupira Rayburn. On reprend du début.

Le reflet de Primo se raidit de nouveau, mais il ne dit rien. Une autre nausée montait dans la gorge de Gil et il eut toutes les peines du monde à la réprimer, tâchant de respirer à fond pour se calmer. Néanmoins, il ne perdait pas un geste des deux hommes.

— J'ai l'impression, disait Rayburn, que tu ne comprends pas comment les choses se passent ici.

— Et comment elles se passent, d'après toi ? Ça fait cinq ans que je suis ici, alors que toi, tu débarques.

— Je ne parle pas de cette équipe, mais du pays. Ce n'est pas pareil que là d'où tu viens.

Gil commençait à comprendre qu'il était question d'une négociation et que Rayburn s'y prenait comme un manche.

Il aspira une longue goulée d'air pour ravaler sa nausée.

— Comment, « pas pareil » ? insistait Primo.

Rayburn sourit, comme s'ils venaient d'effectuer un progrès considérable.

— C'est une question de hiérarchie, mon pote. Quand quelqu'un comme moi arrive dans une équipe, les choses sont réglées d'avance.

— Ah oui ?

— Oui. Il suffit de mettre les choses à plat.

Primo le considérait d'un œil torve.

— Je sais ce que je dis.

— D'accord, mais il faut faire preuve de souplesse, quelquefois. La saison commence à peine.

— C'est ton point de vue.

— On a encore cent soixante-deux matches à jouer, non ?

— Pas nous. On fait l'hiver et c'est tout.

Rayburn venait d'avoir une idée. Gil la voyait presque se former dans son esprit.

— Qu'est-ce que tu as, comme genre d'uniformes ?

Primo se renfrogna.

— Des uniformes.

— Ils sont beaux ?

— Comme tous les uniformes.

— De quelle couleur ?

— Vert et blanc. Pourquoi...

— Et qu'est-ce qu'il y a au dos du tien ?

Primo marqua une pause avant de répondre :

— *Once.*

— Onsay ? dit Rayburn.

— Comme ça...

Primo dressa les deux index devant la figure de Rayburn, presque dessus.

— Alors laisse tomber.

Ce qui ne plut pas à Rayburn qui ferma un poing dessus et serra.

— Combien tu veux, abruti ?

Primo voulut se libérer mais n'y parvint pas.

— C'est pas une question de fric.

Du dos de sa main libre, Rayburn le gifla. Pas vraiment fort, estima Gil, pourtant il vit du sang jaillir de son nez.

— Combien tu veux ? répéta Rayburn. Onze, c'est mon numéro.

— Pas de fric.

Primo soutenait le regard de son adversaire, apparemment pas impressionné du tout.

— La hiérarchie a changé, lâcha-t-il d'un air mauvais.

— C'est-à-dire ?

— C'est-à-dire que tu ferais bien de vérifier les moyennes demain matin.

Rayburn rougit. Puis il se redressa, lui mit une deuxième claque, plus forte que la première, qui envoya son adversaire dans le mur, déséquilibré par le lavabo. Le visage ensanglanté, Primo réagit en un éclair, produisant un couteau sorti de nulle part, un stylet à double tranchant et manche de nacre, exactement le genre d'arme que Gil lui eût imaginé s'il n'avait été joueur de base-ball. Rayburn recula mais l'autre venait sur lui, un mince sourire aux lèvres.

Excité à la vue du couteau, Gil ne sentait tout d'un coup plus sa nausée. Il se pencha, cherchant le poignard plaqué sur sa jambe.

La porte des toilettes s'ouvrit sur Boucicaut. Primo l'aperçut par-dessus son épaule et le couteau disparut instantanément. Sans perdre son sourire, il se dirigea vers la porte.

— Merde ! siffla Bobby Rayburn en sortant à son tour.

Gil sortit de l'urinoir comme si de rien n'était.

— Qu'est-ce que tu fous ? s'écria Boucicaut. On a du travail !

## 17

— Tu as déjà fait ça ? demanda Gil.

— Mince, tu te rappelles pas ? On était ensemble !

Tout était calme, pas une voiture pour les déranger. Ils s'étaient arrêtés au pied du pont, sous les étoiles. Quelle importance accorder à leurs petites actions sous l'immensité de ce ciel ? Ceux qui tenaient le bon bout du fouet le savaient depuis le jour de leur naissance.

— Mais pas avec des gens à l'intérieur, objecta Gil.

— Moi si, très souvent.

— Ah oui ?

— Enfin, souvent.

— Et qu'est-ce que ça fait ?

— Comment ça ?

— Qu'est-ce qui se passe ?

— Rien du tout. Ils dorment comme des bébés. A cette heure, les gens sont tous complètement pétés par ici.

De nouveau, Gil sentit la main pesante de Boucicaut sur son épaule. Cela le rassura.

— Tu verras, ce sera du gâteau.

Gil se tourna du côté du cap pendant que Boucicaut étalait ses outils devant lui : pied-de-biche, barre de fer, trois tournevis de tailles différentes, coupe-verre, lampe torche. Déjà, plus jeune, il avait aimé diriger ses petits camarades ; c'était plus qu'un roc : il organisait tout, il procurait à chacun l'équipement nécessaire. Comme ce soir, il se traçait sur le visage des peintures de guerre, destinées alors à le protéger derrière son masque de receveur. *Si tu veux le marquer, vise la tête.* Gil sourit intérieurement. Il se sentait bien, dans l'habitacle de cette camionnette, Boucicaut à côté de lui. Il ouvrait la bouche pour lancer une phrase commençant par *tu te rappelles* quand son ami l'interrompit :

— Du gâteau, répéta-t-il, tout au moins tant que tu les tiens en respect.

— T'inquiète pas.

Et si Boucicaut était intelligent, s'avisa brusquement Gil, ce n'était certes pas le cas de Bobby Rayburn. Même Primo le surpassait. Il revoyait mentalement la lame surgir dans les toilettes.

— Tu aimes le numéro onze ? demanda-t-il.

— Hein ?

Interloqué, Boucicaut n'en disposait pas moins ses outils sur un ceinturon.

— L'ancien numéro de Rayburn.

— Qu'est-ce que tu me chantes, là, Gilly ?

Sans répondre, celui-ci sortit la camionnette du bas-côté pour traverser le village désert, passer devant l'église dont une tour restait illuminée, et s'arrêter dans le parking lui aussi désert du restaurant de poisson. Ils sortirent du véhicule et Boucicaut ferma sur sa taille le ceinturon garni d'outils tandis que Gil emportait un sac à dos vide.

— Je prends les clefs, dit Boucicaut.

Gil les lui donna.

Ils s'engagèrent dans le chemin, au-delà du panneau signalant la voie privée. Non loin de là, un écran bleuté de télévision illuminait la guérite du gardien. Comme un seul homme, Gil et Boucicaut plongèrent dans les broussailles qui bordaient le chemin et progressèrent en silence. Décidément, ils formaient une remarquable équipe. Entre deux arbres, Gil aperçut une tête derrière la fenêtre, mais il poursuivit sa route sans s'arrêter.

— Du gâteau, souffla Boucicaut.

Sans un mot ils traversèrent le golf dont les taches de sable formaient comme des plaques de neige dans la nuit, passèrent au pied de la colline devant les maisons dont les hautes silhouettes disparaissaient à l'ombre des lampes de leurs façades. Gil n'entendait que le crissement du ceinturon de cuir de son compagnon, le cliquetis des clefs dans sa poche, et même, une ou deux fois, les gargouillements de sa bouteille.

Au sommet de la falaise, la demeure de M. Hale restait plongée dans une complète obscurité. Les deux hommes enfilèrent leurs cagoules et, d'un seul coup, Gil se rassura : *ils sont encore en Floride. La maison est vide.* Le soulagement l'inonda comme une drogue. De Boucicaut il ne voyait plus que les yeux brillants. Du gâteau. Côte à côte, ils s'engagèrent dans l'allée centrale. C'est alors qu'une lumière jaillit au-dessus du garage.

Pétrifié, Gil s'attendait à tout, un chien, un coup de feu, des sirènes. Mais rien ne vint. Quant à Boucicaut, il avait continué sans s'émouvoir.

Il ne baissa même pas la voix pour lancer :

— Si tu as peur d'une saloperie de détecteur, c'est que tu n'es pas fait pour ça.

Les joues en feu, Gil le rejoignit en trois pas pressés.

Ils s'écartèrent vers l'arrière de la maison et la lumière disparut. Sur le moment, Gil ne vit plus rien mais sentit le gazon épais sous ses pieds, entendit l'océan qui venait se briser sur les rochers en contrebas. Peu à peu, sa vision s'ajusta et il repéra le belvédère où se tenait Mme Hale l'autre jour. Dans la tranquillité de la nuit étoilée, Gil put se rassurer de nouveau : ils étaient bien en Floride.

Boucicaut éclairait de sa lampe la porte du débarras, déjà équipée d'une moustiquaire pour l'été, qu'il eut tôt fait de démonter et de déposer contre le mur. La porte elle-même était plus solide, à l'exception de deux petits panneaux de verre en son sommet. A l'aide d'un diamant et de ventouses, il y coupa un cercle large comme la main. Le crissement dans la vitre se répercuta désagréablement à travers la colonne vertébrale de Gil.

Le morceau de verre céda dans un claquement semblable à un glaçon heurtant la paroi d'un gobelet, refléta un court instant les étoiles et s'envola en direction de l'océan. Superbe lancer. Boucicaut avait conservé son bras de légende.

En se retournant vers la porte, Gil se rendit compte qu'il était un peu ivre. Finalement, ce n'était pas une mauvaise chose : ses réflexes devenaient toujours meilleurs quand il avait bu.

— Ça va ? murmura-t-il.

— Ta gueule, marmonna Boucicaut.

Le bras enfilé dans l'ouverture, il actionnait le verrou de l'intérieur. Dans un déclic, celui-ci céda et la porte s'ouvrit sur un grognement de satisfaction de Boucicaut.

Ils entrèrent, précédés de sa lampe. Gil aperçut une brouette, une bicyclette équipée d'un panier de paille, une toile inachevée sur son chevalet, représentant un phare rouge et blanc. Le pinceau de la torche éclairait une deuxième porte ouverte sur une autre pièce de la cave. Tout d'un coup, les pas étouffés, les crissements du ceinturon s'estompèrent dans le grondement de la chaudière qui se remettait en marche.

Ils franchirent une autre porte pour se retrouver dans un couloir moquetté sur lequel donnaient plusieurs pièces fermées à l'exception d'une seule. Boucicaut l'éclaira de sa torche, révélant un slip de dentelle noire à peine plus large qu'un string, accroché à un rideau de douche. Impossible d'imaginer Mme Hale dans de tels sous-vêtements. Gil se souvint alors de la domestique.

Au bout du couloir, ils devinaient un escalier. Gil évita de prendre les marches de face, comme si elles allaient moins craquer s'il grimpait sur les bords, alors que, loin d'appliquer ce genre de philosophie, Boucicaut marchait pesamment au milieu. Autant se rendre à l'évidence : Gil avait peur, et il était bien le seul. Boucicaut agissait comme il l'eût fait chez lui en plein jour. C'était un roc. En le suivant, Gil sentit ses yeux s'embuer et une phrase lui revint subitement en mémoire : *la peur paralyse*. Il savait de qui elle venait : de Jimmy Piersall, évidemment. D'un seul coup, cela lui remit en mémoire la première fois où son père l'avait emmené à un match de base-ball. Ils avaient tous deux copieusement hué un joueur et, comme il était trop petit pour bien voir de sa place, il s'était mis debout sur son siège, les mains en cornet autour de la bouche, pour mieux crier en chœur avec ses voisins.

En haut de l'escalier, la lampe de Boucicaut éclaira un sol de marbre et Gil sut où ils se trouvaient. Il guida son ami à travers le couloir aux murs tapissés de marines. Comme ils arrivaient devant la bibliothèque, la chaudière s'arrêtait. A cet instant, la semelle de Boucicaut glissa sur le marbre dans un chuintement tellement distinct que Gil ne sut s'il entendit réellement ou s'il ne fit qu'imaginer le gémissement de femme qui suivit, non loin d'eux, quelque part dans la maison.

Il attrapa la veste de Boucicaut pour l'arrêter et lui murmurer à l'oreille, à travers sa cagoule :

— Tu as entendu ?

— Quoi ? aboya son ami.

Il empestait l'alcool.

— J'ai cru entendre...

Gil s'interrompit pour prêter de nouveau l'oreille.

— Eh bien, ne crois pas, coupa Boucicaut.

Là-dessus, il ouvrit la porte de la bibliothèque.

Il y faisait bon et cela sentait la cigarette, mais aussi une autre odeur qui évoqua immédiatement Lenore aux souvenirs de Gil. La lampe révélait les lourds meubles sculptés, le canapé tourné vers la baie, les placards, la photo de Mme Hale jeune. Boucicaut se précipita pour tenter d'ouvrir le coffre mural qui se cachait derrière, mais sans succès.

— On va commencer par les couteaux, proposa-t-il alors.

— Chut ! dit Gil.

Boucicaut étouffa un rire moqueur.

Ils se dirigèrent vers les classeurs à tiroirs. Fermés à clef. Boucicaut tendit la lampe à Gil qui reconnaissait les vieux Randall et tâchait d'éclairer la serrure ovale pendant que son ami, tirant sa barre de fer de son ceinturon, en assenait un coup sur le bois. Cela retentit comme un arbre qui tombe au milieu d'une forêt, pliant quasiment le meuble en deux sous l'impact. Du gâteau, se répéta Gil. Il se tourna légèrement pour éclairer le côté, s'immobilisa : il avait vu quelque chose, une ombre du côté du canapé qui donnait sur la mer. Sur le moment, il n'aperçut rien de précis mais, quand il dirigea le faisceau de la lampe dans cette direction, il vit passer une silhouette fugitive et eut juste le temps de distinguer un pied nu qui fila comme une comète.

— Co !

Boucicaut avait déjà réagi. Il y eut un bruit de chute dans l'obscurité, puis un cri, de femme, et un grognement, de Boucicaut. La lampe se posa bientôt sur une masse mouvante au sol, révélant une femme nue à la peau brune qui tentait d'échapper à Boucicaut. Gil y vit aussitôt la propriétaire du slip de la douche. La bonne. Il aurait pu y penser plus tôt !

— Tiens, tiens ! s'exclama Boucicaut.

Elle ouvrait de grands yeux sur lui, l'air tellement effarée que Gil en eut mal pour elle.

— Je vous en prie ! implora-t-elle.

Sa voix haut perchée crissait désagréablement aux oreilles de Gil. Apparemment cela ne plut pas davantage à Boucicaut qui la fit taire en lui bâillonnant la bouche de la main et s'assit sur elle.

— Tiens, tiens ! reprit-il.

De sa main libre, il lui pinça un mamelon et tourna, comme s'il mettait en marche une quelconque machine.

Elle gémit.

— Silence !

Pour mieux la faire taire, il s'attaqua à son bas-ventre avec le même enthousiasme.

— Qu'est-ce que tu fous ? demanda Gil.

— Je m'amuse un peu.

Déjà, il ouvrait son ceinturon, défaisait la fermeture de son pantalon.

— Arrête !

— Occupe-toi des tiroirs et ferme-la.

Il baissa son pantalon, révélant ses fesses, énormes et blêmes.

C'est alors que la porte s'arracha dans un jaillissement de lumière. M. Hale se tenait dans l'encadrement, en robe de chambre de velours, les cheveux collés à son front. Il cligna deux ou trois fois des yeux comme un hibou.

— Esmeralda, lança-t-il. Que signifie... ?

— Oh, monsieur !

Et elle se mit à pleurnicher.

— Boucle-la ! aboya Boucicaut en la giflant.

— Dites donc, vous !

M. Hale venait de s'avancer d'un pas. Grave erreur. Sans se lever, Boucicaut n'eut qu'à lui balancer son ceinturon à la figure. Un outil heurta le vieil homme au menton, lui ouvrant une méchante entaille rougeâtre. L'homme pâlit et recula contre le chambranle tandis que la bonne geignait de plus belle, aussitôt interrompue par une autre gifle, beaucoup plus brutale que la première.

Boucicaut se leva, le pantalon sur les chevilles, le ventre affaissé sur une érection étonnamment malingre.

Il se tourna vers Gil.

— On va avoir besoin de sparadrap ou de ficelle.

Son ami faillit lui demander : « pour quoi faire ? » mais il ne voulait pas que M. Hale reconnaisse sa voix. Aussi se contenta-t-il de hausser les épaules.

— Allez ! insista Boucicaut. C'est le moment de me donner un coup de main.

En attendant, il donna un coup de pied à la domestique.

— Trouve-moi de la ficelle ou quelque chose de ce genre.

La fille le dévisageait, tremblante et silencieuse. Boucicaut se tourna vers M. Hale :

— Tu as entendu, vieux con ?

La bouche de l'homme remua mais aucun son n'en sortit.

— Viens ici ! ordonna Boucicaut.

M. Hale s'approcha, laissant couler le sang de son menton sur sa robe de chambre. Gil avait du mal à reconnaître en ce vieillard fragile le collectionneur sûr de lui qu'il connaissait. Quand l'homme fut à portée de main de Boucicaut, celui-ci grogna :

— Allez vous faire foutre puisque personne ne veut m'aider.

Et il balança un direct au vieillard qui s'écroula.

— Ça va pas ? cria Gil.

Il cherchait comment calmer son ami quand un mouvement latéral attira son regard. Une femme se levait furtivement du canapé en tentant de couvrir son corps nu d'un drap léger. Non pas une femme du genre Esmeralda, mais une maigre à cheveux gris. Il fallut un certain temps d'adaptation à Gil pour comprendre qu'il s'agissait de Mme Hale. Elle en profita pour cueillir le sabre accroché au mur et s'avancer sur Boucicaut.

— Co !

A l'appel de son ami, derrière lui, celui-ci fit volte-face et vit s'approcher la frêle silhouette, un sein dénudé, brandissant son arme devant elle, prête à se fendre comme dans un film de cape et d'épée en Technicolor. Boucicaut s'esclaffa et se pencha pour remonter son pantalon ; mais, à force de bouger au-dessus de la bonne, il s'était emmêlé les pinceaux et il perdit l'équilibre pour tomber lourdement sur les mains. Mme Hale fonça sur lui, lui transperçant l'épaule de sa lame qu'elle lui enfonça à la verticale en travers du torse.

Dans la seconde qui suivit, elle gisait au sol, le crâne ouvert par la lampe torche de Gil. A genoux, Boucicaut levait les yeux sur lui :

— La salope ! Tu ne pouvais pas me le dire ?

— Je ne savais pas.

En fait, Gil prenait seulement conscience de ce qui venait de se passer. Boucicaut était toujours en avance d'un métro sur lui.

— Ne reste pas planté là ! Enlève-moi cette saleté.

— Je ne crois pas qu'il faille faire ça. Je préférerais t'emmener à l'hôpital.

— Tu te fous de moi ! On n'a pas le temps.

Gil laissa tomber la torche et empoigna le pommeau de l'épée.

— Ça va gicler ! le prévint Boucicaut.

Gil tira. La lame jaillit sans résistance, le sang ne gicla pas, perla à peine, guère plus que pour une coupure de rasoir.

— Tiens, tiens ! railla Boucicaut. Elle m'a manqué.

Il voulut se relever mais refusa la main que lui tendait Gil. Debout il perdit un peu de sang, pas beaucoup.

— En revanche, rigola-t-il, si tu peux m'aider pour mon froc...

C'est alors qu'ils se rendirent compte que la bonne était partie.

Gil courut vers le vestibule.

— Tue-la, lança Boucicaut dans son dos.

La porte d'entrée était ouverte. Les détecteurs avaient allumé toutes les lumières, si bien qu'il repéra tout de suite la domestique en train de courir à travers la pelouse. Gil se lança à sa poursuite et la plaqua sans peine. Elle tomba en avant de tout son poids, le souffle coupé net. Gil la hissa sur l'épaule comme un vieux tapis et l'emporta dans le garage.

Trois voitures s'y trouvaient, break Volvo, Mercedes, Saab décapotable, ainsi qu'un kart de golf. Gil ouvrit la portière de la Mercedes, déverrouilla le coffre, y jeta la bonne et referma. Les clefs du kart se trouvaient sur le contact. Gil le sortit du garage et remonta la pelouse jusqu'à la porte d'entrée, au moment où Boucicaut apparaissait sur le seuil.

— Tu l'as eue ?

— Oui.

— Tu as fait ce que je t'ai dit ?

Gil hocha la tête.

Boucicaut lui tendit le sac à dos rempli au quart.

— J'ai vidé le tiroir, annonça-t-il. Ça vaut quelque chose ?

— Ça devrait.

— Merde, j'espère bien !

Il monta près de son ami qui repartit aussitôt sur la route, dévalant la colline, passant les autres maisons pour ne s'arrêter qu'en vue de la guérite du gardien.

— Tu vas pouvoir marcher ?

— Pas de problème.

Ils traversèrent les bois pour contourner l'obstacle, avant de regagner le chemin sur lequel s'ouvrait le parking du restaurant de poisson. Boucicaut eut un peu de mal à se hisser à la place du passager de la camionnette et Gil dut lui donner un coup de main avant de prendre le volant.

— Tu as les clefs ? demanda-t-il.

— Dans ma poche.

— Donne-les-moi.

Boucicaut ne parvint pas à glisser la main dans sa poche et ce fut Gil qui dut les prendre. Il ne put s'empêcher de remarquer, au passage, le tremblement des grosses cuisses de son ami.

— Merde, j'espère bien ! répéta celui-ci.

Ils roulèrent en silence jusqu'à ce que Gil aperçût un panneau indiquant la direction d'un hôpital. Il allait la prendre lorsque Boucicaut agrippa le volant pour l'empêcher de tourner.

— Pour un mec qui a réussi, tu m'as l'air drôlement empoté !

Une masse de nuages couvrait maintenant les étoiles. Les autres voitures se faisaient rares. Le silence tomba sur l'habitacle. De temps à autre, Gil jetait un regard sur Boucicaut qui avait fini par fermer les yeux.

— Tu dors ?

— Non.

Le silence retomba. Bientôt, pourtant, Gil ne put s'empêcher de parler :

— Tu te rappelles la saison ?

— Quelle saison ?

— Quelle saison !... Celle où on a gagné le championnat, bien sûr !

— Et alors ?

— Tu y réfléchis, quelquefois ?

— A quoi ?

— Je ne sais pas. Que ça aurait peut-être pu être différent.

Il attendit la réponse mais rien ne vint. D'un coup d'œil latéral, il vit que Boucicaut avait de nouveau baissé les paupières.

— Tu dors ?

Silence.

Gil se gara sur le bas-côté. Boucicaut tomba contre lui et, avant de le redresser, il ouvrit sa veste, déboutonna sa chemise, examina son épaule. Juste un peu de sang, poisseux.

— Ça ne saigne pas, Co. Tu vas t'en tirer.

Boucicaut ouvrit les yeux.

— Tant mieux, dit-il.

S'ensuivit un gargouillis et il se mit à vomir du sang, verdâtre dans la lumière du tableau de bord.

— Mon Dieu ! souffla Gil.

Il tenta de se dégager du poids de son ami, de reprendre le volant pour filer à l'hôpital. Mais les bras lourds de Boucicaut l'encerclaient et il ne pouvait pas bouger. Ce n'était pas la première fois que celui-ci l'embrassait ainsi, même si cela remontait à longtemps, quand ils venaient de remporter un match, par exemple. A son tour, il l'étreignit et leurs têtes masquées se rejoignirent.

— Le receveur c'est le père, dit-il à voix haute.

Le sang de Boucicaut vint arroser son veston.

— Accroche-toi, Co. Je t'emmène.

Pas de réponse. Rien que ce sang qui n'en finissait pas de couler.

Gil se mit à pleurer.

— Co ! Tu étais le meilleur. Tu aurais pu être un grand champion.

Alors Boucicaut articula ses derniers mots, d'une voix à peine audible :

— Pauvre con ! On était aux minimes. On avait douze ans.

# 18

Dans la station spatiale de Sean, Bobby Rayburn était encore prisonnier du réseau artcurien. Il avait tout essayé : proposer d'échanger la planète d'uranium Bluton contre sa libération, de révéler le secret caché au cœur de la nébuleuse Orion ; il avait même lu le mode d'emploi de la première à la dernière page.

On indiquait, dans la section « En cas de problème de fonctionnement », qu'il ne fallait jamais oublier, « avec le réseau artcurien, que la première erreur n'est jamais fatale. Si vous êtes fait prisonnier, faites appel à vos ressources créatives. (Appuyer sur F4 pour dérouler le menu Ressources créatives) ».

Bobby appuya sur les touches indiquées. Dehors, il faisait grand jour. Dans la chambre de Sean, les lourds rideaux donnaient l'illusion de la nuit. Au bout d'une quinzaine de minutes de recherche infructueuse, ses mains s'immobilisèrent et son esprit se mit à vagabonder. *La première erreur n'est jamais fatale.* Quelle avait été sa première erreur ? Evidemment de se laisser déposséder de son numéro. C'était la faute de Wald. Et la deuxième ? Tout aussi évidemment de s'être laissé entraîner dans la chambre du petit Sean, l'enfant malade. Ça, c'était la faute du directeur des relations sociales. Fatale ? Ou réparable avec un peu de ressources créatives ? Le menu offrait : Analogies, Trouver des rapports, Chercher des solutions, Redéfinir le problème. Il cliqua sur Redéfinir le problème, puis sur la sous-catégorie Identifier et dénoncer, lut ce qui s'inscrivait sur l'écran. Alors il ferma les fichiers, enregistra la partie et descendit dans la salle de jeu.

Sean, en pyjama, regardait des dessins animés à la télévision, un gigantesque ours en peluche à côté de lui. Bobby déposa le jouet par terre pour prendre sa place dans le canapé.

— Salut, Sean.

— Salut.

— Ça va ?

— Oui.

— Qu'est-ce que tu regardes ?

— Bullwinkle.

— Tu sais, j'ai réfléchi.

— C'est un orignal.

— Quoi ?

— Bullwinkle. Et Rocky, c'est l'écureuil.

— Tu sais combien...

— Avec ses lunettes. Parce que c'est un écureuil volant.

— Tu veux la fermer, trois secondes ?

Cette fois, Sean se tourna vers lui, la bouche tremblante, mais il parvint à serrer les mâchoires.

— Pardon, murmura Bobby. Je voulais dire « faire attention ». D'accord ?

Sean hocha la tête en silence.

— Je me posais des questions, reprit son père. C'est tout.

Sean ne répondit pas. Il regardait Bullwinkle grimper sur un plongeoir.

— Tu veux savoir lesquelles ?

— Lesquelles quoi ?

— Je me demandais si tu te rendais compte de tous les Sean qui existent dans le monde.

— Non.

L'enfant caressait du pied la tête de l'ours en peluche.

— Je veux dire que c'est un nom très répandu, tu sais. Il y a des quantités d'autres enfants qui s'appellent Sean.

— J'en connais aucun.

— Il y en a treize à la douzaine. Tu peux me croire sur parole. Tu verras, quand tu grandiras.

— Je connais un Corey. Et un Tyler.

— Je t'ai dit que tu pouvais me croire sur parole.

Sean hocha la tête.

— Tu as un match, aujourd'hui ?

— Oui. Pour en revenir…

— Je peux venir ?

— Pas aujourd'hui. Je voulais dire que ta mère et moi avons sans doute commis…

— Il passe à la télé ?

— De quoi est-ce que tu parles ?

— Du match.

— Comment veux-tu que je le sache ? Ils passent tous, non ? Pour en revenir à Sean, c'est un nom idiot.

La bouche de Sean se remit à trembler, un peu moins que la première fois, peut-être. Et sa mâchoire se crispa davantage.

— Je ne voulais pas dire idiot. Juste un peu… treize à la douzaine.

— Treize à la douzaine ?

— Il y en a partout. Ce n'est pas comme Bradley.

— Bradley ?

— Ton deuxième prénom. Tu le savais ?

— Je sais comment je m'appelle.

— Alors on va utiliser celui-là.

— J'aime pas.

— Qu'est-ce que tu n'aimes pas ?

— Bradley.

— C'est très joli ! C'est le prénom de ton grand-père.

— J'aime pas.

— Tu crois que ça ferait plaisir à ton grand-père d'entendre ça ?

— Maman non plus aime pas.

— N'invente pas n'importe quoi !

— J'invente pas. C'est elle qui l'a dit.

— Enfin, bon sang ! Elle l'a bien choisi, ce nom !

— C'est elle qui l'a dit.

A la télé, Bullwinkle sautait du plongeoir pour constater que la piscine était vide. Arrêt sur image. Publicités.

— On pourrait dire Brad pour faire plus court.

— J'aime pas.

— Mais pourquoi ? C'est chouette comme nom !

— Je préfère Sean.

— Pas moi. Alors réfléchis-y.

Bobby se leva et se dirigea vers la porte. Les pubs s'achevaient. Bullwinkle reprenait sa chute dans la piscine vide. Ses bois s'emmêlèrent dans les fils du parachute de Boris Badanov qui passait par là, et il atterrit sans dommages.

En se rendant au stade, Bobby tâchait de se représenter une balle parfaitement blanche et ronde avec ses coutures rouges, et de se sentir la frapper de sa batte. Mais il ne voyait qu'une image floue, banale, une simple représentation de balle sans relief, et il ne sentait rien du tout. Alors il laissa tomber. Et tout d'un coup, une autre image se superposa, parfaitement claire et nette dans ses moindres détails, celle-ci : la petite ferme du tableau de l'hypnotiseur, avec son feu qui brûlait dans l'âtre, visible par la fenêtre aux volets rouge vif.

— La barbe ! s'exclama-t-il à voix haute. Je ne suis pas concentré.

Le dos de sa main le picotait. A l'endroit même d'où il avait frappé Primo.

Il se gara dans le parking, descendit de voiture, enfila ses écouteurs et appuya sur le bouton LECTURE de son baladeur. La musique tenait plutôt d'une bouillie informe. Il appuya sur STOP.

Dès son entrée, Burrows l'interpella :

— Je peux vous voir une minute, Bobby ?

Il l'entraîna dans son bureau, le fit asseoir et alluma une cigarette.

— Alors, mon gars, comment vont ces côtes ?

— Bien. Pourquoi faut-il que tout le monde me demande ça.

— Normal. Il ne faut pas les négliger.

— Qu'est-ce qui se passe ?

— Pas grand-chose.

Burrows regarda autour de lui, quoiqu'il n'y eût rien à regarder dans ce bureau sans fenêtre.

— Je me disais que vous pourriez peut-être vous ménager aujourd'hui. Voilà tout.

— Je ne vois pas pourquoi. Je ne suis pas fatigué.

Burrows tira une longue bouffée de fumée et son regard se fit rêveur, un court instant.

— Il y a fatigué et fatigué.

— Ça veut dire quoi, ça ?

— Ça veut dire que je me soucie de la santé de mes joueurs. Aujourd'hui, l'entraînement c'est aussi ça. Je soigne mes investissements. La saison sera longue, inutile de vous le répéter, Bobby.

— Mes côtes vont très bien. Je n'ai jamais eu de problème de ce côté. Et je ne suis pas fatigué, ni dans un sens ni dans l'autre.

— Vous êtes un tigre, Bobby. C'est une des raisons pour lesquelles vous êtes... ce que vous êtes ; et aussi pourquoi nous sommes si heureux de vous avoir parmi nous. Mais il arrive que même les tigres aient besoin de se reposer.

Burrows jeta sa cigarette par terre, l'écrasa du talon.

— Rien qu'aujourd'hui, mon gars. Il faut vous détendre un peu.

— Je ne suis pas tendu.

— Je m'en doute.

Burrows se leva.

— Seulement c'est dit : aujourd'hui je vous garde avec moi.

Et qui va prendre ma place ? C'était la question qui trottait dans la tête de Bobby, mais il ne la posa pas.

Il s'habilla, en commençant par le tee-shirt portant le numéro onze qu'il enfila sous son uniforme. L'ordre des frappeurs était déjà affiché au mur. *Rayburn* arrivait en dernière ligne, parmi les remplaçants. Un certain Simkins jouait champ centre et frappait en septième position. Ce nom ne lui disait rien. Il scruta le terrain, découvrit le nouveau venu dans la cage de frappe et finit par l'identifier : le phénomène rencontré à l'entraînement de pré-saison, le gros garçon qui en faisait des tonnes. Le voilà qui revenait. Seulement, en quelques mois, il avait accompli des progrès fulgurants.

Lorsque vint le tour de Bobby, celui-ci ne songea plus à se représenter des balles parfaites ou à sentir la batte. Il avait frappé aussi fort que possible et envoyé la balle à travers tout le terrain. Vicieusement, elle passa en rase-mottes au-dessus de la tête de Primo qui n'amorça pas le moindre geste pour l'esquiver, demeurant stoïque et arrogant, comme un matador. Bobby regagna l'abri, continua dans le tunnel des vestiaires, et là, envoya un violent coup de batte dans la muraille de ciment. Elle explosa en morceaux et il se sentit mieux.

Mais à la fin du match, après avoir assisté, impuissant, à la défaite de son équipe, il courut se déshabiller le premier et, dans sa rage, déchira sa chemise et son fichu numéro quarante et un. Stook le vit faire mais ne dit rien.

Bobby resta sous la douche en attendant que la presse ait vidé les lieux, puis il s'habilla, vida une cannette de bière et s'en alla. Wald l'attendait dehors.

— Tu as oublié ? demanda-t-il.

— Oublié quoi ?

— L'interview pour le *Time Magazine*.

— J'ai accepté ?

— Tu ne t'en souviens pas ?

Bobby ne s'en souvenait pas.

— Annule, dit-il.

— Comment veux-tu que je fasse ?

— Tu prends ton téléphone, comme toujours.

— Mais elle doit t'attendre chez toi, en ce moment.

— Chez moi ?

— C'était entendu comme ça. Elle voulait voir ta maison.

— Pourquoi ?

— Il s'agit de faire ton portrait, Bobby ! Ce sera excellent pour le grand public.

— Quel grand public ?

— Celui qui ne s'intéresse pas qu'au base-ball. Je t'en ai déjà parlé. Les gens qui seront encore là quand tout sera fini.

Bobby baissa les yeux sur son agent.

— Je vais demander mon transfert, annonça-t-il.

— Tu veux rire ?

Il l'attrapa par le col de la chemise :

— Il faut me transférer.

— Laisse tomber.

Au lieu de laisser tomber, Bobby le plaqua contre le mur du club.

— Tu es fou ! gémit Wald. Je suis ton agent, pas le propriétaire du club.

— Je prendrai n'importe quoi. Du moment que...

— Que quoi ?

Bobby le relâcha.

— Tu le sais très bien.

Wald hocha la tête. Il savait, bien sûr. Le numéro onze.

## 19

Penchée sur son carnet de notes dans le bureau qu'elle partageait avec Bernie et Norm, Jewel Stern préparait le questionnaire qu'elle comptait soumettre à Bobby Rayburn. Elle les répartit en sous-groupes :

Dollars.

Mode de vie et famille.

Base-ball.

Divers.

Le base-ball était à son tour divisé entre Mental et Physique. Ce qui donnait jusque-là trente-trois questions. Jewel en relut quelques-unes au hasard :

« Qui respectez-vous le plus dans le base-ball ? »

« Qu'est-ce qui vous a apporté le plus de satisfaction dans votre carrière ? »

« Si vous pouviez changer quelque chose dans votre vie, qu'est-ce que ce serait ? »

« En quoi vos nombreuses tournées affectent-elles votre vie de famille ? »

« Quel est le champion préféré de votre épouse ? »

« La Californie vous manque-t-elle ? »

« Qu'est-ce que ça vous fait d'avoir signé l'un des plus gros contrats de l'année ? »

Jewel les trouvait toutes plus nulles les unes que les autres. En fait, elle avait l'impression de n'entendre toujours que la même question, à l'exception peut-être de la dernière, qu'elle lui avait déjà posée quelques mois plus tôt, sans y recevoir de réponse.

Néanmoins, une question idiote ne recevait pas forcément toujours une réponse idiote. Qui sait si Bobby n'allait pas finir par s'ouvrir, se découvrir, aborder de lui-même d'autres sujets autrement croustillants ? Par exemple, quand elle l'interrogerait sur sa vie de famille, qui sait s'il n'allait pas embrayer sur les filles qu'il baisait en tournée ? Avec un peu de chance…

Elle préférait cependant ne pas trop y compter. Et puis la chance n'était-elle pas le tremplin des médiocres ? En tout cas, pas celui de Jewel. Si elle devait un jour finir dans une maison de retraite pour vieilles filles gâteuses, elle aurait au moins de quoi éblouir ses collègues par ce qu'elle aurait accompli. Et le portrait de Rayburn constituait une indubitable ouverture vers autre chose, une autre forme de carrière.

Elle serra son crayon dans sa main, comme si cette véhémence avait le pouvoir de donner naissance à une bonne idée.

Le rédacteur en chef du *New York Times Magazine* avait accepté son projet d'interview sans se faire tirer l'oreille et elle en avait conçu un tel enthousiasme qu'elle n'avait pas prêté grande attention à la condition qu'il y mettait :

— Nous estimons malgré tout qu'il y faudrait une amorce plus alléchante.

— Ne vous inquiétez pas, avait répondu la jeune femme. Elle se présentera toute seule, au fil de la conversation.

Pourtant, maintenant qu'elle arrivait à une petite semaine de la date de la remise de son article, elle s'inquiétait. Dans sa présentation, l'amorce tournait autour de l'argent et de la tension créée par ce contrat mirifique mais, maintenant, ce thème lui paraissait singulièrement dérisoire et sans intérêt. Elle savait que le *Times Magazine* cherchait à offrir des portraits de sportifs afin de susciter l'intérêt de lecteurs masculins toujours plus fugaces, mais pourquoi lui avoir donné le feu vert s'il n'aimait pas son amorce ? Jewel ne pouvait s'empêcher de se demander ce que serait devenue sa maquette si elle avait été l'œuvre d'un homme. Est-ce qu'on ne lui faisait pas une fleur, histoire de montrer combien la rédaction était large d'esprit ? Fallait-il vraiment croire qu'après une génération d'articles ne traitant à peu près que de procès et de scènes d'alcôve, elle allait faire preuve d'originalité ? A moins que, de part et d'autre, on ne sache fort bien qu'elle était au courant de la règle du jeu ?

En tout cas, ce n'était pas le genre de question qui se posait à la station qui l'employait en ce moment. Ils savaient qu'elle savait. Point. Et puis elle s'était conquis un auditoire. Du coup, elle était bien payée, se voyait offrir de bons hôtels, d'agréables restaurants, et vivait à trois cents à l'heure. En réalité, la question qui se posait à la station était plus insidieuse : avait-elle fait une école de journalisme, quelque vingt ans auparavant, pour finir sa vie comme spécialiste d'un sport de gamins ? Si on lui avait demandé ce que Janie faisait dans la vie (Jewel était son nom de guerre, soufflé par son premier agent, qui l'avait découverte, comme il aimait à le dire, et sortie de sa minable petite radio de Hartford), sa mère aurait répondu :

— Elle est dans la presse.

Si on avait insisté, elle eût ajouté :

— A la radio.

Mais il eût vraiment fallu la pousser dans ses derniers retranchements pour qu'elle précisât enfin :

— Analyste de base-ball.

Jewel crayonnait une batte ornée d'une cravate et d'un visage furax tout en repensant aux vieilles filles gâteuses de sa (future ?) maison de retraite. Ce qui, sans sauter du coq à l'âne, suscita une autre question, qui lui plut, celle-ci, et qu'elle s'empressa d'inscrire :

« D'après vous, quel genre de joueur sera… (elle vérifia le nom dans ses notes) Sean ? »

Bernie passa la tête par la porte. Il avait une tache d'encre sur le bout du nez.

— C'est pour quand, cette interview de Rayburn ?

— Après le match.

— J'ai peut-être quelque chose pour toi.

— Quoi ?

— Enfin... si ce n'est pas une fausse piste.
— Dis toujours.
— Tu connais Cleats ?
Elle connaissait Cleats.

— Où est-ce qu'ils étaient assis ? demanda Jewel. Elle devait élever la voix pour couvrir les hurlements de la télé.
— Juste là, répondit Leon. Primo a pris un Coke et Rayburn une bière.
— Quelle sorte de bière ?
— Une Heineken. Il n'a pas tout bu.
Jewel entra dans le box, jeta un coup d'œil aux battes croisées d'Aaron et de Mays. Celle d'Aaron semblait authentique, mais Jewel n'en eût pas dit autant de celle de Mays qui avait utilisé une Adirondack 302 à peu près toute sa carrière, or celle qui ornait le mur de Cleats était une Louisville Slugger.
Leon avait suivi la jeune femme en s'essuyant les mains à son tablier.
— Et alors ? demanda-t-elle. Qu'est-ce qui s'est passé ?
— Qu'est-ce qui vous fait croire qu'il s'est passé quelque chose ?
— Nous avons nos sources.
— Tanya ?
— Qui est-ce ?
— L'une des serveuses.
— Je ne saurais vous le dire.
En fait, leur informateur était demeuré anonyme. Mais, comme l'espérait la journaliste, Leon s'empressa de faire mine d'approuver ce souci de confidentialité.

— Ils sont allés aux toilettes, dit-il en tendant le doigt.

Jewel en prenait déjà la direction, suivie du pas lourd de Leon.

— Ensemble ?

— Ouais. Presque.

— Comment ça ?

— Primo y est allé le premier, mais Rayburn l'a vite rejoint.

— Ah bon ? Comme ça, on se donne de petits rendez-vous ?

— Sûrement pas, se renfrogna Leon. C'est pas le genre de la maison.

Jewel s'arrêta devant la porte qui arborait l'inscription GARS.

— Et alors ?

— Ils y sont restés un petit moment.

— C'est-à-dire ?

Leon eut une moue indécise :

— Cinq minutes...

— Vous avez entendu quelque chose ?

— Je n'écoute pas aux portes.

— Non, bien sûr. Mais vous les avez certainement vus sortir.

— Madame, j'étais là-bas.

Il désignait le bar, à une dizaine de mètres.

— Je ne me mêle pas de ce que font les gens, mais j'ai l'œil.

— On sait rester discret, commenta Jewel.

Elle tâchait de se rappeler combien elle avait pris d'argent sur elle.

— Pardon ?

— Rien. Et ensuite ?

— Quoi, ensuite ?

— Vous croyez qu'ils se sont battus ?

— Qui a dit ça ?

— Mes sources. Je vous en avais déjà parlé, non ?

Un ange passa. Jewel eut nettement l'impression que son interlocuteur cherchait quelle réponse il allait faire. Patiemment, elle attendit.

— Ça ne serait pas un de vos informateurs amateurs ?

Pas fou, le bonhomme ; elle eut cependant envie de le faire un peu mariner.

— Un de mes quoi ?

— Vous savez. Cinquante dollars à qui téléphone la meilleure information de la semaine.

— On n'a pas ça, chez nous... J'aimerais pouvoir vous offrir une récompense, mais ce n'est pas dans la politique de la station.

— Ah...

Silence. Jewel s'interdit de jeter un coup d'œil à sa montre.

— En revanche, susurra-t-elle, je peux envisager de vous faire rembourser vos frais, dans la mesure du raisonnable.

— Quel genre de frais ?

— Je ne sais pas, moi, un voyage...

Leon cligna des yeux. Il était rusé mais pas très subtil.

— Par exemple, poursuivit-elle, si nous devions aller faire un petit tour.

— Où ça ?

— Que diriez-vous de chez Federico ?

— Mais c'est au bout de la rue !

— Ça reste raisonnable, conclut Jewel.

Cinq minutes plus tard, ils prenaient place à une petite table de fer forgé chez Federico. Jewel commanda un cappuccino pour elle et une coupe de champagne pour Leon. Elle sortit un billet de vingt dollars qu'elle garda sous le plat de la main.

— Bon, reprit-elle, si je comprends bien, ils se sont battus.

Les yeux sur le billet, Leon demanda :

— Et le voyage de retour ?

— Vous avez tout compris, vous.

Il se mit à rire.

Elle rit avec lui, sortit un autre billet qu'elle ajouta au premier.

— Allons-y, dit-elle.

Il reprit instantanément son sérieux.

— C'est comme vous dites : ils avaient l'air de s'être battus.

— Qu'est-ce qui vous a donné cette impression ?

— Primo saignait du nez.

— C'est lui qui est sorti le premier ?

— Oui, et pas qu'un peu pressé.

— Et Rayburn ?

— Intact. Vous pensez, un grand gars comme lui contre un petit gabarit comme Primo !

— Et qu'est-ce qui s'est passé ensuite ?

— Rien. Rayburn a signé quelques autographes et il est parti.

— En fait, vous ne savez pas ce qui s'est passé ?

Leon fit non de la tête.

— De quoi avaient-ils l'air ?

— Pardon ?

— Leur allure, l'expression de leurs visages ?

— A la sortie des toilettes ?

— Oui.

— Ça, c'est drôle !

— Drôle ?

— Oui, maintenant que vous le dites... En principe, c'était Primo qui avait perdu. Pourtant, il avait l'air tout content.

— Ah oui ?

— Alors que Rayburn paraissait furieux.

Jewel digéra l'information en silence pendant que son interlocuteur finissait son champagne.

— Fini, le voyage ? demanda-t-il.

Cette fois, elle put consulter sa montre. Le match allait commencer. Incapable de penser à autre chose, elle leva la main pour dégager les billets. Il allait s'en emparer quand elle se ravisa :

— Vous savez si quelqu'un est au courant de ce qui a pu se passer entre eux ?

— Je vous ai dit qu'ils étaient aux toilettes.

— Seuls ?

— Pardon ?

Jewel plaqua la main sur les billets.

— Est-ce qu'il y avait quelqu'un avec eux ?

Leon se rassit.

— Maintenant que vous le dites…

— Qui ?

— Un type.

— Vous le connaissez ?

Il s'humecta les lèvres.

— Ça compte pour un détour.

— Un détour ?

— Dans notre voyage.

— Ça suffit ! Vous le connaissez oui ou non ?

Elle lisait bien que oui dans son regard.

Du pouce et de l'index sur les lèvres, Leon indiqua que sa bouche resterait hermétiquement fermée. Jewel l'aurait giflé. Néanmoins, elle sortit un autre billet de vingt dollars.

Mais elle avait affaire à forte partie.

— Ça, dit-il en secouant la tête, c'est un détour qui vaut tout le voyage.

Exaspérée, elle produisit un quatrième billet.

— Encore un, continua-t-il, gourmand.

— Allez vous faire foutre !

Il sourit.

— Gil ! lança-t-il.

— C'est tout ? Gil ? C'est ça qui vaut le voyage ?

— C'est un de mes habitués.

— Et alors, quel est son nom de famille ?

— C'est pas mon truc, ça, les noms de famille.

— Alors, où est-ce que je le trouve ? Qu'est-ce qu'il fait ? Où est-ce qu'il travaille ? Allez !

— Il travaille pour une fabrique de couteaux.

— Laquelle ?

— Du moins, il y travaillait.

— Quelle fabrique ?

Leon jeta un coup d'œil sur sa flûte de champagne vide, réfléchit, parut brusquement se souvenir :

— Ça se trouve sur le Samouraï.

— Quoi ?

— Je vais vous montrer.

Ils retournèrent chez Cleats où Leon disparut un instant derrière le bar pour en ressortir armé d'un grand couteau au manche rouge et blanc et à la lame cassée net à la pointe.

Jewel chaussa ses lunettes de lecture.

— R.G. Renard ?

— Oui. Ça me revient, maintenant.

— Quoi ?

— Renard. C'est le nom de sa boîte, et aussi son nom de famille à lui.

La jeune femme tendit ses billets à Leon.

— Vous ajouterez bien un pourboire, suggéra-t-il mielleusement.

— Tu peux toujours te fouiller.

Sur la route du stade, Jewel appela les établissements R.G. Renard et demanda Gil.

— Il n'est plus chez nous, répondit une voix de femme.

Elle paraissait embarrassée, encore que Jewel n'aurait su dire pour quelle raison au juste.

— Pourriez-vous me dire où le joindre ?

— Non.

Jewel s'attendait à un complément de réponse mais rien ne vint.

— C'est important, insista-t-elle.

Silence. Elle entendit un autre téléphone sonner dans le bureau de son interlocutrice, puis un autre. Mais Jewel ne percevait toujours que la franche antipathie de l'employée envers Gil Renard.

— Il me doit de l'argent, ajouta-t-elle impulsivement.

— Ah bon ?

— Oui.

— Beaucoup ?

— Plutôt, oui.

Trente secondes plus tard, Jewel avait l'adresse de Gil Renard, ainsi que son numéro de téléphone. Elle raccrocha et le composa dans la foulée. Tout cela pour tomber sur un disque :

« Il n'y a pas d'abonné au numéro que vous avez demandé. »

Il était quatorze heures dix-sept. Elle alluma la radio :

— … un troisième strike que personne ne va intercepter…

Le stade était encore à une dizaine de minutes de là ; quant à l'adresse de Gil Renard, dans la banlieue nord, il faudrait au moins une demi-heure de voiture supplémentaire pour s'y rendre. Jewel savait qu'elle devrait aller au stade (comment interviewer Rayburn le soir même si elle ne l'avait pas vu jouer l'après-midi ?), pourtant, elle prit la direction du nord.

La radio diffusait un reportage sur le match mais elle n'écoutait pas. D'innombrables questions destinées à Bobby, toutes plus insignifiantes les unes que les autres, se formaient dans son esprit. Elle se garait devant un vieil immeuble miteux, dans une banlieue populaire en bordure du périphérique, quand elle se rendit compte qu'il ne jouait même pas.

Elle gravit les marches du perron pour se retrouver devant cinq sonnettes. Elle appuya sur la quatrième, au nom de Renard, attendit quinze secondes avant de recommencer, prêtant l'oreille pour s'apercevoir que rien ne carillonnait à l'intérieur. Elle essaya de nouveau, deux fois, puis, concluant que la sonnette ne marchait pas, se mit à frapper, d'abord doucement puis plus fort.

Pas de réponse.

Elle recula, regarda autour d'elle. Quelques sacs-poubelle traînaient au pied du perron, près d'un carton portant la mention IWO JIMA : LE SAMOURAÏ, DERNIÈRE NOUVEAUTÉ DES INDUSTRIES R.G. RENARD. Elle jeta un coup d'œil à l'intérieur mais n'y trouva qu'une bouteille de tequila vide ainsi que cinq ou six cravates jaunes. Elle en prit une, l'examina en se demandant ce qui lui valait de se retrouver à la poubelle.

La jeune femme fit le tour de l'immeuble. A l'arrière, un chemin menait à une bâtisse abandonnée, visiblement squattée, aux murs de brique noircis par des générations de suie. Mais Jewel s'était approchée d'une camionnette rouillée, aux plaques du Maine. Elle s'arrêta devant, pour découvrir un gros barbu assis à la place du passager, la tête appuyée à la vitre, les yeux fermés.

— S'il vous plaît...

Il ne répondit pas. Valait-il seulement la peine d'être réveillé, habitait-il cet immeuble, en connaissait-il les habitants ? Elle frappa au carreau.

Toujours pas de réponse.

— S'il vous plaît, répéta-t-elle un peu plus fort.

Elle tapa aussi un peu plus fort. Ce qui ne provoqua pas davantage de réaction de la part du barbu mais l'empêcha d'entendre les graviers crisser, derrière elle. Elle allait se retourner quand elle reçut un coup violent à la tête.

Le choc se répercuta à travers ses membres, lui vrillant les sens et emplissant sa bouche d'un goût amer. Prise de nausée, elle ne vit qu'un nuage noir qui peu à peu envahissait tout.

En se redressant à quatre pattes, elle eut tout juste le temps d'apercevoir la camionnette qui tournait au coin de la rue et disparaissait.

## 20

Bobby Rayburn passa le bras autour du cou de sa femme et celle-ci lui décocha un sourire radieux.

— Très joli ! lança le photographe du *New York Times Magazine.*

Il changea d'objectif pour mieux immortaliser l'événement. Il parlait avec un petit accent en roulant les « r ».

— Ça y est ? demanda Val.

— En ce qui vous concerne, oui. Merci pour votre concours.

Perdant instantanément son sourire, Val se dégagea de l'étreinte de son mari. Celui-ci se dirigea vers la piscine où Wald, assis les pieds dans l'eau, le pantalon roulé jusqu'aux genoux, parlait dans son téléphone cellulaire.

— Je commence à en avoir plein le dos ! marmonna Bobby.

— J'ai presque fini, annonça le photographe. Peut-être encore une ou deux avec la piscine en arrière-plan ?

— Vous me cassez les pieds !

Wald abaissa son téléphone.

— Personne ne sait où elle a pu passer.

— Je me barre.

— Encore dix petites minutes, Bobby, je t'assure !

— Ça ne sert à rien !

— Si. C'est important.

— Pour eux peut-être. Pas pour moi.

Wald enleva ses lunettes de soleil.

— Toi, mon bonhomme, j'ai quelque chose de fondamental à te dire !

— Quoi ?

— Le monde, notre monde, repose sur quatre piliers : les propriétaires, les agents, les joueurs, les médias. Exactement comme cette maison. Si l'un de ces piliers vacille, c'est tout l'édifice qui s'écroule.

— Ça veut dire quoi, cette belle théorie ?

— Que tu ferais bien d'apprendre à te servir des médias.

— Monsieur Wald, je présume ? intervint le photographe. Si vous vouliez bien dégager le champ.

Wald s'écarta pour laisser l'autre prendre encore quelques clichés.

— Vous pourriez enlever votre chemise ? Comme si vous alliez plonger ?

— Pas question.

Val, qui s'apprêtait à rentrer, s'arrêta sur le seuil de la maison.

— On devient prude ?

Wald s'esclaffa.

Le photographe se permit un sourire timide.

— C'est comme vous voulez, naturellement.

Bobby se disait qu'il n'avait jamais été en meilleure forme de sa vie. Après tout, ce ne serait pas mal si un quelconque entraîneur ou un propriétaire, quelque part, s'en apercevait. Se servir des médias. Mais, avant tout, faire mentir Val. Il enleva donc sa chemise et s'avança sur le plongeoir. Derrière eux, les portes-fenêtres du salon venaient de claquer un peu trop fort.

— Si vous vouliez bien vous asseoir au bord de l'eau, suggéra le photographe.

Bobby s'exécuta.

— Et regarder l'objectif.

Bobby regarda l'objectif où il se reflétait, en tout petit. Il distinguait parfaitement ses yeux, somme toute excellents, et se trouvait de fait en pleine forme.

— Détendez-vous ! dit le photographe.

Ce qui contraria Bobby.

— Je suis détendu.

— En effet.

Clic.

— Très bien.

Clic, clic.

— Terminé. Merci beaucoup.

Là-dessus, l'homme commença à ranger son barda.

Bobby sentit le soleil darder sur ses épaules nues. Il ferma les yeux. Bientôt, le photographe dit au revoir et s'en alla, à quoi il répondit d'un borborygme, sans bouger. Etait-il détendu ? Non. Il le savait bien. Toujours au bout de sa planche, il s'efforçait de se détendre, jusqu'à la moelle des os, jusqu'au noyau de chaque cellule. Pas facile quand il fallait se remémorer le match de l'après-midi. Il voyait encore la balle valser au-dessus de sa tête. Il se répétait qu'il possédait toujours l'œil sûr et le bras solide, que sa santé ne le trahissait en rien. Un don, comme le cerveau d'Einstein. Il avait tout essayé, sans aboutir à rien. La solution était donc claire : il devait jouer dans une équipe où le numéro onze était disponible. Tous ses ennuis, y compris le fiasco de sa promesse idiote au petit Sean malade, ainsi que le trèfle à quatre feuilles perdu dans l'herbe, provenaient du seul fait qu'il avait dû l'échanger pour le quarante et un.

— J'y tiens ! lâcha-t-il brusquement. Je veux changer de club.

Pas de réponse.

Il ouvrit les yeux. Wald aussi était parti. Bobby se leva, se débarrassa du reste de ses vêtements, plongea dans l'eau. Elle était bonne et il se tourna sur le dos, faisant la planche, les yeux perdus dans le ciel mauve du soir, tâchant de se vider l'esprit de toute pensée. Il se fût presque endormi si un rien d'excitation, sans doute causée par sa nudité dans cette eau claire et tiède, ne lui avait subitement donné envie d'une femme. Aussitôt, il pensa aux bouts de papier entassés dans sa boîte à gants, où de belles inconnues avaient griffonné leurs noms et numéros de téléphone. Rien de plus facile que d'en composer un, de donner rendez-vous quelque part. L'ennui, c'est qu'il était incapable de se souvenir d'aucun de leurs visages. Le mieux serait un bar, tiens, ce bistrot des sports, chez Cleats. Facile.

Une main lui effleura l'épaule.

Sa tête jaillit de l'eau et il fit volte-face dans une gerbe d'eau.

Une femme, agenouillée au bord de la piscine, gardait encore le bras tendu vers lui.

— Pardon, dit-elle. Je ne voulais pas vous faire peur, mais vous ne m'entendiez pas.

— J'avais les oreilles dans l'eau. Et vous ne m'avez pas fait peur.

Elle parut réprimer un sourire. Bobby avait l'impression de la connaître sans toutefois parvenir à la situer. Il n'avait cependant pas dû coucher avec elle ; donc, il ne risquait rien de bien compromettant : elle était plus âgée que les filles qui traînaient dans les stades et les clubs de base-ball, avec quelques fils d'argent aux tempes, parmi ses cheveux noirs. Assez jolie, d'ailleurs, malgré sa pâleur et la méchante égratignure qui lui maculait une joue.

— Pardon d'être en retard, reprit-elle.

Elle jeta un regard vers la maison.

— Votre femme m'a dit que je vous trouverais du côté de la piscine.

— Et vous êtes en retard ?

— Jewel Stern. Pour l'interview du *Times*. J'ai été... retenue.

Bobby avait un instant oublié qu'il avait envie d'envoyer promener tout le monde mais, d'un seul coup, il sentit revenir sa mauvaise humeur.

— J'allais partir, lança-t-il.

— Je n'en ai pas pour longtemps.

Pour toute réponse, il secoua la tête.

— Un quart d'heure, vingt minutes, insista-t-elle.

Elle ne l'implorait pas, et cela impressionna le joueur. Elle ne faisait qu'annoncer la couleur.

— J'ai d'autres rendez-vous, lâcha-t-il, quand même de mauvais poil.

Il nagea vers l'échelle et il commençait à l'escalader quand il se souvint qu'il ne portait aucun vêtement. Il se tourna pour voir si sa visiteuse regardait.

Elle regardait.

— Attrapez ! dit-elle en lui lançant une serviette.

Ce qu'il fit, reconnaissant, avant de s'en ceindre la taille et de sortir de l'eau.

— C'est drôle, observa-t-elle, comme personne n'approfondit jamais une baisse de forme.

Interloqué, Bobby s'immobilisa sur le dernier barreau de l'échelle.

— Ce qui veut dire ?

— Rien. Je réfléchissais tout haut.

Il s'engagea sur le chemin qui menait à la maison, bientôt suivi par la jeune femme.

— Que c'est beau ! s'exclama-t-elle.

— Qu'est-ce qui est beau ?

— Les fleurs. Je ne savais pas que vous aviez la main verte, Bobby.

— C'est que je ne l'ai pas.

Il ne s'était même pas rendu compte qu'il y avait des fleurs au bord du chemin. Qui s'en occupait ? Il n'avait jamais vu personne travailler dans ce jardin. Du coup, il s'apercevait que les massifs avaient besoin d'être arrosés, la pelouse d'être tondue. A l'occasion, il en toucherait un mot à Wald.

La journaliste marchait maintenant devant lui. Elle était bien roulée. Sers-toi des médias, se dit-il. Brusquement, il s'aperçut qu'il avait oublié comment elle s'appelait.

— Si on commençait par le tour du propriétaire ? proposa-t-elle. On pourrait bavarder après.

— Quel tour du propriétaire ?

— Wald ne vous a pas dit que vous deviez me faire visiter la maison ?

— Vous n'avez pas compris ce que je disais : je dois m'en aller.

— Si, tout à fait.

Ils pénétrèrent dans la cuisine où régnait un véritable chantier : des fils électriques pendaient au plafond, des tuiles vertes et roses attendaient dans un coin d'être posées pour former une sorte d'échiquier complété par des rideaux dignes d'une salle de spectacle.

— Où sommes-nous, là ?

— Elle fait tout redécorer. Valerie, si vous devez la mentionner dans votre article.

— Pas Val. Je sais, elle me l'a déjà dit.

De nouveau, la jeune femme parut réprimer un sourire.

— Mais comment faire un article sans interview ?

— Ça vous regarde, maugréa Bobby. Vous retrouverez votre chemin vers la sortie ?

— Bien sûr.

Elle prit dans son sac en bandoulière un papier qu'elle lui tendit :

— Votre femme m'a priée de vous donner ceci.

Il déplia le message et le lut : « Partie au restau avec Chaz. Sean a dîné. Il est dans sa chambre. V. »

Bobby releva les yeux. La journaliste l'observait en silence. Il repensa aux numéros de téléphone dans sa boîte à gants. Son interlocutrice avait certainement une écriture beaucoup plus lisible. Sans dire un mot, il grimpa l'escalier.

Sean s'amusait sur sa console spatiale, les miettes d'un sandwich au beurre de cacahuètes traînant encore dans une assiette près de lui.

« Il vous reste trente minutes dix-huit secondes », articula une voix caverneuse montée de l'ordinateur, « avant que votre planète soit entièrement passée au gaz Sorgon B et que toute vie dépendante de l'oxygène disparaisse de sa surface. »

A l'écran, un petit film donnait un avant-goût de la catastrophe.

Sans lever la tête, Sean demanda :

— C'est quoi, l'oxygène ?

— Le truc que tu respires. La baby-sitter est là ?

— Je sais pas.

— Elle arrive ?

Trop occupé à pianoter, Sean ne répondit pas. Il finit par s'arrêter, dans l'attente d'un nouveau message de l'ordinateur.

— Négatif, dit la voix caverneuse.

Bobby retourna dans la cuisine. La jeune femme s'était assise au pied d'un escabeau. A l'évidence, elle savait depuis le début qu'il n'avait rendez-vous nulle part, avec personne. Il cherchait une réflexion cinglante à lui assener quand il s'aperçut qu'elle était encore plus pâle qu'à son arrivée.

— Auriez-vous de l'aspirine, s'il vous plaît ? demanda-t-elle.

Il alla fouiller dans les placards de quatre des sept salles de bains, sans succès. Puis il se souvint que les gens de Moprin lui en avaient expédié une caisse qu'il retrouva dans la cave. Il remonta, armé d'une boîte. La journaliste se trouvait où il l'avait laissée, immobile au pied de son escabeau.

Il lui tendit la boîte. Elle en sortit un flacon, tripota laborieusement le couvercle de plastique, sans en venir à bout. Il fallut que Bobby le lui prît des mains pour casser la bande protectrice, tourner le bouchon, ôter le coton protecteur avant de le rendre à la jeune femme. Celle-ci n'avait rien perdu de ses gestes. Encore une qui remarquait ses mains. Il s'attendait à un compliment, comme il en recevait si souvent, mais elle ne dit rien et prit le flacon (elle avait les doigts glacés) qu'elle secoua pour en sortir deux comprimés avant de demander de l'eau.

Bobby finit par trouver un verre dans un placard. Mais, quand il tourna le robinet, rien ne vint.

— Flûte !

— Ça ne fait rien.

D'un mouvement vif, elle jeta les comprimés dans sa bouche et les avala tout rond. Son teint reprit presque instantanément de la couleur. Bobby avait encore la ressource de se débarrasser d'elle, de trouver une excuse pour la virer. Mais il n'en fit rien. Il se sentait nettement plus peinard, tout d'un coup.

La journaliste regardait autour d'elle, comme si de rien n'était.

— Vous aviez déjà une maison de ce genre en Californie ?

— Beaucoup mieux que ça.

Elle parut surprise.

En fait, il avait répondu sans réfléchir. C'était sorti tout seul. Est-ce que ça faisait partie de l'interview ? Dans ce cas, évidemment, c'était le genre d'observation qui pouvait le faire passer pour un insupportable parvenu.

— Pas aussi luxueuse, s'empressa-t-il de corriger. Mais plus sympa.

— Comment ça ?

Elle sortit un bloc-notes et un magnétophone miniature.

— Vous permettez ? demanda-t-elle.

En fait, il avait horreur de ça, c'était même ce qu'il détestait le plus dans ses rapports avec les journalistes mais, sans lui laisser le temps de répondre, elle ajouta :

— C'est juste pour ne pas vous citer de travers.

Du coup, il ne dit rien.

— Alors, reprit-elle, en quoi était-elle plus sympathique, cette maison de Californie ?

— En tout.

Il se demandait ce que cette question avait à voir avec le base-ball mais, à bien y réfléchir, cela lui donnait des idées plus précises.

— Vous voyez ces tuiles, par exemple.

Il désignait l'échiquier inachevé rose et vert.

— Elles viennent d'Italie. Vous ne pouvez pas vous imaginer le prix qu'elles coûtent.

— Combien ?

Bobby avait oublié. D'ailleurs, il ne le savait peut-être même pas au juste. Tout ce qu'il savait, c'était que personne ne pourrait en imaginer le prix.

— Elles le valent certainement, commenta-t-elle. On dirait un décor de Tiepolo.

— Je ne sais pas s'ils viennent de ce coin ou d'un autre...

Elle sourit.

— Ça ne fait rien, je commencerai par celui-ci.

Il avait complètement oublié de lui faire visiter le reste de la maison. Ce qui le remit de mauvais poil.

— Vous allez avoir besoin de moi, dit-elle.

— Pourquoi ?

Allait-elle parler, comme Wald, des quatre piliers de la vie d'un sportif ?

— Parce que j'ai fait beaucoup de baby-sitting quand j'allais à l'école.

Bobby la dévisagea : d'accord, elle n'était pas de la première jeunesse, mais restait très jolie. Et futée. A son tour, il sourit.

— Par où commence-t-on ?

— Par où vous voulez.

Elle se leva. Superbe corps, encore que pas vraiment musclé. De plus, il aurait juré qu'elle avait vacillé en se mettant debout.

— Ça va ?

Il se surprit lui-même en posant cette question. C'était bien la première fois de sa vie qu'il s'inquiétait de la santé d'un journaliste.

— Très bien, merci.

Comment s'appelait-elle, déjà ? Jewel ? Non, il devait se tromper.

Ils commencèrent par le rez-de-chaussée, Bobby la précédant de pièce en pièce.

— Combien vous a coûté cette maison ? interrogea-t-elle.

Bobby se souvenait d'en avoir discuté avec Wald au bord de la piscine, avec l'agent, avec sa femme, mais impossible de se rappeler le prix.

— Je ne le dirai à personne, promit-elle.

— Il faudra demander à Wald.

Elle ressortit son bloc-notes, inscrivit quelque chose. Ils se trouvaient dans l'une des salles de bains au sol de marbre, au bain à remous encastré, aux murs tapissés de miroirs.

— Parlez-moi de Wald, reprit-elle.

— Il est valable.

Une seule chose intéressait Bobby pour le moment, l'image de la journaliste multipliée à l'infini par le jeu de miroirs. La pièce était plutôt grande, la fille plutôt menue, mais il se sentait tout petit, encerclé par ses innombrables reflets. Au début, il trouva la situation quelque peu inconfortable, mais cela ne dura pas. Jusqu'à en devenir presque agréable...

— Pourriez-vous me donner un exemple ?

— Il a toujours tout dans la tête.

— Expliquez-moi ça.

— Il résume le monde du sportif à une maison sur quatre piliers. Si l'un chavire, tout s'écroule.

— Quels sont ces piliers ?

Bobby compta sur ses doigts :

— Les propriétaires, les agents, les joueurs, les médias.

Elle pencha légèrement la tête, comme si elle visait une cible, et ce mouvement se répercuta dans tous les miroirs de la salle de bains.

— Il n'a pas oublié quelque chose ?

— Quoi ?

— En fait, ce n'est peut-être pas un pilier mais plutôt le sol sur lequel repose tout le reste.

— C'est-à-dire ?

— Les fans.

Ils entraient dans la chambre de Sean.

— Voici Sean. Sean, dis bonjour à...

— Jewel Stern, enchaîna-t-elle.

Heureusement, elle n'avait pas laissé à Bobby le temps d'hésiter ni de montrer son embarras. Pas mal roulée, futée mais également adroite.

— Salut ! dit Sean.

L'enfant ne leva pas les yeux de son écran, garda les doigts sur sa souris.

— Négatif, dit la voix de l'ordinateur.

Jewel s'approcha de la console, jeta un coup d'œil sur le programme.

— Tu es pris dans le réseau artcurien ?

— Ouais.

— Il te reste combien de temps avant de recevoir le Sorgon B ?

— Cinq minutes.

— Tu as essayé option F4 ?

— Non.

— Essaie.

Sean appuya sur option F4, Bobby se rapprocha. Un nouveau menu s'afficha sur l'écran.

— Choisis Troc de marchandises, dit Jewel.

Sean cliqua sur Troc de marchandises.

— Deux minutes trente secondes, annonça la voix caverneuse.

— Clique sur Tabac.

Sean cliqua sur Tabac. Un message apparut :

« Offrir aux Artcuriens toutes les réserves de tabac de la terre gratuitement et à perpétuité ? OUI/NON ? »

— Oui, dit Jewel.

Sean tapa oui. Nouveau message :

« Offre acceptée par le Grand conseil artcurien. Réseau déplacé sur galaxie 41-B dans nébuleuse du Crabe. Terre sauvée. »

L'ordinateur joua une fanfare de triomphe.

— Félicitations, capitaine Sean, dit la voix de l'ordinateur. La Fédération me charge de vous élever sur-le-champ au rang de commodore.

— Ouais ! s'exclama Sean.

Il se tourna vers Jewel.

— Merci !

— De rien, commodore !

— Comment vous le saviez ?

— Le tabac, c'est tout ce qu'ils veulent. Ils sont complètement intoxiqués.

Quelques minutes plus tard, Sean alla se coucher. Il pria son père de souhaiter une bonne nuit à la gentille dame. Bobby la fit revenir dans sa chambre.

— Fais de beaux rêves, dit-elle à l'enfant.

— Je rêve jamais.

— Sois poli ! ordonna Bobby.

— Ce n'est pas grave, commenta Jewel. S'il ne rêve pas, il ne rêve pas, c'est tout.

Sean approuva d'un mouvement de la tête et décocha un long regard à la jeune femme, un regard que Bobby ne lui avait encore jamais vu.

— Vous aimez Bradley ? demanda-t-il.

— Bradley qui ?

— C'est mon deuxième nom. Au lieu de Sean. Papa trouve que c'est plus joli.

Bobby sentit peser sur lui le regard de la journaliste et haussa les épaules, faisant mine de se rendre à une lubie d'enfant.

— Je suis sûre que ton père te laissera t'appeler comme tu voudras.

— Même si ça porte malheur ?

Bobby la vit de nouveau pencher la tête, comme pour évaluer la situation, mais elle se contenta de répondre :

— Dors bien.

Ils avaient pris place dans la salle de jeu, Jewel son bloc-notes sur les genoux, son magnétophone entre eux, sur le canapé. Un bon quart d'heure s'était encore écoulé. Elle venait de lui poser une série de questions auxquelles il avait déjà répondu mille fois. Bizarrement, Bobby n'en avait pourtant pas assez.

— Je vous offre une bière ? proposa-t-il.

— Non, merci.
— Du vin ?
— Pas pour moi.
Elle feuilleta ses pages d'interview, soupira.
— D'après vous, quel genre de joueur sera Sean ?
Ça, c'était nouveau. Il la dévisagea. Elle attendait, la tête encore penchée. Bobby se dit qu'il voyait clair en elle, bien au-delà de sa seule apparence de femme. Et cela ne lui était jamais arrivé.
— Aucune idée, dit-il. Mais je préférerais qu'il ne joue pas au base-ball.
— Tiens, pourquoi ?
— Comme ça.
— Est-ce que vous dites ça uniquement à cause de cette mauvaise passe ?
Bobby avait abaissé sa garde. Il faillit répondre oui, répondre la vérité, parce que c'était la vérité, quoiqu'il ne s'en fût encore jamais rendu compte. Néanmoins, il conservait encore un certain taux de méfiance.
— Je ne suis pas dans une mauvaise passe.
— Jamais vous n'avez marqué aussi peu de points.
— Ils ne tombent pas, c'est tout.
Un long silence s'ensuivit. Bobby entendait tourner le magnétophone.
— Qu'est-ce que ça vous fait d'avoir signé l'un des plus gros contrats de l'année ?
— Combien de fois devrai-je répondre que ça ne me fait rien du tout ?
— Je promets de ne plus vous le demander.
Elle relut ses notes.
— Que pensez-vous de vos nouveaux équipiers ?
— A quel sujet ?
— Vous vous entendez bien ?

— Oui.
— Aucun accroc ?
— Quel accroc ?
— Tout ne va pas toujours tout seul quand un grand champion fait son entrée dans une nouvelle équipe. Vous le savez très bien. Surtout quand...
— Quand quoi ?
— Quand il prend un départ houleux.
Bobby se leva pour aller ouvrir le bar et se servir une bière dans le petit réfrigérateur.
— Aucun problème, affirma-t-il.
— Avec aucun joueur ?
— Aucun.
Elle ouvrit la bouche pour poser une autre question mais s'interrompit et demeura silencieuse. Un instant, on n'entendit plus que le ronronnement du magnétophone. Bobby n'en avait toujours pas assez.
Brusquement, elle redevint toute pâle et s'efforça de respirer à fond.
— Vous avez été très généreux de votre temps, monsieur Rayburn.
Elle se leva, légèrement titubante.
— Une dernière chose.
— Oui ?
— Avez-vous déjà entendu parler d'un certain Gil Renard ?
Il réfléchit, puis :
— Je n'ai pas la mémoire des noms.
Elle rit, faillit perdre l'équilibre, se rattrapa au vol à l'avant-bras de Bobby.
— Je devrais pourtant le savoir, murmura-t-elle.
— Il fait partie des cadets ? insista-t-il.
— Non.
— Pourquoi cette question ?
— C'est sans importance.

Elle rangea le bloc-notes et le magnétophone dans son sac.

— C'est tout ? demanda Bobby.

— J'aurai peut-être une ou deux précisions à vous demander quand je rédigerai mon article.

— N'hésitez pas à téléphoner.

*C'est moi qui dis ça ?* se demanda-t-il.

Il en éprouvait quasiment un délicieux frisson de danger.

Une fois de plus, elle pencha la tête.

— Merci, Bobby.

Et elle s'en alla. Il sentait encore son contact sur l'avant-bras.

Jewel regagna sa voiture arrêtée devant le garage à quatre places. Elle avait affreusement mal à la tête et encore plus dans la mâchoire dont les élancements la frappaient par vagues, comme un marteau sur son enclume. Elle s'installa dans son véhicule, à côté de la Jeep de Bobby, claqua sa portière, baissa la vitre, inspira une bonne goulée de l'air du soir en se demandant si elle aurait la force de rouler jusque chez elle. Ses idées s'embrouillaient et elle ne savait plus par quel bout les prendre.

Elle allait tourner la clef de contact lorsqu'une voiture s'engagea dans l'allée qui menait à la maison et s'arrêta de l'autre côté de la Jeep de Bobby. La jeune femme ne bougea plus. Tout était calme autour d'elle, seule une brise lui rapportait les paroles qui s'échangeaient non loin d'elle, dont la voix de Wald, qu'elle reconnut :

— Et maintenant ce connard veut changer de club !

Ce fut celle de Val qui répondit :

— Ce n'est pas vrai ! Pour lequel ?

— Il rêve debout, oui ! Personne ne voudra de lui. Son contrat le rend intouchable.

— Alors qu'est-ce qui va se passer ?

— Qui sait ?

— Tu ne peux rien faire ?

Wald s'emporta :

— Tu ne vas pas me faire de reproches, en plus !

— Mais non ! Je voudrais seulement savoir ce qui va se passer. Ça n'a rien d'extraordinaire !

— Ça, marmonna-t-il, ça dépend complètement de lui.

— Je ne comprends pas.

— Il va devoir mouiller un peu plus sa chemise. Un point, c'est tout.

— Sinon ?

— Il est fini.

— Mais il n'a que trente et un ans !

— Trente-deux dans quelques semaines. Ça en fait presque un vieillard, dans ce sport. Même s'il est resté bloqué à dix-sept ans dans sa tête.

— Inutile de le préciser.

## 21

Il aurait dû se faire fossoyeur.

Encore une nuit sans lune et sans nuages, mais tiède, cette fois, et bruissante de vie. Dans le secteur des tombes portant les noms du coin, les Pease, Laporte, Spofford, Cleary et autres Bouchard, Gil déplaçait la pierre marquée au nom de Renard, R.G., et recommençait à creuser la fosse de son père. Cette fois, le sol récemment retourné n'opposa guère de résistance et Gil eut l'impression d'en sentir sa force décuplée, de se trouver plus vigoureux qu'il ne l'avait jamais été. Avec sa carrure, il avait toujours fait partie des balèzes, au point, même, de dépasser Bobby Rayburn, comme il l'avait récemment remarqué en le rencontrant au stade. Sans parler de ce freluquet de Primo.

Il revoyait la lame du couteau briller dans la paume de ce dernier, aux toilettes de chez Cleats ; et lui, dans sa stalle, avait éprouvé une sensation jamais plus ressentie depuis qu'il avait dû affronter d'autres dangereux adversaires : des papillons.

En moins de temps qu'il ne lui en fallut pour s'en rendre compte, Gil se retrouva au fond du trou, sa pelle heurtant le bois du cercueil. Au souvenir des trous qu'il y avait pratiqués la dernière fois, il s'agenouilla et ôta le reste de la terre à la main. Puis il remonta à la surface, traversa le chemin qui menait au buisson où il avait garé la camionnette. Il ouvrit la portière, se pencha vers l'intérieur, plia les genoux et hissa le cadavre de Boucicaut sur ses épaules.

Aussi lourdement chargé, il peina jusqu'à mi-parcours, au beau milieu du cimetière, où il se débarrassa de son fardeau pour le traîner par la ceinture le reste du chemin, malgré les pierres et les racines sur lesquelles le cadavre rebondissait mollement. De toute façon, Gil savait qu'il ne pouvait plus faire de mal à son ami, ce qui ne l'empêcha pas d'arriver en larmes à la fosse. Boucicaut… les filles de l'école le traitaient de chevalier du Moyen Age, un vrai, pas comme Robin des Bois.

Il lui remit un peu d'ordre dans les cheveux, ôta une brindille de sa barbe. Il ne sentait que le ciel au-dessus de leurs têtes, les vastes espaces obscurs entre les étoiles, le sombre vide au-delà. Il cherchait quoi dire, en guise d'éloge funèbre.

— Len Boucicaut, articula-t-il. Receveur.

Puis il le fit rouler dans le trou. Le corps atterrit dans un bruit sourd, à plat ventre, le visage retourné vers le cercueil.

Près de la pelle, gisait le trophée, décerné au meilleur joueur de l'année, sa balle de cuivre sur son socle de bois. Gil le prit. Il l'avait apporté dans le but de le placer entre les bras de Boucicaut, le meilleur joueur qui ait jamais existé, celui qui méritait entre tous un tel trophée. Seulement comment le lui remettre maintenant qu'il gisait là-dedans, face contre sapin ? Gil pouvait toujours descendre le retourner mais, après mûre hésitation, il n'en fit rien. Et finit par reboucher le trou à grands coups, de plus en plus vite, aplatit violemment les dernières pelletées, enfonça la pierre dans le monticule et fila, la pelle dans une main, le trophée dans l'autre.

Passant à travers bois, il regagna le terrain de Boucicaut. La BMW s'y trouvait toujours garée mais ce ne fut pas ce qui lui sauta aux yeux. Car une lumière brillait à l'intérieur de la caravane.

Il descendit de la camionnette, claqua la portière sans bruit. Après tout, peut-être avaient-ils laissé allumé en partant, néanmoins, il progressa silencieusement, les oreilles aux aguets car il croyait entendre des voix. Petit à petit, il se rendit compte qu'elles provenaient de la télé. Et s'ils avaient également laissé la télé allumée ?

Par une fenêtre au rideau à demi écarté, il n'aperçut personne à part l'écran bleuté qui faisait trembloter les images d'un vieux film en noir et blanc ; un homme en smoking rejetait par le nez la fumée de sa cigarette avant d'inviter à danser une femme en robe à bustier. A son tour, elle rejeta de la fumée par le nez et répondit qu'elle avait mal aux pieds.

C'est alors que Gil sentit un objet dur lui heurter le creux des reins et une voix de femme, bien réelle celle-là, ordonner :

— Les mains en l'air !

Il ne bougea pas.

— C'est un calibre douze, petit curieux, et j'ai le doigt sur la détente.

Gil pensait à son poignard, toujours contre sa jambe, mais s'avisa qu'il n'aurait pas le temps de s'en emparer avant qu'elle tire. Il leva donc les mains.

— Maintenant à genoux et tourne-toi, que je voie ton joli minois.

Il s'exécuta, pour constater qu'elle le tenait effectivement en joue, à quelques centimètres du visage.

— Je t'ai pas dit de baisser les bras.

Il les leva plus haut et put enfin découvrir la femme, avec ses sourcils dessinés, ses cheveux platine et sa bouche en cœur.

— Comment garder les hommes aussi sages que toi en ce moment ? railla-t-elle. Telle est la question.

— Vous commettez une erreur, expliqua-t-il. Je ne faisais que ramener la camionnette.

Elle ne se tourna pas pour vérifier.

— Qu'est-ce que tu faisais avec ?

Impossible de trouver un mensonge probant. Cependant, il se souvint d'un détail : *elle est en taule*.

— Je la ramenais, comme je viens de le dire. Je ne m'attendais pas à trouver du monde ici, c'est tout. Vous ne deviez rentrer qu'en août.

Ça, c'était une simple supposition, mais qui n'avait rien de très sorcier. La femme parut hésiter, le fusil s'abaisser. C'est le moment que choisit le corniaud pour sortir du bois.

— Hé, Nig !

Gil avait tendu le bras vers lui. Le chien vint le renifler.

— Qui vous êtes ? demanda la femme, intriguée.

— Un ami de Co.

L'arme ne s'en redressa pas moins.

— Personne ne l'appelle comme ça.

— Moi si.

— Comment vous vous appelez ?

— Onsay.

Ravi de sa trouvaille, il frémit de plaisir.

— Il m'a jamais parlé de vous, rétorqua-t-elle.

Gil haussa les épaules. Nig continuait de le renifler en remuant la queue.

— Il vous aime bien, observa la femme. Et Nig n'aime personne, à part Len.

Gil ne dit rien. Il savait pourquoi le chien le reniflait comme ça.

— Où il est ? demanda la femme.

— En ville.

— Qu'est-ce qu'il fiche là-bas ?

Gil ne répondit pas tout de suite. Il se sentait intelligent, et ça faisait du bien. Parce que les gens intelligents tenaient le bon bout du fouet, même à genoux, en face du canon d'un fusil. Aussi fournit-il une repartie intelligente :

— Je préférerais ne pas avoir à vous le dire.

— L'enfant de salaud ! maugréa la femme. Il ne peut pas garder sa braguette fermée. Et ne me dites pas qu'il pouvait pas attendre. Vous ne savez pas ce que j'ai fait pour cet enfoiré.

Gil se garda de tout commentaire. Il ne savait pas ce qu'elle avait fait pour Boucicaut mais se doutait qu'il ne comprendrait pas grand-chose à une quelconque relation avec une putain qui exigeait la fidélité de la part de son homme.

— Quand est-ce qu'il rentre ? demanda-t-elle.

— Dès que j'irai le chercher pour le ramener.

Elle abaissa son arme. Elle aurait pu lui poser bien d'autres questions, le mettre en difficulté pour vérifier ses propos, mais elle se contenta de la plus facile de toutes :

— C'est votre voiture ?

Elle désignait la BMW.

Gil fit oui de la tête.

— Belle voiture, apprécia-t-elle.

Et l'expression de ses yeux changea.

— Vous pouvez vous lever.

Gil se leva. Elle recula un peu ; à force de vivre avec Boucicaut, elle devait avoir appris à se méfier des hommes. Il trouva une autre réplique intelligente :

— Je ne mords pas.

— Non ?

Ils se mesurèrent du regard.

— Comment vous avez dit que vous vous appeliez, déjà ?

— Onsay.

Et toujours ce frémissement, aussi fort que la première fois.

— Ça vient d'où, ce nom ?

— C'est mon nom porte-bonheur. Et vous ?

— Claudine, mais il ne me porte pas bonheur.

— Ça va peut-être s'arranger.

Gil s'étonnait lui-même de tant d'astuce inopinée, comme s'il était quelqu'un d'autre, une vedette en smoking des années trente, un vrai champion. Et, d'un seul coup, il s'avisa qu'il pouvait effectivement être quelqu'un d'autre... du reste, il avait déjà commencé.

— Vous voulez entrer ? proposa-t-elle. D'ailleurs, je vous dois bien un verre.

Gil entra. Claudine déposa le fusil sur la table de la cuisine. Ils s'assirent. A la télé, l'homme en smoking dansait avec une autre femme. Celle qui avait mal aux pieds l'observait du coin de l'œil.

— De la bière ? offrit Claudine. Attendez, on a aussi du whisky canadien.

— Non, bière.

Il ne voulait plus jamais avaler de whisky canadien.

Elle ouvrit deux bières.

— Vous faites quoi, dans la vie ? demanda-t-elle.

— Beaucoup de choses.

Ce qui n'était pas vraiment une réponse, tout au moins pas vis-à-vis d'un Garrity ou d'un O'Meara, mais elle s'en contenta.

— Vous avez un téléphone de voiture, observa-t-elle.

— Vous avez vu ça ?

Elle partit d'un petit rire. Quelle sensation fantastique de trouver les mots qu'il fallait avec une femme ; en plus, il n'avait même pas bu.

— Alors, qui est la petite curieuse ? reprit-il.

Cette fois, elle le dévisagea longuement. Sa chemise de nuit glissa un tantinet sur l'épaule.

— Len vous a beaucoup parlé de moi ?

— Assez.

Le silence tomba un moment, assez pour leur permettre d'entendre un lourd battement d'ailes au-dessus de la caravane. Sans doute un hibou, se dit Gil.

Claudine reprit la parole :

— Je pourrais vous faire un prix.

— J'ai jamais payé pour ça.

— C'est d'autant plus excitant.

Beaucoup plus excitant. Aucune comparaison avec la dernière fois, avec Lenore. Là, ça durait infiniment plus longtemps et elle jouit en poussant des cris de bête sauvage, sans geindre avant ni gémir après. Ils restèrent longtemps sur le lit, au fond de la caravane.

— Qu'est-ce que c'est, ce truc dur ? demanda-t-elle.

Il se mit à rire :

— Tu le sais pas encore ?

Quelle aisance !

— Pas ça, dit-elle. Sur ta jambe.

— Rien.

Il roula sur le corps tiède et moite, pour revenir en elle d'un seul coup ; et là, il la besogna comme un malade. Cette fois, elle ne cria pas, mais c'était parce qu'elle était encore plus bouleversée. Il l'aurait juré.

— C'était comment ? lui demanda-t-il ensuite.

— Génial.

— Mieux que Co ?

Silence, puis :

— Personne ne l'appelle comme ça.

— Sauf moi. Je te l'ai déjà dit. Ça ne te plaît pas ?

— Si.

Elle l'étreignit doucement.

— Ça me plaît.

Elle se dégagea et sortit du lit tandis qu'il fermait les yeux, guettant les battements d'ailes du hibou, mais rien ne vint. Il s'endormit.

En rêve, il se vit, chevalier des croisades, chevauchant un alezan dans une plaine désertique ; il tombait sur un corps décapité qui gisait au sol, revêtu d'une magnifique camisole d'or pur, dont il s'emparait pour l'offrir au roi. Arrivé aux portes du palais, il s'apprêtait à découvrir le visage de son souverain lorsqu'un objet dur et froid vint lui heurter le front.

Il ouvrit les yeux. La femme, Claudine, habillée de pied en cap, se tenait debout devant lui, le fusil braqué sur sa tête.

— Tu l'as tué, salaud !

— Qu'est-ce que tu racontes ?

Il voulut s'asseoir mais elle appuya le canon sur son front pour l'empêcher de bouger.

— Je parle de tout ce sang dans la camionnette, monsieur Gil Renard.

— Ce n'est pas mon nom.

Tout d'un coup, il s'aperçut que son poignard ne lui ceignait plus le mollet.

— Alors cette voiture n'est pas à toi non plus puisqu'elle est au nom de Gil Renard, sur la carte grise.

Il se tut. Une seule ampoule éclairait la caravane, au-dessus de la table où il venait d'apercevoir le poignard, dans son étui.

— Tu l'as peut-être volée, continuait Claudine. Vous l'avez volée tous les deux et ça a mal tourné, c'est ça ?

Maintenant, c'était elle qui avait le don de la parole et Gil qui l'avait perdu. Il avait beau se creuser, il ne trouvait plus rien que les règles d'or du bon vendeur. Prendre l'offensive.

— Je ne l'ai pas tué, dit-il.

— Alors, où est-ce qu'il est ? Et c'est à qui, tout ce sang dans la camionnette ?

Gil resta coi.

— J'appelle les flics, menaça-t-elle.

Elle recula vers le téléphone mural, l'arme toujours braquée sur lui. Il vit une veine lui battre au creux du coude. A cet instant, quelque chose de tiède et d'humide vint lui frotter la plante des pieds.

Nig. Nig qui lui léchait les pieds. Le chien sentait partout sur lui l'odeur de Boucicaut.

Ce qui donna une idée à Gil.

— C'est du sang de biche, dit-il.

Claudine resta la main posée sur le téléphone et Gil se félicita de cette hésitation. Il reprenait enfin ses esprits.

— Du sang de biche ?

— Il en a tué une hier. Moi je conduisais, sur la vieille route du nord ; tout d'un coup, il s'est penché par la fenêtre, et pan ! Il a tiré.

— Et vous avez mis la biche dans la cabine, avec vous ?

— Evidemment, pour qu'on ne la voie pas. On n'a pas le droit de chasser en dehors de la saison, Claudine.

Voilà qui ressemblait davantage au Boucicaut qu'elle connaissait : Gil le voyait bien dans ses yeux. Pourtant, le fusil demeurait pointé sur lui.

— Tu as dit qu'il était en ville.

Il prit un air penaud.

— Ce n'est pas tout à fait exact.

— Mais il est avec quelqu'un, c'est ça ?

Il hocha la tête.

— Près d'ici ?

Il fit encore oui de la tête.

— Montre-moi où.

— Non, je ne peux pas faire ça.

La main revint sur le téléphone.

— Alors, je vais le faire rechercher par les flics.

Le fusil, assez lourd pour elle, commençait à pointer vers le sol.

— Tu as gagné, dit Gil.

Il se leva, prit sa chemise qui traînait par terre.

Claudine partit d'un rire mauvais.

— Tu ne voudrais pas qu'ils voient ce sac de couteaux dans la camionnette, pas vrai ?

Il affecta un air surpris.

— Moi ? Je suis collectionneur.

Elle réfléchit. Il savait très bien ce qu'elle pensait : collectionneur de couteaux, BMW ; ça collait ensemble. Mais il y avait beaucoup d'autres choses qui ne collaient pas et il était clair qu'elle en trouvait de plus en plus. Elle fronçait les sourcils.

A ce moment-là, il entendit le lourd battement d'ailes, dans l'autre direction, cette fois. Au pied du lit, Nig les entendit également ; ce bruit devait lui rappeler un mauvais souvenir, ou peut-être n'aimait-il pas les hiboux, toujours est-il qu'il se mit à hurler.

Cette bruyante intervention emplit la caravane d'un bruit bestial qui fit sursauter Claudine. Quant à Gil, s'il sauta, ce fut à travers la pièce pour foncer dans les jambes de la femme. Elle tomba, lâcha son arme, tandis que Gil la plaquait au sol. Mais Nig vint se joindre à la mêlée, sautant sur Gil pour venir lui planter ses crocs dans la cuisse. Claudine en profita pour s'échapper.

Elle se rua vers la porte qu'elle ouvrit avant de dévaler les trois marches du dehors. Gil s'était relevé et, comme Nig le mordait de nouveau, à l'autre jambe, il s'empara de son poignard et le lui enfonça dans la tête, jusqu'à la garde.

A son tour, il sortit de la caravane, son poignard ensanglanté à la main. Claudine avait traversé la moitié du terrain, déjà au-delà de la camionnette et de la BMW. Evidemment, elle n'avait pas de clefs. Il courut à sa poursuite, se rapprochant assez vite pour bientôt entendre le gémissement haut perché qu'elle poussait avant chaque respiration.

Cependant, quand ils arrivèrent dans les bois, au sol accidenté, elle qui portait des chaussures eut tôt fait de reprendre du champ par rapport à lui, qui courait pieds nus. Il allait aussi vite qu'il pouvait mais comprit bientôt qu'il ne la rattraperait pas. Il voyait ses cheveux blonds apparaître par intermittence entre les troncs d'arbres. Sans doute connaissait-elle plusieurs chemins dans ces bois qui lui étaient familiers. Elle aurait alors tôt fait de le semer. Sans vraiment y réfléchir ni calculer sa distance, Gil balança le bras et lança son poignard.

Combien de temps s'écoula-t-il ? Une demi-seconde ? Trois quarts ? Cela lui parut beaucoup plus long. Puis il entendit la femme crier :

— Oh !

Elle s'écroula et tomba.

Gil se précipita dans sa direction, se pencha, pour constater qu'il avait été parfait. Alors il put s'adosser à un arbre et reprendre son souffle. Ses mains rencontrèrent des cicatrices dans l'écorce et il comprit qu'il venait de retrouver la cible en forme de cœur qui lui avait naguère servi pour s'entraîner.

— Oui ! dit-il, satisfait.

Il emporta Claudine dans la camionnette, la déposa sur la banquette, à la place du passager. Il mit aussi Nig. Ceux qui tenteraient d'identifier ce sang risquaient d'avoir quelques problèmes. Encore que, à l'évidence, si on recherchait quelqu'un dans cette affaire, ce serait avant tout Boucicaut. Même mort, il constituait encore un roc protecteur pour son ami.

Celui-ci regagna la caravane, prit une douche, s'habilla, récupéra son sac de couteaux puis se mit au volant de sa voiture et s'en alla. Il redevenait lui-même.

Le gardien du cimetière appela la police dès le lendemain matin.

— On est encore venu creuser, annonça-t-il.

— Comment, creuser ? demanda Claymore.

— Creuser, c'est tout. Pas de vandalisme ni de profanation. On a creusé et tout remis en place, mais quand même.

— Ce doivent être des gosses.

— Peut-être, mais pourquoi est-ce qu'ils creuseraient deux fois au même endroit ?

— Ah bon, au même endroit ?

— La même tombe, quoi.

— Laquelle ?

— Renard, R.G.

— J'arrive, dit Claymore.

# 22

— On arrive à la mi-saison, Bernie.

— Il faut dire que le temps est passé vite, Norm.

— Plus pour certains que pour d'autres.

— Tu veux dire que ça fait un peu lent pour notre bonne vieille équipe ?

— Exactement.

— Normal. Quelles conclusions tires-tu de cette première période ?

— En deux mots, Bernie ? Dé-primant. Ils sont finis et n'arriveront plus à rien.

— Qu'est-ce qui a bien pu se passer, Norm ?

— Demande-moi plutôt : qu'est-ce qui ne s'est pas passé ?

— Par exemple ?

— Par exemple pour Rayburn, Bernie. C'est à peu près là que tout commence et se termine. Souviens-toi, il devait constituer le chaînon manquant, le super-batteur qui allait mener toute l'équipe aux sommets.

— Ne me regarde pas comme ça, Norm. Qui a dit, dès le début, que ce n'était pas le Messie ? Ce qui n'enlève rien à sa magnifique carrière, bien sûr, mais voilà un bon bout de temps qu'il cale devant les balles les plus faciles.

— Que faut-il en conclure ?

— Que les meilleures choses ont une fin. Tout passe, tout casse, comme dit George Harrison.

— Qui n'était pas mon Beatle préféré.

— Lequel était-ce ?

— Ringo.

— A moi aussi. Où en étions-nous, Norm ?

— A Bobby Rayburn.

— C'est ça ! Ce n'est plus un gamin, que je sache ? Il a perdu de sa belle vitesse, voilà.

— Les rumeurs vont bon train sur un éventuel transfert.

— J'en ai eu vent, de sources des plus fiables. Mais il est peut-être déjà trop tard pour lui. C'est comme pour la Bourse. Lorsque le public commence à recueillir des informations c'est que les décisions sont déjà prises depuis longtemps.

— Sauf qu'on ne crache pas du jus de chique à Wall Street, Bernie.

— Ce ne serait pourtant pas plus mal. Passons aux appels téléphoniques. Qui avons-nous ? Gil ? Gil sur la ligne trois. Vas-y, Gil.

Silence.

— Gil ?

Silence.

— On dirait qu'on a perdu Gil. Passons à...

— Allô ?

— C'est toi, Gil ?

— C'est à moi ?

— Oui, vas-y, Gil. Qu'est-ce que tu as à nous dire ?

— On parle de transfert ?

— Pardon ?

— On parle de transfert au sujet de Bobby Rayburn ?

— Ce ne sont encore que des probabilités.

— D'où viennent ces rumeurs ?

— Comme d'habitude, d'un peu partout, sans confirmation. Qu'est-ce que tu en penses ?

— Vous avez parlé de sources fiables.

— C'est possible.

— Par exemple ?

— Par exemple des gens proches de l'intéressé. Je ne peux pas préciser davantage, Gil, sans violer le secret. Je suis sûr que tu comprends.

— Ici Bernie, Gil. J'ai l'impression, à t'entendre, que tu ne serais pas vraiment d'accord pour qu'on transfère Bobby Rayburn.
Silence.
— Gil ? Tu es toujours là ?
— Ce serait une catastrophe.
— Tu ne vas pas un peu loin, là ?
— Pas assez loin. Rien ne pouvait arriver de mieux à cette équipe que de recevoir Bobby Rayburn et ils ont tout gâché en l'enquiquinant à longueur de journée.
— Qui ça, « ils » ?
— Tout le monde. Regardez comment ils l'ont traité pour ses côtes. Et on ne peut pas dire qu'il ait été bien accueilli dans l'équipe non plus, ni qu'on ait cherché à le mettre à l'aise, que je sache ?
— Ça, c'est nouveau. Tu as déjà entendu quelque chose de ce genre, Norm ? Il a été mal reçu dans l'équipe ?
— Jamais. Gil, peux-tu nous donner un exemple ?
— Certainement.
— Vas-y.
Silence.
— Gil ? Tu es toujours là ?
— Je suis toujours là. Mais à quoi bon ?
— A quoi bon quoi ? Je ne te comprends pas, Gil.
— Eh bien, dites-vous que j'en ai par-dessus la tête de vous entendre toujours tirer sur lui à boulets rouges. Voilà. Quand est-ce que ça va s'arrêter ?
— Immédiatement. Passons à Chuckie, de Malden. Qu'est-ce qui te branche ?

Jewel Stern attendait à la régie et prit le micro intérieur quand on lança la publicité.
— Comment s'appelait ce type ?

Assis en face de Norm dans le studio, Bernie appuya sur le bouton pour répondre :

— Gil.

— Un habitué, en quelque sorte, ajouta Norm.

Il vida un sachet de sucre dans son café.

— Pas tout à fait, rectifia Bernie.

— Gil quoi ? demanda Jewel.

— Pas de noms de famille chez nous, rétorqua Norm. Tu le sais bien.

— Comme dans les films porno, ajouta Bernie.

Devant sa console technique, Fred leva la main.

— Ça va être à vous dans trois, deux, un...

Il pointa l'index vers la vitre.

— Jolie comparaison, conclut Jewel. Tiens, je vais prendre une douche froide.

Norm et Bernie riaient de bon cœur quand la publicité s'acheva.

— C'est reparti.

— Le sport, c'est quand même quelque chose !

— Et nous donc ! Passons aux appels téléphoniques.

Constatant qu'il roulait à cent trente, Gil leva le pied de l'accélérateur. Quels cons ces Bernie et Norm ! Pourtant, ils avaient raison sur un point : l'équipe allait au désastre. Il filait plein sud, sans oublier de ralentir de temps à autre, et tâchait d'écouter, au long de la route, les questions d'autres fans qui voulaient comprendre enfin ce qui se passait. Mais ni les amateurs ni des spécialistes comme Bernie ou Norm ne semblaient posséder la réponse.

Lui seul savait.

Cent quarante. Il leva le pied.

Lui seul savait. L'idée lui était venue en un éclair, au point qu'il s'en était mis à transpirer des pieds à la tête, jusqu'à ses paumes qui se mouillaient sur le volant. Il tenait la solution, la seule susceptible d'aider l'équipe. Lui saurait les tirer d'affaire, leur permettre de marquer des points, presque comme un vrai champion. Ils avaient besoin de lui.

Il se mit à trembler. Jamais encore il n'avait éprouvé aussi physiquement la force d'une idée. Elle s'emparait de lui, de son corps, tandis que, dans son esprit, s'enchaînaient les divers éléments du projet qui allait occuper ses journées à venir.

En bordure d'océan, à quelques mètres de l'école où avaient eu lieu les sélections des cadets et des minimes, Gil trouva le terrain d'entraînement. Une clôture basse le séparait de la route. Il se gara, sortit de voiture, vint s'accouder à la balustrade.

Une équipe en chemise orange jouait contre une autre en vert, les orange à la batte. Gil vérifia les scores qui s'inscrivaient sur le tableau lumineux : HÔTES 15, VISITEURS 17. Non loin de lui, des coureurs se tenaient prêts, dont un à la longue queue-de-cheval qui balançait sous son casque. Gil finit par se rendre compte que c'était une fille.

Le lanceur se détendit et envoya la balle qui traça un arc de cercle en direction du marbre. Le batteur, un gros garçon à la posture un peu raide, la heurta encore plus lentement. Il ne l'avait même pas regardée, néanmoins, il la frappa, à moins que ce ne fût elle qui allât donner droit dans sa batte. Toujours est-il que, dans un choc métallique, elle repartit sur le champ droit.

Le receveur ne parut pas la voir arriver tout de suite. Pourtant, elle lui venait droit dessus. A dix mètres de Gil, il n'avait qu'à tendre les mains pour l'attraper. Brusquement, il bougea, l'air de se réveiller, chargeant comme s'il était obligé de plonger pour intercepter un boulet rebelle. A la dernière seconde, il se rendit compte de son erreur et bondit en l'air, lançant sa main gantée aussi haut qu'il le put. Il manqua de quelques centimètres la balle qui lui passa par-dessus la tête et vint tomber derrière lui, rebondit plusieurs fois avant de rouler vers la clôture.

Lancé à sa poursuite, le champ droit poussa un petit grognement avant de la récupérer au pied de la balustrade, de se tourner et de la renvoyer. L'arrêt court, un tout petit garçon qui courait bien, eut la présence d'esprit de s'apprêter à l'intercepter en balançant au-dessus de lui ses petits bras. Mais c'était à croire que le champ droit ne lui destinait pas cette balle qu'il semblait avoir envoyée au hasard, un peu n'importe où.

Tous les coureurs marquèrent, même le gros garçon. HÔTES 18, VISITEURS 17. Le champ centre vert, qui n'avait pas couvert le jeu, ni même pu bouger, jeta un regard noir au champ droit à travers ses grosses lunettes.

— Richie, abruti ! cria-t-il. Tu vas nous faire perdre la manche.

Le champ droit baissa la tête.

Richie.

Sur le moment, Gil eut envie d'escalader la clôture pour aller gifler le champ centre, puis Richie.

Cependant, il ne bougea pas, scotché à sa place, songeant à ce qu'il devrait dire :

« Ce n'est rien, Richie. Tout le monde se plante de temps en temps. »

Mais à ce point-là ? Et pour renvoyer une balle aussi calamiteuse ?

Ou : « Lève la tête ! Ce n'est pas fini. »

Ou : « Arrête de pleurnicher, petit crétin ! »

Il n'avait encore rien dit, que le frappeur suivant envoyait une petite balle directe à son receveur, une autre fille, qui la récupéra sans peine. C'était fini. L'équipe verte rentrait la tête basse et Richie pleurait à gros sanglots en regagnant son banc.

Gil escalada la barrière et traversa le terrain, l'herbe douce amortissant ses pas. Un flot de souvenirs, qu'il n'eut pas le temps d'identifier, se mêlèrent dans son esprit, mais il refusait d'y prêter attention. L'équipe orange entrait en piste, lançant des balles çà et là. Si seulement l'une d'elles pouvait venir mourir à ses pieds, il leur montrerait ce que c'était que d'envoyer une balle. Il se voyait déjà en train d'en balancer une par-dessus le stade, au-delà du clocher de l'église et des arbres dans le lointain. Mais aucune balle ne vint mourir à ses pieds.

Il y avait quelques gradins de chaque côté des bases, trois ou quatre rangées de sièges, de quoi accueillir quelque douze spectateurs. Gil prit place au premier rang, aussi près du marbre que possible.

Derrière lui, les pères de quelques joueurs et joueuses ne cessèrent de s'interpeller tout le long de la partie.

Dans les gradins d'en face, Gil avait repéré Ellen qui faisait signe à Richie, un large sourire aux lèvres. L'enfant ne répondit pas. C'est bien ! songea Gil. A ce moment-là, elle aperçut son ex-mari, écarquilla les yeux et se tourna aussitôt vers Tim.

Tout le reste du match, l'enfant n'eut que des réactions à faire rougir son père. Celui-ci entendit Ellen crier à plusieurs reprises :

— Vas-y, Richie !

Et il s'aperçut que Tim avait disparu.

Derrière lui, les pères des autres joueurs s'arrachaient les cheveux, comparant les mérites de leurs filles à ceux de ce gosse maladroit. A cet instant, les regards de Gil et d'Ellen se croisèrent. Jamais il n'avait vu cette expression à son ex-femme, pour tout dire, il n'y lisait même plus l'hostilité qu'il lui avait si souvent vue ; cela devenait carrément négatif. Elle avait peur.

Il en éprouva un véritable plaisir. Surtout lorsqu'elle se détourna.

La balle suivante atterrit à quelques centimètres du marbre. Richie s'apprêtait à frapper mais son attitude figée donnait presque à croire qu'il se retenait.

— Première balle, dit l'arbitre.

Le lanceur en envoya une deuxième au même endroit. Cette fois, Richie ne réagit même pas.

— Balle deux, dit l'arbitre.

— Pause, demanda l'entraîneur orange.

Le lanceur abandonna son monticule pour le rejoindre à la troisième base. Ils s'engagèrent dans une longue discussion à mots couverts mais souvent assez haut pour que, non loin de là, Gil l'entende :

— Vas-y franco. De toute façon, il ne l'interceptera jamais.

— En jeu ! ordonna l'arbitre.

Le lanceur retournait à son monticule tandis que Richie esquissait un swing exécrable qui le fit trébucher et tomber par terre.

— Il a pris la balle dans la figure ? demanda un père derrière Gil.

— On dirait, dit un autre.

Gil était certain du contraire, sinon Richie pleurerait. En fait, il se levait, rajustait son casque sous les cris de tout le stade, certains le huant, d'autres l'encourageant. Gil entendit distinctement Ellen crier :

— Vas-y, Richie ! Tu vas y arriver !

*Sois un héros !* l'exhorta secrètement son père.

Il s'y voyait lui-même, puissant, résolu, animé de pulsions meurtrières, capable d'expédier cette satanée balle par-dessus la clôture, l'église, les arbres. Le grand jeu. *Sois un héros !*

Le lanceur envoya une balle aussi puissante que directe, et Richie tomba encore par terre. L'arbitre leva le poing :

— Strike trois.

L'équipe orange assaillit son lanceur.

Et Richie restait au sol.

— Qu'est-ce que je disais, observa un des pères. Il est nul !

Gil fit volte-face et le gifla. Il voulut s'attaquer à l'autre aussi, mais l'homme était hors de sa portée et il ne le toucha qu'à l'épaule.

— Ça ne va pas ? hurla l'un.

— On ne traite pas mon fils d'abruti ! brailla Gil.

— Mais je n'ai pas dit ça, espèce de...

Quant à l'autre, il regardait Gil, atterré, et ne disait rien.

Déjà, ce dernier avait enjambé le banc des spectateurs et se ruait sur le terrain. Il se déplaçait à la vitesse du vent, comme un géant sur une planète naine ! L'arbitre était penché sur Richie et lui parlait doucement. Gil l'attrapa par le col, l'obligeant à se redresser, envoya promener son masque dans les gradins.

— C'était une balle, crétin ! gronda-t-il de sa voix de géant.

— Foutez-moi le camp d'ici ! rétorqua l'arbitre en voulant l'écarter.

Grave erreur. S'il était fort, il ne l'était pas autant que Gil et beaucoup plus âgé. Avec un rugissement de géant, Gil lui fonça dans le lard et le poussa jusqu'à la clôture, lui tomba dessus en lui coupant le souffle.

Puis il revint sur Richie qu'il prit dans ses bras et emmena tout droit à sa voiture. Il voyait autour de lui des taches vertes et orange, il entendait des cris, des interpellations, mais rien ne l'atteignait plus.

Richie le regardait. Il avait les yeux d'Ellen et la nouvelle expression d'Ellen : il avait peur.

— Arrête, souffla-t-il.

— « Arrête, papa », corrigea Gil.

Richie se mordit les lèvres.

— Arrête, papa, répéta Gil.

Richie se mit à pleurer.

— Tu n'as pas assez pleurniché pour aujourd'hui ? demanda son père. Dis « Arrête, papa ».

Richie pleurait mais ne le disait pas.

Tout d'un coup, quelqu'un se jeta sur le dos de Gil. Quelqu'un de faible et de léger. Ellen, évidemment. Il voulut s'en débarrasser mais elle s'accrochait désespérément à lui. Il ne tint plus Richie que d'une main, pour saisir Ellen de l'autre. L'enfant parvint à se libérer, tomba par terre.

— Va-t'en, Richie ! cria sa mère.

Richie détala.

Gil voulut se lancer à sa poursuite. C'est alors qu'il entendit une sirène de police. Il lâcha Ellen.

— Pourquoi tu m'as fait ça ? lui demanda-t-il.

— Parce que tu es devenu complètement fou.

— Je ne parlais pas des flics. Pourquoi tu m'as pris Richie ?

— Moi non plus, je ne parlais pas des flics. Et je ne t'ai rien fait. C'est toi qui t'es fait ça tout seul.

Gil n'avait même pas envie de lui taper dessus. A quoi bon ? Elle ne comprendrait jamais rien. Voilà longtemps qu'il le savait.

— Tu es si petite, maugréa-t-il. Toute petite.

Là-dessus, il escalada la barrière, se jeta dans sa BMW et démarra.

Quelques rues plus loin, il croisa une voiture de police, toutes sirènes hurlantes, le giro bleu tournoyant, suivie du break de Tim. Apercevant Gil, celui-ci se mit à klaxonner comme un malade. Mais les flics durent croire qu'il se prenait seulement au jeu de la chasse et ils poursuivirent leur chemin. Gil se marrait.

Le lendemain, à l'aube, il frappa à la porte 3A d'un appartement de banlieue. Il dut insister un moment avant que la porte s'ouvre sur Figgy, une serviette nouée à la ceinture, les yeux bouffis de sommeil.

— Gil ?

— Oui, mon pote. Je peux entrer ?

— C'est qu'il est drôlement tôt, et...

Gil était déjà à l'intérieur.

Il dévisagea Figgy.

— Je ne savais pas que Bridgid faisait ta petite lessive.

— Pardon ?

— Ta roue de secours se gonfle.

Figgy remonta sa serviette.

— Tu viens chercher tes cinquante dollars, c'est ça ?

Gil ricana :

— Qu'est-ce que cinquante dollars entre deux vieux potes ? Je te l'ai déjà dit, il me semble ? Non, j'ai une autre proposition à te faire. Ça va te plaire. Parce que je sais que tu adores ma BMW.

— Tu veux la vendre ?

— Gagné.

Figgy se léchait les babines.

— Combien ?

— Cinq mille. A prendre ou à laisser. Elle en vaut deux fois plus.

— J'ai pas cet argent.

Gil le bouscula presque pour gagner le fond de l'appartement.

— Où tu vas ?

— Bridgid les a. Tout le monde sait que c'est un petit écureuil économe.

Il entra dans la chambre, suivi d'un Figgy arrivant au galop sur ses pas.

Un rayon de soleil se faufilait à travers les rideaux entrouverts pour venir éclairer le corps blanc de Bridgid couverte jusqu'à la taille.

— Dis donc ! s'exclama Gil. Je ne savais pas qu'elle avait de si beaux nichons !

Elle s'éveilla en sursaut, remonta le drap sous son menton.

— Mon Dieu !

— Ça va, Bridgid, lança Figgy. Gil vend sa voiture, c'est tout.

— Quoi ? Qu'est-ce que tu me chantes ?

— Sa voiture. La 325i. Il nous fait un prix du tonnerre. Cinq mille dollars. Elle en vaut le double.

Gil s'assit sur le lit, sourit à Bridgid.

— A prendre ou à laisser, ajouta-t-il.

Elle ouvrit la bouche, la ferma, la rouvrit.

— Mais on a déjà deux voitures !

— La mienne n'est qu'un tas de boue, geignit Figgy. Tu le sais très bien.

Elle regarda Gil, puis Figgy, puis Gil.

Celui-ci ne cessait de sourire.

— On parle affaires, ma jolie. C'est tout.

Perplexe, elle se tourna de nouveau vers Figgy qui ne réagit pas.

— C'est très gentil de penser à nous, lâcha-t-elle enfin, mais il faut d'abord qu'on y réfléchisse. On vous donnera notre réponse après.

— C'est ça ! approuva Figgy. On y réfléchit et on te donne notre réponse.

Gil n'avait pas perdu son sourire, mais c'était de pure forme.

— A prendre ou à laisser, ça dit bien ce que ça veut dire pourtant.

— On parle affaires, non ? rétorqua Bridgid. Je ne vois pas comment vous pouvez...

Gil attrapa le drap et l'envoya promener dans la pièce dévoilant complètement le corps tremblant de la jeune femme. Ce qui ne l'en rendait que plus mignonne.

— Tu en as de la chance, Figgy !

Celui-ci restait pétrifié, incapable d'intervenir.

Gil se rinça l'œil à satiété puis se releva.

— Bon, on y va ?

Ils se rendirent à la banque de Bridgid dans la BMW, Figgy au volant, Bridgid devant, Gil derrière.

— On se croirait sur un tapis volant, non ?

Avec cinq mille dollars dans son sac à dos plein de couteaux, Gil prit un taxi pour se rendre à l'aéroport. Il avait rangé son poignard parmi les autres, ce qui valait mieux pour passer les contrôles avant l'embarquement. Dans le terminal, il paya son billet en liquide, enregistra le sac à dos, et monta à bord de l'avion. Il avait pris une place en classe touriste, bien maigre pour un homme de sa carrure. En outre, il n'aimait pas l'avion. Mais il n'avait pas le choix. Son équipe jouait sur la côte Ouest. Ils avaient besoin de lui.

## 23

Jewel Stern se gara en face du vieil immeuble pouilleux, au bord du périphérique. Les sacs-poubelle verts avaient disparu du perron. Elle allait sonner au numéro quatre, sous le nom de Renard, quand elle s'aperçut que le portail était entrouvert. Elle entra.

Au rez-de-chaussée donnaient les appartements un et deux ; la jeune femme grimpa l'escalier. Au palier suivant, elle trouva le numéro trois à sa gauche et un corridor sombre sur sa droite. Elle le suivit, passa devant une porte fermée sans numéro, la salle de bains ; elle entendait la chasse d'eau des toilettes. Le numéro quatre n'arrivait qu'après, tout au fond. Comme le portail du bas, le panneau restait entrebâillé. Elle le poussa un peu pour voir ce qui se passait à l'intérieur.

Cela donnait sur une petite pièce impersonnelle : pas de vêtements, pas de papiers, pas de literie.

Déserte, abandonnée, oubliée, si ce n'était de l'homme en jean et tee-shirt qui se tenait à la fenêtre et lui tournait le dos. Jewel s'éclaircit la gorge.

Il fit volte-face. C'était un petit homme mince, aux lunettes cerclées de fer, avec des taches de rousseur et des tempes argentées.

— Monsieur Renard ? commença-t-elle. Je ne voulais pas vous faire peur.

Ce qui lui rappela Bobby Rayburn dans sa piscine. Elle se demanda comment elle avait pu en arriver à mettre ainsi les hommes mal à l'aise à son approche, à l'image de sa mère auparavant ; elle avait le don de les terroriser, au point de finir par complètement les faire fuir.

Comme Bobby, le rouquin répondit :

— Vous ne m'avez pas fait peur.

— Tant mieux.

Les petits yeux de l'homme semblèrent encore se rapetisser.

— Qui êtes-vous ?

— Quelqu'un qui cherche Gil Renard. L'aurais-je trouvé ?

— Vous n'avez pas répondu à ma question.

— Ni vous à la mienne.

— Seulement moi, déclara l'homme en sortant un badge, je suis policier.

Jewel vint examiner de plus près la plaque qu'il brandissait. Le rouquin était sergent dans une ville du nord dont elle n'avait jamais entendu parler. Et il s'appelait Claymore.

— On a commis un crime ? demanda-t-elle.

Le sergent serra les dents ; elle l'imaginait très bien enfant, plein de taches de rousseur, la chevelure rebelle et l'air buté.

— J'attends toujours, dit-il.

— Jewel Stern. Je suis journaliste.

A son tour, elle lui tendit sa carte de presse.

Il la lut, la tourna, la retourna.

— Quelle branche de journalisme ?

— Le sport, plus particulièrement le base-ball.

Il lui rendit sa carte.

— Et qu'est-ce que vous faites ici ?

— Je prépare un article.

— Sur quoi ?

Elle n'avait pas trouvé la réponse évasive adéquate, qu'il embrayait, l'air surpris :

— Ne me dites pas qu'il joue encore !

— Qui ?

— Gil Renard. C'est pourtant lui que vous cherchez, non ?

— Si, seulement je ne savais pas qu'il jouait au base-ball.

Pour le coup, elle envisageait sous un tout autre éclairage la présence de son « client » dans les toilettes de chez Cleats.

— Je ne crois pas qu'il y joue encore, répondit le sergent.

— Mais il y a joué ?

— On peut dire ça.

— A quel niveau ?

— Pardon ?

— Dans un club national, ou universitaire, ou bien régional ?

Claymore eut un petit sourire timide, qu'elle eût qualifié de provincial.

— Oh non ! Rien de tout cela, pour autant que je sache...

— Alors au lycée, ou parmi les cadets ?

Il rit, d'un rire embarrassé.

— Nous avons joué ensemble chez les minimes, c'est tout.

— Je vois, dit Jewel.

Elle ne voyait rien du tout. Au contraire, ce qu'elle avait cru entrevoir de l'incident chez Cleats disparaissait complètement.

— Si nous revenions à l'article que vous préparez ? reprit-il.

— Je n'ai rien à vous dire.

Au grand étonnement de la jeune femme, il reconnut :

— C'est vrai. Constitutionnellement, encore que je ne sois pas expert en la matière, vous n'êtes pas tenue de me dire quoi que ce soit. En outre, je ne suis pas dans ma juridiction et c'est mon jour de congé. On peut donc dire que nous n'avez effectivement pas à me répondre.

— Vous êtes amis ?

— Qui ?

— Gil Renard et vous ?

— Qu'est-ce qui vous fait dire ça ?

— Rien... les minimes...

— Non. En fait, on n'a jamais été amis.

— Alors c'est qu'il y a eu crime.

Il la dévisagea un bon moment avant de baisser sa garde :

— Oui.

— Quelle sorte de crime ?

Le sergent serra de nouveau les dents.

— Vous n'êtes pas tenu de me répondre, sourit-elle. Constitutionnellement, du moins.

Il se détendit et répondit en souriant.

— Il y a eu meurtre. Double meurtre.

— Et c'est Gil Renard qui les a commis ?

— Ça, je suis loin de pouvoir l'affirmer.

— Mais vous le soupçonnez ?

— C'est encore un grand mot pour le moment. Seulement…

Il hésita, comme s'il poursuivait ses pensées en son for intérieur.

— Seulement quoi ? insista-t-elle.

Il soupira.

— D'abord, les victimes ont été poignardées.

— Et Gil Renard vend des couteaux.

— Tout au moins il en a vendu jusqu'à s'être fait virer de sa boîte. Mais il n'a pas fait que les vendre. Son père était un forgeron d'art renommé dans sa région pour les lames qu'il ciselait. Gil a passé sa vie entouré d'armes blanches.

— Et ?

— Et quoi ?

— Et qu'est-ce que vous avez d'autre ?

Le sergent Claymore rougit légèrement.

— C'est donc vous qui posez toutes les questions, dirait-on.

— Alors ne nous arrêtons pas en si bon chemin.

Il rougit encore plus fort, puis il parut envoyer promener sa gêne, avec un soulagement tellement forcé que c'en était comique.

— Ce que j'ai d'autre risque de vous paraître pour le moins extraordinaire. L'une des victimes a été enterrée dans la tombe du père de Gil. Au-dessus du cercueil.

— Je ne comprends pas.

— Moi non plus. Le mort était un habitant de ma ville, voleur et bagarreur, un certain Len Boucicaut.

— Comme le chevalier des croisades.

— Pardon ?

— Rien. Qui était l'autre victime ?

— La petite amie de Boucicaut. Une prostituée qui sortait de prison.

— Gil Renard les connaissait ?

— Pour la femme, je n'en sais rien, mais il connaissait Boucicaut. En fait, ça remontait à un bout de temps. Parce que Gil avait quitté la ville depuis un bon moment, sans jamais y remettre les pieds.

Il hésita puis :

— Pour autant que je sache...

— Qu'en concluez-vous ?

— Sans doute rien. J'ai verbalisé Boucicaut il n'y a pas longtemps pour excès de vitesse. Ce qui n'avait rien d'extraordinaire. Mais il avait un passager. Sur le moment, je n'y ai pas fait très attention, mais quand j'ai appris ce qu'il était advenu de Boucicaut, j'ai réfléchi.

— Son passager était Gil Renard ?

— Ça n'aurait rien d'impossible. Mais, tant que je n'aurai pas eu la preuve formelle de son retour dans sa ville natale, ce ne sera qu'une supposition.

Jewel regardait une mouche voler autour de la tête de son interlocuteur.

— Vous avez retrouvé le couteau ? demanda-t-elle encore.

— Voilà un autre mystère. En fait, nous en avons un mais il semblerait que deux lames différentes aient été utilisées pour les deux meurtres. D'ailleurs, l'une d'elles ne proviendrait sans doute pas d'un couteau. Elle a occasionné des... blessures trop profondes.

Claymore s'assit sur le lit, ôta ses lunettes, se frotta les yeux. Il paraissait fatigué. Au moins autant qu'elle. Et que tout le monde parmi les gens qu'elle connaissait. En fait, il fallait être joueur de base-ball pour pouvoir dormir autant qu'on le voulait, comme un bébé.

— Et le mobile ? reprit-elle. Vous savez s'ils étaient ennemis ?

— Enfants ? Loin de là. Pour tout dire...

— Boucicaut faisait partie de votre équipe.

— Comment le savez-vous ?

*Je connais les gosses et leurs jeux,* se dit-elle. Mais elle préféra garder cette pensée pour elle.

— Qui était la vedette de l'équipe, sergent, vous ?

— Non, eux deux. Gil était notre meilleur lanceur, Boucicaut notre meilleur receveur. Ils nous ont menés aux plus grandes compétitions.

— Et vous avez gagné le championnat.

— Et nous avons gagné le championnat.

Claymore paraissait savourer encore ce souvenir. Un instant, il ne dit plus rien.

La mouche revint voleter autour de Jewel qui tenta de l'attraper, la manqua. Il faisait chaud dans l'ancienne chambre de Gil Renard. On y étouffait. Pas de mobile, pas de fil conducteur ; elle piétinait.

— Cet homme que vous avez vu dans la voiture de Boucicaut...

— Dans sa camionnette.

Qui parlait de fil conducteur ? Elle tressaillit :

— Une camionnette rouge ?

— En effet. Comment... ?

— C'était un homme corpulent ?

— Oui.

— Le visage rond ? Avec de longs cheveux noirs ? Une barbe noire ?

Le sergent Claymore se leva du lit.

— C'est Gil ? insista-t-elle.

— Pas Gil, Boucicaut. Où l'avez-vous rencontré ?

Elle se rendit à la fenêtre, tendit le doigt vers le chemin de terre.

— Là, en bas.

Elle raconta ce qui lui était arrivé. Comme elle achevait son histoire, elle vit que le sergent se dirigeait vers la porte.

— Où allez-vous ?

— On ne joue plus aux devinettes. Je vais vérifier son nom à l'ordinateur central.

Sur le seuil, il se tourna, adressa un petit signe à la jeune femme.

— Merci, dit-il.

Il parut soudain se raviser :

— Et cet article auquel vous travaillez, il n'y est pas question de meurtre, au moins ?

— Oh non ! Rien de tout ça.

Le sergent Claymore sortit, laissant la journaliste seule dans la chambre abandonnée. Elle fouilla un peu, ouvrit quelques tiroirs, regarda sous le lit, ne trouva rien. A son tour, elle quitta le studio de Gil Renard, se retrouva dans le corridor sombre. Elle allait s'engager dans l'escalier quand elle entendit un bruit à l'étage supérieur. Quelque chose comme une femme qui pleurait.

La gorge serrée, elle eut brusquement la sourde impression d'étouffer dans la fruste ambiance de cet immeuble, et s'enfuit aussi vite qu'elle le put.

## 24

Dans son avion qui la menait sur la côte Ouest, Jewel Stern, en classe affaires, téléphona au rédacteur en chef du *Times Magazine* à New York, pour obtenir une semaine supplémentaire avant la remise de son article sur Bobby Rayburn. Ensuite, elle ouvrit son ordinateur portable et ses notes, pour tâcher de trouver un début.

*Pourquoi Bobby Rayburn, l'un des plus grands champions de ces dix dernières années, ne veut-il pas que son fils joue également au base-ball ?*

Elle relut sa phrase et appuya sur EFFACER.

*Dans un monde où l'on passe pour sénile à trente-cinq ans, le stress de l'âge vous frappe très tôt.*

Elle effaça de nouveau.

*La première chose qu'on remarque chez lui, ce sont ses mains.* EFFACER.

*Il arrive que même les champions américains pur jus aient le cafard.*

Jewel relut cette phrase et passa à la suivante :

*Si les mots « américains pur jus » ont encore un sens de nos jours, c'est bien à Bobby Rayburn qu'ils s'appliquent, certainement le meilleur champ centre du base-ball depuis dix ans.*

*La première chose qu'on remarque chez lui...*

Elle travailla tout le temps du voyage, sans rien manger ni boire, sans se laisser distraire par le passager en bottes de cow-boy plaquées argent qui ne cessa de capter son regard jusqu'au début du film. Elle tapa mille cinq cents mots avant d'éteindre son ordinateur.

En classe touriste, Gil Renard dormit tout le long du voyage.

Gil héla un taxi pour se rendre au stade, acheta un billet pour une tribune et prit place au premier rang derrière la barrière du champ centre, avec deux bières et un seau de pop-corn, à temps pour assister au premier lancer ; il avait déposé son sac à dos à ses pieds, ceint son poignard au mollet. De l'endroit où il se trouvait, il n'aurait su dire qui avait effectué le premier lancer, tout ce qu'il voyait, c'était Primo qui l'interceptait violemment et la balle qui virait en direction du deuxième base et bondissait au-dessus de la pelouse. Sous les projecteurs, elle paraissait trop blanche et le gazon trop vert, comme si on avait un peu forcé sur les couleurs. Ce devait être le décalage horaire. Il se frotta les yeux, avala une longue goulée de bière, regarda le terrain. Rien n'avait changé.

Primo vola la deuxième base sur le lancer suivant. Il avait pris une telle avance que le receveur l'élimina en deuxième. Alors Zamora frappa dans le champ droit, peu profondément ; mais Primo tagua la deuxième base et prit la troisième, surprenant le champ droit en arrivant avant le lancer.

— Cet enfoiré de Primo, commenta un fan derrière Gil, qu'est-ce qu'il fume cette année ?

— J'en sais rien mais j'en prendrais bien, dit un autre.

Tous deux s'esclaffèrent.

Washington était troisième à la batte. Gil se pencha en avant, vérifia l'ordre des frappeurs, se retourna :

— Où est Rayburn ?

— Il joue pas.

Gil tâcha de voir ce qui se passait du côté de l'abri et crut apercevoir Rayburn dans l'ombre, les mains sous le menton.

Lorsque les Sox entrèrent en jeu, Simkins, le gamin, jouait centre. Gil se désintéressa de la partie ; rien ne l'intéressait plus que le dos de Simkins, qui portait le numéro trente-trois. En tout cas, Gil n'aurait certainement pas choisi celui-là : l'âge du Christ à sa mort. A moins que Simkins ne se croie trop fort pour s'inquiéter de telles fariboles.

*Simkins, connard !* Ces mots s'amplifièrent dans l'esprit de Gil jusqu'à ce qu'il se sentît obligé de les prononcer tout fort :

— Simkins, connard !

Simkins ne réagit pas.

— Simkins, connard !

Toujours aucune réaction de l'intéressé mais Gil se sentit observé. Il la ferma, finit ses bières. Mieux valait se tenir tranquille. Et cesser de boire. Il serait plus sûr de ses mouvements s'il ne virait pas au gris. Plus que deux, se dit-il. De retour vers sa place, il aperçut une grosse pile carrée oubliée sur la rampe et l'empocha. Avant de s'asseoir, il donna les bières aux deux hommes derrière lui.

— Merci, mon vieux. La prochaine tournée sera pour nous.

— Pas la peine.

Gil se sentait fort, déterminé. Il regarda Simkins. On se calme. On ne boit plus. Rien que ce soir.

Au sixième jeu, Gil sentit qu'il tenait sa chance alors que Primo se jetait à l'assaut d'une balle qu'il tentait d'intercepter en la plaquant au sol, bras écartés, à quelques pas du pied des tribunes. Il réussit dans sa tentative et, alors que tous les regards étaient braqués sur lui, Gil se leva, comme ses voisins, et jeta la pile sur Simkins, aussi fort qu'il le put.

Touché à la nuque, le joueur y porta les mains comme s'il venait de se faire piquer par une abeille. En regardant sa paume, il vit, et Gil aussi bien que lui, une tache de sang. Lentement, il tourna la tête pour examiner les spectateurs derrière lui, un à un.

Gil avait négligemment remonté son seau de pop-corn à hauteur du visage.

A la frappe suivante, il manqua une chandelle expédiée dans sa direction. Trois manches furent marquées et ce fut la balle de match qui offrit aux Sox un retour comme ils n'en avaient plus connu de toute la saison.

*Je fais partie de l'équipe,* se dit Gil. *Je suis moi aussi un joueur.*

A la sortie, Gil se mêla aux autres fans qui attendaient devant la porte des vestiaires. A une fille qui portait un blouson aux couleurs des Sox, il demanda :

— Vous savez dans quel hôtel ils sont descendus ?

— Au Palacio, dit-elle en faisant claquer son chewing-gum.

Gil prit un taxi. Il n'aimait pas beaucoup cela, sa BMW lui manquait, avec sa plaque WNSOX, son toit ouvrant, sa... compagnie. Comment exprimer la chose ? Il se souvenait d'avoir conçu quelques-unes de ses meilleures idées au volant. *Sans tire, il serait mort.*

La ville s'étirait à l'horizon par petites touches de lumière, tel l'écran scintillant d'un ordinateur géant. Cela le désorienta. Comme les balles trop blanches et le gazon trop vert. Il se rendit compte qu'il retenait son souffle et l'exhala, profondément, lentement. Voyant le chauffeur jeter un coup d'œil dans son rétroviseur, il sentit la pression de son poignard contre son mollet.

Dans le hall du Palacio coulait une fontaine parmi des lumières étincelantes et de profonds canapés. Gil prit place dans un de ceux, proches des ascenseurs, qui faisaient face à la réception et aux portes d'entrée. Tout d'un coup, un serveur se matérialisa devant lui :

— Voulez-vous prendre quelque chose, monsieur ?

*On ne boit plus*. Pourtant, il s'entendit répondre :

— Vous avez de la tequila ?

Ce devait être le *monsieur* qui avait fait ça.

— Certainement, monsieur, quelle marque ?

— Cuervo Gold.

Sa consommation arriva sur un plateau d'argent, accompagnée de quartiers de citron vert et d'un verre au rebord trempé dans le sel. Gil but lentement, à petites gorgées, se donnant des airs, non pas de VRP en déplacement mais d'un cadre supérieur qui décompressait après une journée chargée.

Il ne quittait pas l'entrée des yeux.

Il avait entamé son deuxième verre lorsque l'équipe arriva. Odell, Zamora, Boyle, Washington, Lanz, Sanchez, Simkins, Primo ; tous, pensa Gil, sauf Rayburn. Ils paraissaient calmes et faisaient la gueule. Certains se dirigèrent droit vers le bar, tandis que les autres, dont Primo, prenaient l'ascenseur. Quelques jeunes femmes se mêlèrent à eux, aussitôt absorbées par le groupe, telles des danseuses exécutant un pas longuement répété.

Primo fut l'avant-dernier à pénétrer dans la cabine, Gil le dernier. Il se glissa dans le seul espace encore disponible, à côté des boutons.

— Quel étage ? lança-t-il à la cantonade.

Il n'en revenait pas de sa tranquille assurance, de son inspiration.

— Seizième, dit quelqu'un.

— Neuf, dit un autre.

Et, juste derrière lui, avec un léger accent hispanique :

— Quatorzième.

Gil appuya sur les boutons.

Au quatorzième, Primo sortit, tout seul.

— Ton Nintendo t'attend ? railla quelqu'un.

Ce devait être Boyle. Gil croyait reconnaître sa voix souvent entendue au cours d'interviews.

Primo se raidit mais ne répondit pas et s'éloigna dans le corridor.

— Pourquoi il fait cette tête ? demanda une voix féminine.

— Il est marié, expliqua Boyle.

— Comme tout le monde, lâcha son voisin.

Lanz.

La femme éclata de rire, imitée de tous les occupants de la cabine. Gil passa entre les portes qui se fermaient.

Primo s'était arrêté devant une porte du fond du corridor pour glisser sa carte dans la fente de la serrure. Il entra. Gil le suivit, plaqua l'oreille contre le panneau, n'entendit rien.

Il demeura un instant sans bouger, évaluant les diverses stratégies possibles. Il n'avait pas encore choisi que sa main droite se fermait et s'apprêtait à frapper, comme animée d'une vie propre. A ce moment-là, il entendit des pas à l'autre extrémité du couloir.

Il recula, tellement vite qu'il en tituba, puis tourna les talons et se dirigea vers le bout du corridor en s'efforçant de ralentir, de ne pas marcher plus vite que n'importe quel cadre supérieur regagnant sa chambre. Pourtant, il savait déjà qu'il aurait mieux fait de ne pas bouger du tout, de saisir son poignard et de faire ce qu'il avait à faire, vite et bien. Question de tripes.

Il entendit la porte s'ouvrir derrière lui, Primo sortir et prendre l'autre direction. Gil risqua un coup d'œil par-dessus son épaule pour le voir entrer dans un ascenseur, revêtu d'un peignoir en éponge et de tongs. Plusieurs images vinrent alors, dans son esprit, se superposer à la question encore brûlante : avait-il les tripes ?

La salle de gym se trouvait au deuxième sous-sol. A travers la paroi de verre, Gil aperçut un homme assis derrière un bureau plein de serviettes-éponges, au bord d'une piscine où ne barbotait qu'une nageuse et, dans le fond, un alignement d'appareils inoccupés. Justement, la nageuse sortait de l'eau, s'essuyait, enfilait un peignoir semblable à celui de Primo et s'arrêtait devant le bureau, jetant sa serviette dans un panier ; l'employé lui tendit une carte. Elle passa devant Gil sans lui accorder un regard.

L'eau de la piscine devint parfaitement lisse ; une seule clef restait au tableau du bureau. L'employé consulta sa montre, bâilla, se leva et disparut derrière une porte marquée PERSONNEL. Gil se glissa dans la salle de gym.

Il longea un instant la piscine bleu turquoise ; trop claire, trop bleue, reflétant des lumières trop brillantes. Tout d'un coup, la tête lui tourna et il faillit perdre l'équilibre. *Laisse tomber,* se dit-il, *tu n'as pas la forme pour faire ça.* En même temps, une petite voix lui criait : *c'est surtout les tripes que tu n'as pas.* Et : *tu es un joueur, oui ou non ?* Il poursuivit son chemin.

Passé la piscine, il suivit la flèche qui menait aux vestiaires des hommes : d'abord les placards, puis les urinoirs, puis les douches, enfin le sauna et le bain de vapeur. A l'extérieur, la lumière rouge était allumée. Il y avait une petite vitre ronde sur la porte, comme un judas. Gil y jeta un coup d'œil.

C'était une petite pièce à l'aspect relativement sec. Une faible lumière éclairait du plafond une bouche de vapeur dans un recoin ainsi que les deux rangées de bancs carrelés. Primo s'était allongé sur l'un d'eux, nu comme un ver si ce n'étaient la chaîne en or et la croix qu'il portait au cou. Il avait la tête tournée vers la porte mais gardait les yeux clos. Son crucifix, qui représentait un minuscule corps du Christ du même métal, reposait sur un carreau de faïence, sous son menton.

Gil recula.

Voilà qui était parfait. Pas besoin de faire appel à ces exercices auxquels son père l'avait entraîné, des années auparavant : rouler à terre, se redresser en entaillant les tendons derrière les genoux. Primo lui était offert tel un agneau pour le sacrifice. Gil souleva le bas de son pantalon, tira le poignard de son étui. Voilà qui était parfait ; néanmoins, il restait sur place, comme fasciné. Tout d'un coup, sur un déclic, la bouche de vapeur se mit à cracher son nuage. Gil ouvrit la porte et entra.

Dans le bruit et la chaleur. La vapeur faisait beaucoup plus que siffler, elle rugissait comme une violente tempête. Voilà qui était également parfait. Primo ne pouvait certainement pas l'entendre. Gil posa le regard sur les jambes cuivrées, particulièrement sur la plus proche de lui, la droite. Inutile de provoquer des dégâts superflus. Il agirait en pro. La vapeur l'encerclait à mesure qu'il s'approchait et la sueur commençait à couler dans ses vêtements. Frapper en profondeur mais proprement.

Les chirurgiens auraient le temps de remettre l'Hispanique sur pied pour la prochaine saison de golf. Il possédait beaucoup d'argent, bien assez pour assurer la fin de ses jours. Ce serait une retraite à peine prématurée, voilà tout. Gil leva son couteau.

Primo ouvrit un œil.

Vlan ; à l'arrière de la jambe cuivrée, juste au-dessus de la pliure du genou.

Mais la jambe cuivrée n'était plus là et la lame vint heurter le carrelage, expédiant une décharge à travers le bras de Gil et toute sa colonne vertébrale. Quant à Primo, il venait de s'esquiver, filant derrière, déjà presque à la porte. Jamais Gil n'avait vu un homme se déplacer aussi vite. Il plongea dans sa direction, brandissant toujours son poignard vers les jambes. Mais Primo avait un métro d'avance sur lui et, avant que Gil ait pu réagir ou qu'il ait seulement compris ce qui se passait, il avait fait volte-face pour le frapper du pied à l'épaule. Tout était en train de s'écrouler à la vitesse de l'éclair. Le couteau lui échappa, Primo le saisit par le manche et, d'un large geste, lui déchira la poitrine. Gil tomba à la renverse, entre les bancs.

Un objet dur et volumineux amortit sa chute. Le sac à dos. D'un geste douloureux, il en atteignit l'ouverture, glissa la main à l'intérieur. Déjà Primo marchait sur lui, le corps luisant de sueur, la poitrine rebondie par ses muscles ligneux, le visage dur et la mâchoire crispée. Et Gil qui continuait de fouiller entre ses épaules pour libérer un couteau de son étui. Il n'était pas de taille contre cet homme, infiniment plus fort, plus entraîné, plus dur, plus déterminé que lui.

Primo s'accroupit, lui passa le poignard de son père sous le nez. Pendant ce temps, les doigts de Gil s'étaient refermés sur un manche, et il jeta le couteau au jugé, droit devant lui. Par chance, la lame se planta en haut de la jambe de Primo, formant un angle invraisemblable avec l'intérieur de sa cuisse. Pas profondément, puisqu'elle sortait encore sur quinze centimètres au moins.

D'abord surpris, Primo s'immobilisa, regarda. Puis, d'un geste furieux, il sortit l'arme de sa blessure, un énorme couteau de chasse d'une bonne trentaine de centimètres qu'il brandit par-dessus sa tête. Gil se recroquevilla sur le carrelage baigné de vapeur, aveuglé par le liquide épais et chaud qui lui coulait sur le visage, prêt à mourir.

Mais rien ne se produisit. Il s'essuya les yeux, leva la tête. Primo s'était de nouveau immobilisé, pour contempler d'un air presque étonné sa blessure. Du sang, trop verni, trop rouge, jaillissait du trou de sa cuisse pour arroser directement le visage de Gil. L'air las, il s'assit, et ses yeux croisèrent ceux de Gil, toujours à terre.

— Allez chercher Stook, demanda-t-il.

Il l'implorait du regard mais, bientôt, toute expression disparut de ses prunelles vitreuses. Alors il s'effondra pour ne plus bouger.

Gil se leva, récupéra ses couteaux, les rangea dans son sac à dos, enjamba Primo. Un nuage de vapeur rouge le suivit à la porte.

# 25

Bobby Rayburn était assis très droit sur un tabouret dans la salle du vestiaire des visiteurs, évitant de bouger car il savait que le moindre mouvement risquerait de casser l'ambiance, et ce n'était pas le moment avec tous ces journalistes dans les parages. Il gardait les yeux fixés sur le scalp de Burrows qui hochait la tête devant un micro.

Peut-être n'aurait-il pas marqué, peut-être ne marquerait-il plus jamais, mais il n'aurait certainement pas laissé passer cette chandelle. De lointains souvenirs d'enfance lui revenaient en mémoire, avec tous ces gosses qui faisaient exprès de glisser sur la terre ou dans l'herbe, histoire de salir leurs uniformes. Ce qui l'agaça profondément. Il n'en était plus là, justement. Pourtant, il ne pouvait supporter de voir son uniforme immaculé ; de nouveau, il jeta un regard noir vers le crâne dégarni de Burrows.

Qui sait s'il marquerait encore ?

Non loin de lui il y avait Primo, torse nu, couvert de sueur, encerclé de journalistes qui parlaient tous espagnol, certains venus du Mexique, d'autres de Dieu sait où ; c'était toujours comme ça quand on jouait sur cette côte. Et, derrière, Stook qui lui massait les épaules.

— Juste quelques courbatures, annonça celui-ci. Tu n'auras qu'à prendre un sauna pour te détendre.

— Je n'aime pas ce truc-là, maugréa Primo.

— Alors un bain de vapeur. Le résultat sera le même.

Ça suffit, songea Bobby. Il en avait assez de regarder Primo lui voler la vedette. Il commençait d'ouvrir sa chemise, peut-être un peu nerveusement, quand un bouton sauta à travers toute la pièce. Une femme, qui venait d'entrer, l'attrapa au vol et le lui renvoya.

— Jewel ! s'exclama-t-il.

Elle sourit en hochant la tête.

— Du premier coup, observa-t-elle. Je croyais que vous n'aviez pas la mémoire des noms.

Ce qui ne plut pas à Bobby.

— Qu'est-ce que vous voulez ?

— Je vous avais prévenu que j'aurais peut-être quelques questions complémentaires à vous poser et vous avez dit...

*N'hésitez pas à téléphoner.*

— Je sais ce que j'ai dit. Mais je ne m'attendais pas à vous voir ici.

— N'oubliez pas que je suis journaliste. Où vous allez, je vais.

Malgré son dépit, Bobby sentit son sourire revenir. Comme il dévisageait plus attentivement la jeune femme, il crut percevoir, dans son regard, une lueur qui ne parlait plus du tout de base-ball. Beaucoup de gens prétendaient qu'il existait un monde en dehors du sport, et cette femme avait un pied dedans.

— Allons-y, dit-il.

— Où ça ?

— Posez-moi vos questions.

Elle jeta un coup d'œil circulaire. Primo dit quelque chose en espagnol qui fit rire tous ceux qui l'entouraient.

— Si on allait ailleurs ? proposa Jewel. Je vous offre un verre.

*Moi qui ne fais jamais de ronds de jambe à la presse.* Ce fut la première réponse qui lui vint en tête. La bonne. Néanmoins, il dit tout haut :

— C'est entendu.

— Parfait. Vous pouvez prouver que vous êtes majeur ?

Bobby se mit à rire. Quelques instants auparavant, il rêvait de tout casser autour de lui, maintenant, il riait. Il s'arrêta quand il vit que Primo le regardait.

Jewel avait une décapotable. Elle s'arrêta sur les chapeaux de roues devant l'entrée du parking où l'attendait Bobby.

— Jolie voiture, observa-t-il.

— Hertz.

Il s'assit près d'elle.

— Vous me décevez, dit-elle.

— Pardon ?

— J'espérais vous voir sauter par-dessus la portière, pas l'ouvrir.

— Je ne suis plus un lycéen boutonneux.

Elle lui décocha un regard en coin.

— J'aurais bien aimé en être une, observa-t-elle.

Elle accéléra brusquement, juste assez pour faire crisser les pneus.

— Vous n'avez pas fait le lycée ?

— Pas comme vous l'entendez.

— C'est-à-dire ?

Elle ne répondit pas tout de suite, le temps de s'engager sur une rampe pour prendre l'autoroute. Elle roulait vite dans la nuit tiède, les yeux sur la route, les mains correctement disposées, à deux heures moins dix, détendue. Il remarqua ses doigts, petits mais puissants, ses ongles dénués de vernis. Des mains de femme qui travaille, se dit-il. Pourtant, sans savoir pourquoi, il dut faire un effort pour s'en détacher.

Ce fut le moment qu'elle choisit pour articuler :

— Val.
— Val ?
— Valerie, pardon. C'était à elle que vous faisiez allusion en parlant du lycée ?
— Je ne l'ai pas rencontrée au lycée.
— Alors d'autres filles, comme elle. Et tout ce qui va avec.
— Ce n'est pas partout la même chose ?
— Dans mon école, jeune homme, si on ne décochait pas un prix au cours de sciences, on n'était rien du tout.
— Vous avez reçu un prix ?
— Oui, dit Jewel, mais pas en sciences.
— En quoi ?
— En poésie. Tous les ans on décernait le prix du meilleur poème.
— Et qu'est-ce que c'était ?
Elle ne répondit pas tout de suite.
— *Petit traité de versification anglaise.*
— Je voulais dire le poème.
Jewel, qui roulait allégrement à cent trente, se tourna vers lui.
— Une autre fois, dit-elle.
Elle fit un appel de phares à une Ferrari pour lui demander le passage et la doubla sans vergogne.
— Où va-t-on ? demanda Bobby.
— Dans un coin que je connais.
— Où ?
— C'est vrai, j'avais oublié que vous aviez habité par ici.
— Je n'aurais jamais dû en partir.
Il n'avait pu s'empêcher de le dire. Pourtant, elle semblait ne pas avoir relevé. Il en eût été persuadé n'était la légère crispation des mains sur le volant.

Elle l'emmena dans un ancien relais en pleine montagne, qui dominait toute la vallée d'un côté et l'océan de l'autre.

— Ça fait penser à Raymond Chandler, vous ne trouvez pas ?

Ils venaient d'abandonner la décapotable à un voiturier et traversaient un chemin bordé de sapins. Bobby, qui se demandait incidemment s'il ne ferait pas aussi bien d'aller s'engager dans une équipe japonaise, où le public, au moins, adulait ses champions de base-ball, répondit sans conviction :

— Ah... Je ne vois pas...

— Mais si, dans *Adieu ma jolie*.

— Je croyais que c'était Robert Mitchum.

Elle éclata de rire et lui prit la main :

— J'ai soif ! annonça-t-elle gaiement.

Quelques pas plus loin, elle le lâcha mais il garda longtemps la sensation de ce contact.

Ils prirent place dans des fauteuils en osier sur une terrasse qui dominait la cime des arbres et, au-delà, le Pacifique. Non loin d'eux, un porc en broche achevait de griller dans de délicieuses odeurs de viande rôtie. Une petite bougie brûlait entre eux, qui faisait monter des effluves d'eucalyptus.

Un serveur en chemise blanche et lacet-cravate apparut.

— Du champagne, ça vous va, Bobby ? proposa la jeune femme.

Il acquiesça bien qu'il eût préféré de la bière. Elle commanda, prononçant une marque française avec un accent qui semblait bien français.

— Vous ne prenez pas un petit risque, en demandant du champagne ? s'enquit-il lorsqu'ils se retrouvèrent seuls.

— Pourquoi ?

— Et si je renversais tout autour de moi ?

Elle se remit à rire.

— Je suis sûre, Bobby, que vous n'êtes pas bon qu'en base-ball.

Il n'en était pas sûr du tout lui-même et préféra ne pas répondre. Sans doute lut-elle dans son esprit car elle ajouta :

— Sinon, nous ne serions pas ici en train de bavarder.

Le serveur revint, déboucha la bouteille devant eux, emplit les flûtes. Jewel leva la sienne :

— Je le préfère bien frappé, dit-elle.

— J'aimerais mieux qu'on ne parle pas de base-ball.

Elle sourit.

— Je ne parlais pas de base-ball.

Redevenue sérieuse, elle demanda :

— Et de quoi voulez-vous parler ?

*De vous,* eut-il envie de répondre. Elle n'avait rien de ces pouffiasses d'hôtel avec lesquelles il passait la plupart de ses nuits. Elle, c'était une... quoi ? Il se sentait bien incapable de le dire.

Elle but une longue rasade avant de reprendre :

— Vous vous entendez bien avec Wald ?

— Ça fait partie des questions ?

— Oui.

Il eut une moue d'incertitude.

— C'était un frère.

— Un frère ?

— Un étudiant de mon université. Je ne le connaissais pas très bien, à l'époque, il était deux ou trois années au-dessus de moi. Et puis assez...

— Bête ?

— J'allais dire *nouille.* Mais vous ne mettrez pas ça dans votre article.

— Bien sûr que non. C'est drôle comme les nouilles d'autrefois deviennent les promoteurs d'aujourd'hui.

Bobby se rembrunit.

— Chaz n'est pas un promoteur. C'est mon agent.

— Savez-vous combien d'autres clients il a ?

— Euh... oui, Boyle, déjà.

— Primo ?

— Non.

Bobby posa sa flûte.

Jewel en fit autant.

— J'ai effectué quelques recherches. Charles Wald a déjà vingt-trois clients rien que pour le base-ball, dont seize dans les plus grandes formations. Ça n'en fait pas un promoteur ?

— Non, c'est juste un agent.

Pourtant, au souvenir des quatre piliers, il ne savait plus trop que penser.

— Il y a des chances qu'il gagne plus d'argent que vous, Bobby.

Il en resta bouche bée, reprit sa flûte qu'il vida. Il s'aperçut alors que la jeune femme le regardait de son air pénétré, la tête légèrement penchée.

— Pourquoi voulez-vous changer de club ?

Elle le dévisageait comme si elle essayait de lire la réponse dans ses seules réactions. Il fut tout d'abord surpris de cette question, puis furieux, puis inquiet.

— Qui vous a dit ça ?

Elle remplit leurs flûtes. C'était trop facile. Non que Bobby fût idiot, seulement elle était femme, et lui, comme souvent dans ces cas-là, rien qu'un gamin. C'était peut-être bien ce qui l'attirait le plus en lui, et dans le base-ball en général. Mais, pour le moment, cette inégalité la mettait plutôt mal à l'aise.

— Ce sont des rumeurs, lâcha-t-elle en hâte.

N'empêche qu'elle insista :

— Est-ce que cette décision a quelque chose à voir avec Primo ?

— Je ne vois pas de quoi vous voulez parler.

Et encore :

— Est-ce parce qu'il nous fait cette superbe saison alors que vous restez en rade ?

Bobby chassa cette suggestion d'un geste de la main qui envoya sa flûte s'écraser sur les dalles. Il n'en éleva pas moins la voix :

— Je ne reste pas en rade. Ce sont eux qui m'envoient de mauvaises balles.

Ce soudain emportement ne parut pas la frapper ; au contraire, il ne faisait que confirmer qu'elle était sur la bonne voie.

— Parfois, continua-t-elle, on se demande si jamais vous marquerez encore.

Elle s'attendait à une nouvelle manifestation de contrariété, une exclamation, un autre geste désordonné, mais rien. C'est alors qu'à la lumière de la bougie, elle vit qu'il avait les yeux pleins de larmes ; sans vraiment couler, elles les faisaient briller. Ce fut cette réaction qui déstabilisa la jeune femme.

— Excusez-moi, souffla-t-elle.

Elle se leva en hâte pour se rendre aux toilettes où elle se passa de l'eau sur le visage ; la glace lui renvoyait une physionomie dure qui ne faisait que camoufler les incertitudes de Janie. Elle découvrit également un nouveau cheveu blanc, qu'elle arracha. Lorsqu'elle revint à sa table, Bobby buvait une bière, les yeux secs. Il s'efforça même d'en chasser toute expression quand elle s'assit. Mais Jewel ne voulait plus le bousculer. Elle n'avait pas besoin de lui pour remplir les blancs de son article.

— On part ? proposa-t-elle.

Il acquiesça et elle paya. Impulsivement, elle emporta la bouteille de champagne à moitié pleine, avant de regagner la voiture. Impulsivement... du moins se le disait-elle...

Elle suivit la route étroite qui conduisait à un canyon ; elle ne conduisait plus vite du tout ; peut-être parce qu'ils étaient seuls dans cette nuit calme. Elle ralentit encore, ce qui lui permit d'apercevoir un terre-plein sur le bas-côté. Sans plus réfléchir, elle s'y gara, entre deux rochers posés là comme des sentinelles, au bord d'un ravin noir. Sans plus réfléchir... du moins se le disait-elle...

Dans le lointain scintillait l'autoroute côtière peuplée des vers luisants de la circulation. Ensuite apparaissait la bordure blanche de l'océan et puis l'infini. Jewel sentit que Bobby la regardait.

— Noir comme la nuit, murmura-t-elle.

« Mon cœur, noir comme l'anthracite
Noir comme l'as de pique
Comme l'humour le plus noir,
Cœur au cœur de mon cœur,
Viens m'apporter l'amour. »

Un ange passa.

— C'est de qui ? demanda enfin Bobby.

— C'est le début de mon poème. Celui qui a gagné le prix.

— Vous me faites peur.

Elle se mit à rire.

— Il n'y a vraiment pas de quoi !

Pourtant, elle tremblait. D'un seul coup, elle lui passa un bras autour du cou et l'embrassa sur la bouche. Il la laissa faire, quoiqu'il en parût presque intimidé. Ce qui la surprit.

Mais pas plus que les paroles qu'il prononça ensuite :

— C'est pour rattraper le temps perdu au lycée ?

— Vous êtes très perspicace pour un joueur de base-ball.

Elle l'embrassa de nouveau, éprouvant la force de son corps, la nuit claire et tendre qui les enrobait, le ravin si proche ; tout conspirait à rendre son humeur plus mélancolique.

— Déshabillez-vous, dit-elle.

Il obéit.

Elle découvrait ce magnifique corps aperçu à la piscine et entrevu dans les vestiaires mais, jamais, jusque-là, qu'avec des yeux de journaliste. Ce soir, c'était autre chose. Malgré la pénombre, elle le discernait enfin.

Avec délectation, elle posa les lèvres sur son torse puis descendit doucement, à la suite, sans doute, de tant de femmes et de filles cette saison. Seulement elle ne voulait pas être comparée à elles (faisaient-elles aussi peu l'amour qu'elle, une fois l'année passée, pas du tout les deux années précédentes ?) tout en désirant quand même continuer ce qu'elle avait entrepris. Déjà, elle se sentait au bord de l'explosion, ce qui ne lui ressemblait guère.

Ce fut Bobby qui l'arrêta, lui souleva le menton pour l'attirer vers ses lèvres. Il la contemplait d'un regard indéfinissable dont elle décida de remettre le décodage à plus tard. D'ailleurs, ses propres prunelles ne devaient refléter qu'un violent désir.

— Toi aussi, dit-il.

— Moi aussi quoi ?

— Tes fringues.

— Non.
— Si.
Il l'aida. Elle se laissa faire.
— Pas mal pour une vieille dame, observa-t-il.
— Ça, c'est une provocation !
— En voilà une autre.
Ils se retrouvèrent à l'arrière de la voiture, sous le ciel constellé d'étoiles. C'était la première fois que Jewel faisait ainsi l'amour, comme une écolière en rupture de bonne conduite et cela lui donnait l'impression, si ce n'était l'illusion, que les choses se remettaient en place, que sa vie reprenait un sens. Alors elle se laissa aller, s'abandonna sans retenue.
Enfin rassasiés l'un de l'autre, ils se rhabillèrent et demeurèrent longtemps enlacés à l'arrière de la décapotable. Ce fut là que Bobby la surprit encore :
— On se reverra ?
Pour une surprise, c'était une bonne surprise, encore qu'elle ne voulût pas réfléchir à tous ces problèmes à la fois : comment se revoir quand ils menaient des vies si disparates ? Et puis, elle préférait ne pas céder au romantisme du moment. Elle avala une goulée de champagne à même la bouteille, avant de la secouer pour répandre autour d'elle en douche le vin qui pétillait encore.
— Je l'aime frappé, s'écria-t-elle, mais aussi en double, en triple et en circuit...
— A double sens ? renchérit Bobby.
— Dans tous les sens que tu voudras.
Finalement, ils n'étaient pas si mal assortis que ça. Elle envoya la bouteille valser par-dessus les moulins.

# 26

Quatre heures et quart du matin mais, en ouvrant la porte de sa chambre au Palacio, Bobby Rayburn ne se sentait pas fatigué du tout, plutôt d'humeur légère, vive et gaie. Ça ne dura pas. Un homme était assis devant son bureau, vêtu d'un costume et d'une cravate noirs, une pizza entamée devant lui.

— Monsieur Rayburn ? Je suis inspecteur de la police de Los Angeles. Ça vous ennuierait de me dire d'où vous venez ?

Bobby commença par se demander si les Sox n'avaient pas ordonné de couvre-feu. En tout cas, Wald ne lui en avait rien dit. Pour autant, il trouvait un peu exagéré qu'on lui envoie un flic le rappeler à l'ordre.

— Oui, rétorqua-t-il, ça m'ennuierait. De quel droit vous vous introduisez dans ma chambre ?

De sa main libre, l'inspecteur sortit une enveloppe de sa veste.

— Du droit de ce mandat signé par un juge au-dessus de tout soupçon.

Il la tendait à Bobby qui ne fit pas un geste pour la prendre. Le flic enfila un dernier morceau de pizza dans sa bouche, se lécha les doigts qu'il essuya à sa veste et se leva. Il était petit et rond, le visage mangé par une barbe d'un jour, les yeux cernés.

— Je vous accompagne au commissariat, dit-il.

— Où ça ?

— Au commissariat, on pourra y discuter plus tranquillement.

— Vous voulez rire ?

L'inspecteur parut surpris, cligna des yeux.

— Pourquoi ça ?

— Vous êtes idiot ou vous le faites exprès ? Quand on fixe un couvre-feu à une équipe c'est uniquement pour que les joueurs passent une bonne nuit de sommeil. Bon, me voilà, prêt à me coucher. Et vous voulez m'emmener ailleurs ? Vous feriez mieux de décamper maintenant ; filez donc rapporter à Burrows que j'ai été un vilain garçon, ça leur donnera l'occasion de me coller à l'amende.

L'inspecteur se rassit, perplexe. Il demeura un instant sans rien dire.

— Monsieur Rayburn ? reprit-il.

— Quoi, encore ?

— Vous n'auriez pas pris un bain de vapeur ce soir, par hasard ?

Bobby commençait à s'énerver.

— Et puis quoi encore ? Pas de bain de vapeur après un match ? Vous ne me demandez pas si j'ai dit mes prières, pendant que vous y êtes ?

L'inspecteur cligna encore des yeux. Ce devait être un tic.

— Reprenons.

— Très bien.

— Quand avez-vous vu Primo pour la dernière fois ?

— Ce connard ? Est-ce que je sais ?

En fait, il le savait très bien : aux vestiaires du club invité, après le match. Il se rappelait également avoir entendu Stook conseiller à Primo de prendre un bain de vapeur pour son épaule ou quelque chose comme ça. Il se radoucit quelque peu.

— Oui, c'était au club. Pourquoi ?

— Voilà précisément qui nous ramène à ma première question, monsieur Rayburn.

— Laquelle ?

— Pourriez-vous me dire d'où vous venez ?

— Ah oui ! Mais ça ne vous regarde toujours pas.

L'inspecteur se releva.

— Alors allons-y.

— Où ?

— Au commissariat, comme je vous l'ai déjà dit.

— Pourquoi ? Il s'est passé quelque chose ?

— En effet, tout au moins si vous considérez qu'un coup de couteau à Primo signifie quelque chose.

— Ô mon Dieu ! Il va s'en tirer ?

Le flic secoua la tête.

— Ça veut dire quoi ? demanda Bobby.

— Qu'il est mort, monsieur Rayburn.

A son tour, Bobby s'assit, au bord du lit.

— Je ne comprends pas.

— Qu'est-ce que vous ne comprenez pas ?

— Rien du tout. Pourquoi vous m'interrogez.

— Comment cela ?

— Pourquoi vous me demandez où j'étais.

— C'est pourtant simple. Nous avons entendu dire qu'il existait une sérieuse rivalité entre vous, que vous vous êtes même battus dans un bar.

— Qui vous a dit ça ?

L'inspecteur sourit, révélant une double rangée de dents mal alignées.

— Je pense que nous pourrions beaucoup mieux discuter de tout ça au commissariat.

Bobby n'aimait pas du tout la tournure que prenaient les choses.

— Je suis sorti boire un verre.

— Où ?

— Je ne saurais pas vous dire comment s'appelle l'endroit. Quelque part, sur la côte.

— Quelqu'un pourrait-il corroborer vos dires ?

Bobby hocha la tête.

— Qui est cette personne ?
— Une journaliste.
— Son nom ?
Bobby le lui dit.
L'inspecteur parut se détendre.
— Je l'ai vue à la télé l'autre jour. Elle est excellente. Vous savez où je pourrais la trouver ?
— Maintenant ?
— Que oui.
— Elle est descendue à l'hôtel.
— Celui-ci ?
— Non, celui de l'aéroport.
— Vous permettez que j'utilise votre téléphone ?
Bobby ne répondit pas, ce qui n'empêcha pas le policier d'aller décrocher, de composer un numéro. Il dit allô, posa quelques questions, écouta longuement, puis se retourna vers Bobby.
— Bon, c'est fini pour le moment. J'espère que je ne vous ai pas trop dérangé.
Il se dirigea vers la porte, s'arrêta.
— Au fait, vous auriez le temps de me donner un autographe ? Mon fils est un de vos fans.
Bobby signa l'enveloppe qui contenait le mandat.
— Mince ! s'exclama l'inspecteur en montrant ses horribles dents. Merci mille fois !

L'équipe fut réunie, cet après-midi-là, dans une salle de conférences de la ville. Personne ne manquait à l'appel, ni les joueurs, ni les entraîneurs, ni Burrows, ni Thorpe, le président, ni Hakimora, le propriétaire, ni les avocats et autres conseillers de la ligue.
C'était le président qui avait pris la parole.

— Devant cette... terrible situation, la ligue nous a autorisés à reporter le match de ce soir. Nous avons le choix entre doubler une journée de septembre ou bien jouer quand même. Tout ce qu'ils demandent, c'est que nous leur donnions notre décision avant quinze heures trente. Ce qui nous laisse...

Il consulta sa montre.

— ... exactement une demi-heure.

Il posa un long regard sur les assistants.

— Personne ne vous bouscule, les gars. C'est à vous de choisir.

— Je ne veux pas jouer, lança Zamora.

— C'est bon, Pablo, dit Thorpe. On ne vous y obligera pas. Seulement il s'agit de savoir si le match doit avoir lieu ou non.

Thorpe inspecta de nouveau l'assemblée ; les avocats, le propriétaire, les entraîneurs ne pipaient mot. Quant aux joueurs, ils gardaient la tête basse.

— Quelqu'un a quelque chose à dire ? insista-t-il.

Personne ne réagit. Il y avait plusieurs micros dans la salle, tous silencieux. Par la baie vitrée, certains virent passer un goéland qui s'éloigna en piaillant. Ce fut à peu près le seul bruit qu'ils entendirent jusqu'au moment où Bobby leva le doigt.

— Oui, Bobby ?

Tous les regards se portèrent sur lui.

— Je crois qu'on devrait quand même jouer.

Zamora laissa échapper un glapissement d'indignation.

— Pourquoi ? demanda Thorpe.

Bobby réfléchit. Il savait qu'il avait une excellente raison à exposer mais il avait parlé avant de découvrir en quoi elle consistait au juste. Il se tourna vers

Zamora qui le fixait de ses petits yeux rouges et furieux. Bobby releva le doigt.

— Ce n'est pas parce que Primo l'aurait voulu, ou quelque chose comme ça. J'ai horreur de ce genre de conneries. Et puis ça... ça ne collerait pas avec le reste.

Washington émit un grognement.

— Mais, poursuivit Bobby, c'est notre boulot, on est là pour ça. Alors on doit faire ce qu'on a à faire. Ce qui ne nous empêchera pas de finir la saison en jouant avec lui, en pensée, si on veut. Ça nous aidera peut-être un peu.

Un lourd silence s'appesantit de nouveau sur la salle. Bobby contemplait ses chaussures. Il aurait mieux fait de la fermer... il était nouveau dans cette équipe, il n'avait pas apporté beaucoup de points et en plus il avait cassé la gueule de Primo. Il cherchait comment s'excuser quand Odell se leva.

C'était le porte-parole des joueurs.

— C'est tout ? demanda-t-il d'une voix cassée.

Personne ne réagit plus.

— Bon, conclut-il, alors on va voter. Juste les joueurs. Entre nous.

Les avocats, le propriétaire, le président, les entraîneurs quittèrent la salle. Lanz ferma la porte derrière eux.

— Tout le monde est d'accord pour jouer ce soir ? demanda Odell.

Tous levèrent la main, sauf les Hispaniques. Zamora avait les yeux encore plus rouges mais paraissait moins en colère.

— On jouera pour lui ?

Odell fit oui de la tête.

Alors Zamora leva la main, imité des autres Hispaniques.

Odell fit signe à Lanz de rouvrir la porte.

— Attendez, dit Washington en se levant.

C'était le plus grand et le plus fort de l'équipe, mais aussi un pasteur dans un bled perdu au fin fond du Sud profond.

Tous se levèrent et se prirent les mains en cercle avant de baisser la tête. Bobby tenait d'un côté celle de Simkins, de l'autre celle de Zamora. Il ne connaissait aucune prière et se contenta de dire intérieurement : *Je te détestais, Primo, mais pas au point de vouloir ta mort.* Il se le répéta plusieurs fois, jusqu'à ce que Washington décrétât :

— Amen.

Odell se tourna vers Lanz.

— Vas-y. Fais entrer les huiles.

Ce qui eut pour effet de leur arracher à tous un sourire. Certains, même, pouffaient quand les huiles firent leur entrée, stupéfaits de les trouver subitement de si belle humeur.

En fin d'après-midi, un nombre incalculable de policiers se bousculaient déjà au stade, certains à cheval, du côté du parking, d'autres équipés d'armes d'assaut devant le club, sans parler de ceux qui s'étaient répartis à travers les gradins. Mais Bobby n'y prêta guère attention. Il ne vit que les balles que lui envoyait Lanz et qu'il frappait sans le moindre effort, les expédiant à cent mètres et plus. Il avait presque l'impression que le terrain avait rétréci, qu'il jouait dans une équipe de petits.

Tout d'un coup, il n'avait plus besoin de se concentrer, de se détendre, de penser à ce feu qui brûlait dans l'âtre ni à libérer toute sa tension ou à vous-voyez-une-balle-de-base-ball et autres âneries du même tonneau. Il attrapait toutes les balles, point final.

Mais on n'était qu'à l'entraînement.

Quand il revint à l'abri, personne ne s'y trouvait, à part Burrows qui affichait la liste des frappeurs pour le match du soir. Bobby n'eut pas besoin de s'en approcher davantage pour voir qu'il ne s'y trouvait pas et il en éprouva un véritable éclair dans l'estomac. Il n'y avait strictement rien à dire, pourtant. Cela faisait partie du jeu.

Néanmoins, il ne put s'empêcher d'ouvrir la bouche. Juste pour articuler deux mots :

— Et moi ?

Burrows se retourna, le regarda. Bobby ne quittait pas la liste des yeux ; c'est alors que Burrows l'enleva du mur et rentra dans le tunnel qui menait aux vestiaires. Quand il revint, Bobby était inscrit en troisième à la batte.

Les chemises arrivèrent juste avant le match. Un petit numéro onze, entouré de noir, avait été cousu sur la manche droite de chaque joueur. Bobby contempla la sienne cinq ou dix secondes avant de l'enfiler.

Son tour venu, Bobby regarda la balle arriver vers lui, légèrement à l'extérieur. Cependant, il frappa quand même. Il ne pouvait se permettre d'attendre. Il ne sentit pas du tout l'impact mais la vit pourtant filer droit dans le ciel et y rester, comme le goéland derrière la baie de la salle de conférences, avant de descendre lentement, en arc de cercle dans les tribunes du champ droit.

En courant vers les bases, il savait que toutes ses difficultés passées n'avaient rien à voir avec un trèfle à quatre feuilles perdu, ni un enfant malade à l'hôpital, ni même avec le numéro onze. C'était exactement ce qu'il avait appris cette nuit : il existait un monde en dehors du base-ball, et peut-être même une multitude d'autres mondes. Il n'avait pas besoin de tout ce cinéma, ni du base-ball. Il était libre. Le troisième base s'écarta comme il contournait le coussin.

Il marqua tellement de points qu'il vit, de l'abri, Zamora lui envoyer des signes de victoire.

Après le match, il demeura longtemps sous la douche, laissant l'eau lui masser le dos, la faisant couler aussi chaude qu'il pouvait le supporter. Quand il en sortit, journalistes, joueurs, entraîneurs, tout le monde était parti. Sauf Stook.

— Bien joué, mon gars !

— Merci.

— Comment vont les côtes ?

— Aussi bien que les vôtres.

— Ah oui ? Alors il va falloir vous faire bien soigner.

Bobby sortit dans le corridor. Une fille attendait dans la pénombre. Non, une femme. Jewel. Il se dirigea vers elle. Elle recula. L'expression qu'il lui devina ne laissait pas soupçonner une seconde ce qui s'était passé entre eux la nuit précédente. Il s'avisa qu'il ne la connaissait encore pour ainsi dire pas.

— Salut ! lança-t-il.

— Dis-moi tout, répondit-elle. Je veux que tu me racontes la vérité, parce que, de toute façon, je l'apprendrai tôt ou tard. Tu y es pour quelque chose ?

— Evidemment.

Elle n'avait déjà pas l'air aimable et cela n'arrangea rien.

— Je n'y voyais pas de mal, continua-t-il. D'ailleurs, on a tous voté, alors ne me tombe pas dessus.

Elle en resta bouche bée.

— Ça peut paraître bizarre pour quelqu'un de l'extérieur, ajoutait-il, mais c'est comme ça chez nous. Je ne peux pas t'ex…

Elle se rapprocha, lui posa un index sur la bouche. Elle souriait, tout d'un coup. Pas de doute, il ne comprenait strictement rien.

— J'ai soif, tu sais.

— Encore ?

— Je meurs de soif.

Il ne comprenait toujours rien mais, au moins, eut-il un éclair de malice :

— Je peux prouver que je suis majeur.

## 27

— Que dire de plus, Bernie ?

— Je ne sais pas, Norm, c'est une véritable… véritable tragédie.

— C'est le mot. Que faut-il en conclure, et c'est une question qui m'obsède, que faut-il en conclure sur le monde dans lequel nous vivons, Bernie ?

— Rien de bon, Norm. Mais je pense qu'il vaudrait mieux attendre d'en savoir un peu plus avant de porter un jugement quelconque. En toute équité.

— Tout à fait, Bernie. Pour le moment, on nage encore en plein brouillard. Pas plus tard qu'il y a cinq minutes, on annonçait sur CNN que les autorités pencheraient pour une conspiration venue du

Mexique, qu'il y aurait une relation avec les ennuis que rencontre la famille de la femme de Primo...

— Une très, très jolie femme...

— ... oui, mais très engagée politiquement. Son frère, ou son beau-frère, travaillerait pour le parti en place, dont le nom m'échappe pour le moment. Fred, tu connais leur nom ? P... quelque chose. Fred va nous trouver ça. Il n'y en a pas pour longtemps.

— Il n'empêche que c'est une véritable...

— ... tragédie.

— Je ne sais pas que dire d'autre.

— Je crois que nous avons dit tout ce qu'il y avait à dire.

— Moi aussi. Et puisqu'il nous reste encore quelques minutes avant l'heure...

— Si on passait aux appels téléphoniques ?

— Pourquoi pas ? Justement, nous avons Gil en ligne. Gil ?

— Salut, tout le monde.

— D'où appelles-tu, Gil ? Au moins de la Sibérie, non ?

— D'aucun endroit en particulier.

— Qu'est-ce que tu nous racontes ?

— Des tas de choses.

— La communication est mauvaise, comme je viens de le dire, Gil. Dépêche-toi.

— Cette... histoire.

— Tu parles de la tragédie de Primo ?

— Je me posais des questions.

— A quel sujet ?

— Par exemple, s'ils vont rendre son numéro à Bobby Rayburn.

— Je ne te suis pas très bien, Gil.

— Onsay.

— Pardon ?

— Onze. Celui qu'il a porté toute sa carrière. Pas ce stupide quarante et un.

Silence.

— C'est une question plutôt bizarre, Gil.

Silence.

Quelques jours plus tard, dans le bar de l'aéroport, Gil tomba sur un résumé du premier match post-Primo à la télévision. En voyant Rayburn envoyer la balle hors du stade, il frappa sa table d'un coup de poing triomphant, comme si c'était lui qui venait d'accomplir cet exploit. Dans un sens, d'ailleurs, c'était tout comme. Il faisait désormais partie de l'équipe.

Il tapa encore sur sa table lorsque Rayburn frappa la deuxième balle, mais moins fort. La première fois, il avait rouvert sa blessure, senti son sang couler sous le bandage dont il s'était enveloppé. Elle ne le handicapait pas beaucoup, d'ailleurs. L'autre avait bien dû se défendre. Gil n'avait pas vraiment voulu en arriver là mais, mis au pied du mur, il avait dû prendre les choses en main. Question de professionnalisme. Abandonnant son verre de Cuervo Gold sans y avoir touché (il ne prenait plus autant de plaisir à boire de la tequila), il vida une dernière bière et ne ressentit plus sa douleur.

Non pas une douleur physique. Emotionnelle : c'était autre chose. Parce qu'il avait beau faire partie de l'équipe, personne ne le savait. Enfin, *douleur* c'était peut-être un bien grand mot. *Confusion* convenait mieux. Il ferait bien de mettre de l'ordre dans ses idées. Sur le panneau d'affichage, il vit que le vol qu'il attendait était annoncé et il descendit à la réception des bagages.

Derrière le panneau de verre, une caméra de télévision près de lui, Gil regardait l'équipe descendre un escalier roulant. Ils avaient l'air assez fatigués et abattus, mais pas malheureux. Il les comprenait. D'un côté il y avait cette histoire de Primo, de l'autre ils rentraient après avoir écrasé leurs adversaires de la côte Ouest.

Et Bobby Rayburn avait fait des étincelles. Seize en vingt et un au cours des six derniers matches, avec sept coups de circuit et quinze RBI. Les résultats d'un mois en une semaine, comme le disait le commentateur. A ces mots, le cœur de Gil avait bondi. Il bondit autant en apercevant Rayburn se diriger vers le tapis roulant.

« Bravo, Bobby Rayburn ! » lança-t-il intérieurement.

S'il y avait eu d'autres fans, il aurait peut-être pu le crier avec eux, mais il était le seul ; on n'était qu'en juillet, cependant Gil était bien placé pour savoir que l'équipe tiendrait au même rythme jusqu'en octobre.

Bobby passa la porte armé de ses bagages. Des bagages tout ce qu'il y avait d'ordinaire, remarqua Gil, déçu. Il aurait pu se donner un peu plus de mal. Un journaliste lui posa une question en lui brandissant un micro au visage et Gil l'entendit répondre :

— On va devoir continuer, c'est tout.

— En ce qui concerne vos propres performances, interrogea le journaliste, on a l'impression que vous voilà revenu au bon vieux temps.

De nouveau, il lui balança le micro à la figure.

— Ce sont des choses qui arrivent, rétorqua Bobby.

Et il s'en alla.

Il passa juste devant Gil, à moins de deux pas. Celui-ci ne put s'empêcher de sourire de toutes ses dents mais Bobby sortit sans le regarder, suivi de cet effluve de shampooing à la noix de coco pour lequel il faisait de la publicité. Gil se promit d'en acheter.

Une canne à pêche dans une main, son sac à dos sur l'épaule, les cheveux fraîchement lavés au shampooing à la noix de coco, Gil parcourait une plage immense, parfois sablonneuse, parfois peuplée de galets. La mer était d'un bleu profond ; à l'horizon, une voile rouge filait vers l'est. Au bout de la plage, s'élevaient des maisons, séparées les unes des autres par de larges pelouses, de hautes palissades et des buissons parfaitement coupés. Gil s'arrêta quand il crut avoir trouvé celle qu'il cherchait.

Au contraire des bagages de Bobby, sa maison avait fière allure. Grande, architecturale, étincelante, elle présentait des cheminées, des arches, des balcons, des terrasses et une piscine qui scintillait dans le soleil. Deux rangées de cèdres marquaient les limites de la propriété jusqu'à la plage. Quelques branches mortes avaient besoin d'être élaguées, et la pelouse d'être tondue, sinon, tout cela respirait une sorte de perfection dans l'art de vivre. Immobile et paisible. Gil regardait sans se lasser, perdant toute notion de temps.

Alors un mouvement attira son attention. Près de la piscine, une jambe nue, une jambe de femme, s'étirait dans l'air tiède. Ses ongles rouges captaient le soleil. Gil les voyait depuis la plage. Il longea la mer jusqu'à la rangée de cèdres suivante et plongea derrière le tronc le plus proche.

De cet angle, il voyait mieux la femme, dans son transat, équipée d'une casquette de base-ball, d'énormes lunettes noires et d'un minuscule maillot de bain, à moins qu'elle n'en portât pas du tout ; ce détail échappait à Gil. Il s'avança vers la pelouse, en progressant d'un tronc après l'autre, silencieux comme un voyageur de commerce, de retour chez lui à l'improviste. Une seule fois, il dérangea un corbeau qui s'envola en croassant. La femme suivit l'oiseau des yeux et Gil la reconnut en se basant sur les nombreuses photos d'elle parues dans la presse sportive : Valerie Rayburn. Il se rapprocha, constatant au passage qu'elle ne portait que le bas de son deux-pièces, pour ne s'arrêter qu'au tronc le plus proche, celui après lequel il eût dû se découvrir. Alors il s'accroupit derrière une branche, l'esprit vide de toute pensée.

Quelque part, non loin de là, une radio égrenait ses reportages. Sans hurler elle restait clairement audible :

« … vient de la manquer, à l'intérieur. Boyle passe derrière le monticule. Il la voulait, cette pastille. Deux à deux. Il va toucher le caoutchouc… »

Valerie Rayburn leva l'autre jambe, l'étira en soupirant. Une longue jambe droite et bronzée comme on en voyait dans les magazines. Val faisait une parfaite épouse de champion. Gil ne pouvait la quitter des yeux, et pas seulement parce qu'elle l'excitait. Rien à voir avec Lenore ou la gonzesse de Boucicaut, dont il avait déjà oublié le nom. Celle-ci était belle, si belle qu'elle suscitait bien autre chose que le simple désir.

Les portes-fenêtres de la maison s'ouvrirent sur un homme en costard portant un énorme requin blanc gonflable. Val le vit mais n'esquissa pas un geste pour se couvrir. L'homme traversa la terrasse, s'approcha des planches qui bordaient la piscine. Gil ne voyait pas du tout de qui il pouvait s'agir.

— Sean fait sa sieste ? demanda-t-il.

— Elle l'a mis au lit il y a dix minutes.

— Où est-elle ?

— Je lui ai donné son après-midi.

L'homme sourit, déposa le requin et se pencha sur la jeune femme dont il caressa doucement un sein du dos de la main.

Elle se mit à ronronner. Alors il s'agenouilla.

La radio continuait son reportage avec le même enthousiasme. Gil avait beau chercher des yeux, il ne la trouvait nulle part.

Pendant ce temps, Val et l'homme s'étaient déshabillés pour ne garder que leurs lunettes de soleil ; ils s'allongèrent sur une serviette au bord de la piscine.

— Oh, Chaz ! murmura-t-elle.

Gil écarta les branches pour mieux voir.

Le Chaz en question perdait ses cheveux et paraissait plutôt sous-équipé côté bijoux de famille. Comment une telle femme pouvait-elle avoir envie de baiser cet avorton, surtout quand elle était mariée à un Bobby Rayburn ? Gil n'y comprenait rien. Pourtant, elle poussait des gloussements d'extase et enroulait ses belles jambes autour du dos flasque.

« … et la foule se ranime à l'arrivée de Rayburn. Lui seul peut leur donner le point… »

Val posa les jambes sur les épaules de Chaz qui se mit à transpirer comme un phoque.

— Oh, Chaz ! Je…

Gil crut qu'elle allait dire « Je t'aime », mais elle n'acheva pas sa phrase.

« ... et le voilà qui lance. Bobby swingue et cogne, une magnifique balle courbe... »

Val accompagnait avec ardeur les mouvements de son amant.

« ... la voilà. Bobby swingue. Elle est longue et s'en va en profondeur vers le champ gauche, elle file, elle file. Quel as, ce Bobby Rayburn !... »

— C'est pas vrai ! maugréa Chaz sans s'arrêter.

A ce moment-là, Gil comprit que le match était retransmis en direct.

— Tu n'as pas encore joui ? demanda Val.

— Non, pas encore.

Il continuait de plus belle mais Gil sentait que son ardeur n'y était plus.

— Tu ne peux pas éteindre ce machin ?

— Les boutons sont à la cuisine. Allez, Chaz, je suis prête, ne me laisse pas en rade.

Il glissa une main entre eux.

— Oh, Chaz, ça y est !

— Moi aussi.

Et ils y parvinrent mais l'ardeur n'y était plus.

« ... Bobby Rayburn nous fait le troisième point en bouclant lui-même son circuit... »

Chaz et Val roulèrent dans la piscine pour s'en aller nager chacun de son côté. Il resta barboter un moment pendant qu'elle sortait, s'enveloppait dans une serviette et rentrait dans la maison. Peu après, il sortit, s'essuya, se rhabilla, costume, cravate rouge et noir, qui rappelait à Gil celle que lui-même avait perdue sur la route, et suivit la jeune femme, abandonnant le requin gonflable au bord de la piscine.

« ... crois que nous avons Jewel Stern sur le terrain. Jewel, est-ce que tu m'entends ? »

« Tout à fait. Je suis près de Bobby Rayburn. Bobby, j'ai l'impression que tout le monde se pose... »

La radio s'éteignit.

Le calme retomba. Gil s'assit derrière son cèdre. Il crut entendre une voiture démarrer et s'en aller. Le soleil commença à baisser tout en continuant de briller violemment sur la mer. Une brise se leva, qui ramena les cèdres à la vie et donna la chair de poule à Gil ; tout comme Val et Chaz, il avait transpiré, mais pas pour les mêmes raisons : il venait d'avoir une idée.

Au début, elle lui parut riche de possibilités mais, très vite, il se mit à douter de son efficacité. D'abord, il manquait de renseignements, sur Chaz, sur Val, sur Bobby, sur leurs relations à tous les trois. Aussi l'idée lui parut-elle de moins en moins bonne.

Et tout d'un coup, comme dans le bain de vapeur, il eut de la chance. Les portes-fenêtres s'ouvrirent de nouveau, cette fois sur un petit garçon en short, plus jeune que Richie mais nettement plus costaud et gracieux. Gil se releva, s'accroupit derrière son cèdre.

Le gamin aperçut le requin blanc et se précipita dessus. Un coup de vent, monté de l'océan, tordit les branches des arbres, souleva le bas du pantalon de Gil et envoya le requin dans la piscine, à l'instant où l'enfant l'attrapait. Le jouet se mit à flotter doucement, à portée du petit qui s'agenouilla et tendit le bras pour tenter de le récupérer. Enfin, il ferma les doigts sur l'aileron ; seulement la bouée mouillée lui échappa comme une savonnette et l'enfant tomba dans l'eau.

Il disparut immédiatement sous le requin. Gil se redressa, ne sachant que faire derrière son arbre. Le gamin ressortit, mais sous la grosse bouée, une main tapant désespérément l'eau. Un silence total régnait autour d'eux. Le gamin disparut de nouveau sous la surface. Gil, toujours armé de sa canne à pêche, se précipita vers la piscine, regarda dedans, vit le petit tout au fond, qui se débattait, les yeux et la bouche grands ouverts, envoyant des bulles autour de lui. Gil lâcha sa canne, se débarrassa de son sac à dos, défit ses chaussures, hésita un court instant avant de décider de garder son poignard au mollet ; puis il plongea. C'était la seule chose à faire, il ne voyait aucune autre solution.

Il passa un bras autour du gamin qui se débattait de plus en plus faiblement, et remonta d'un coup de reins à la surface. Il commença par hisser l'enfant sur les planches et sortit à son tour. C'est alors qu'il entendit un cri monter de la maison mais ne leva pas la tête.

Le gosse avait atterri sur le dos. Gil s'agenouilla, le retourna. Des litres d'eau lui sortirent de la bouche, suivis d'un peu de mucus, et puis plus rien. Il émit un son, une sorte de sanglot, à moitié toussé, aspira de l'air et se mit à pleurer.

Une femme cria :

— Mon Dieu !

Cette fois, Gil leva les yeux, aperçut Val, vêtue d'une jolie robe, qui arrivait en courant. Elle saisit l'enfant dans ses bras, l'étreignit en criant :

— Il va mourir ? Il va mourir ?

Elle dut le répéter une bonne dizaine de fois avant d'écouter la réponse de Gil :

— Il respire, non ?

Finalement, elle se calma ; l'enfant avait cessé de pleurer et l'entourait de ses bras.

— Maman.

A son tour, elle fondait en larmes :

— C'est ma faute.

Parce que tu as trompé ton mari ? songea Gil.

— J'aurais dû faire installer cette clôture.

Elle balançait l'enfant d'avant en arrière, le laissant tremper sa robe qui devenait toute transparente. Gil aperçut le bout de ses seins, minuscules à côté de ce qu'il avait vu tout à l'heure.

— Y a pas de mal, observa-t-il.

Elle s'immobilisa, posa les yeux sur lui, prenant enfin conscience de sa présence. Le petit garçon aussi le regardait.

— Vous avez eu de la chance que je sois venu pêcher dans les parages, expliqua-t-il. Sans ça, je ne l'aurais jamais entendu crier.

Le gosse ne le quittait pas des yeux.

— Mais il m'a l'air costaud, continua Gil. Il aurait certainement pu s'en sortir tout seul.

— Costaud, sanglota Val. Costaud, mon bébé ?

— Vous lui avez sauvé la vie, dit le médecin à peu près un quart d'heure plus tard.

L'enfant était maintenant assis dans un fauteuil au bord de la piscine, enveloppé dans une couverture, et sirotait un Coke.

— Beau travail, monsieur... monsieur ?...

— Onis, lança Gil tout à trac. Mes amis m'appellent Curly, le Frisé.

Tant pis pour Onsay. Il s'était surtout souvenu du résumé lu sur Curly Onis dans l'*Encyclopédie du base-ball.*

Le médecin sourit.

— Vous m'avez pourtant l'air d'avoir les cheveux bien raides, monsieur Onis.

— Pas quand j'étais gosse, se hâta-t-il de rectifier.

Le médecin parti, Val s'approcha de Gil, lui prit la main.

— Oh, monsieur Onis, comment vous remercier ?

— Pas la peine, dit Gil.

Elle ne le lâchait pas.

— Au fait, je m'appelle Valerie. Valerie Rayburn.

— Très heureux.

— Sean, voici M. Onis.

Les yeux de l'enfant se levèrent, se posèrent sur lui.

— Tu m'as l'air en forme, Sean, dit Gil.

— Grâce à vous, intervint Val. Grâce à vous.

Gil s'assit, enleva ses chaussettes, les essora, les remit et enfila ses chaussures. Il se releva, ramassa son sac à dos et sa canne à pêche.

— Vous ne partez pas ? demanda Val.

Pour toute réponse, il la regarda.

— Oh, ne partez pas ! Il faut qu'on donne... je suis sûre que mon mari voudra vous remercier personnellement. Il devrait rentrer d'une minute à l'autre.

— Vous m'avez déjà remercié, madame.

Ça lui plaisait de l'entendre ainsi parler de son mari, qui n'était autre que Bobby Rayburn. Ça, c'était quelque chose.

— Mais pas assez, monsieur. On pourrait sûrement... Quelle est votre profession, si je peux vous poser la question ?

Gil jeta un regard autour de lui.

— C'est drôle que vous me demandiez ça, parce que j'avais justement remarqué qu'il y aurait de quoi faire par ici. Je suis jardinier paysagiste.

Elle battit des mains.

— Bobby et moi... mon mari, Bobby Rayburn...

Il s'efforça de demeurer impassible.

— Bobby et moi venions justement d'en discuter. Vous tombez à pic.

— C'est très gentil, madame, mais je ne sais vraiment pas...

— Mais il le faut ! Je ne pourrais plus me regarder dans une glace si vous refusiez.

— Madame, franchement, c'est trop. Voyez-vous, j'habite très loin d'ici. Ça vous obligerait à me loger au début, du moins le temps que je prenne mes dispositions.

— Ce n'est pas trop du tout. Justement, il y a un appartement libre au-dessus du garage, n'est-ce pas, Sean ? Personne ne s'en sert.

— C'est plein d'araignées, dit Sean.

— Nous le ferions nettoyer, évidemment, protesta Val. Bon, c'est réglé.

— Merci, madame, mais vraiment...

— Appelez-moi Valerie.

Gil fit mine de ne plus savoir que faire, ajouta plusieurs fois qu'il ne pouvait accepter, puis ils entrèrent dans la maison.

— Je boirais bien un verre, lança Val.

Là-dessus, elle se versa une vodka sur des glaçons.

— Et pour vous, monsieur ?

— Si je dois vous appeler Valerie, moi c'est Curly.

— Curly.

— Donnez-moi un verre de lait.

Val en était à sa deuxième vodka quand Bobby entra. Elle se précipita vers lui, s'arrêta, se mit à pleurer et raconta son histoire entre deux sanglots. Quand il eut compris de quoi il retournait, Bobby l'écarta pour courir prendre Sean dans ses bras.

— J'étais sûr que ça se terminerait comme ça, dit-il.

— A cause de la clôture ? demanda Val. C'est ma faute.

— Ce n'est pas ce que j'ai dit, pas tout à fait.

— Qu'est-ce que tu veux dire, Bobby ?

Il ne répondit pas tout de suite.

— En fait, lâcha-t-il enfin, c'est notre jour de chance.

Il ferma les yeux et serra son fils dans ses bras.

— Arrête, papa ! brailla le gosse.

Bobby le laissa partir et se tourna vers Gil. Celui-ci venait de se lever. Oui, il était de la même taille que lui, aussi carré, si ce n'était davantage, quoique Bobby parût un peu plus mince sans son uniforme.

En attendant, il lui tendit la main.

— Je vous suis infiniment reconnaissant, monsieur...

— Onis.

Ils se serrèrent la main. Gil s'interdit de la serrer aussi fort qu'il l'aurait voulu.

— Mes amis m'appellent Curly.

— Dites-moi ce que je peux faire pour vous.

— Précisément, intervint Valerie.

Elle lui confia son idée et Bobby fut tout de suite d'accord. Gil répéta plusieurs fois qu'il ne pouvait accepter. Et puis ils burent, Bobby une bière, Val une autre vodka et Gil encore du lait. Ensuite, Bobby l'emmena visiter l'appartement au-dessus du garage.

— Ça ira, Curly ?

— Parfaitement.

Ce qui n'était pas peu dire : l'endroit devait faire le double de tout ce qu'il avait jamais possédé, en infiniment plus luxueux. Il n'aperçut pas une toile d'araignée.

— Mais franchement...

Bobby leva la main.

— Vous tombez si bien...

Il marqua une pause, au cours de laquelle Gil imagina l'inimaginable : que Bobby allait pleurer. Mais le joueur se contenta de déclarer :

— C'est un miracle.

Gil ne sut que dire et déposa sa canne à pêche et son sac à dos.

— Vous pourriez emmener Sean pêcher, lui apprendre, reprit Bobby. Je n'ai pas eu beaucoup le temps, dernièrement.

— Que faites-vous, dans la vie, monsieur Rayburn, si je peux vous poser la question ?

Celui-ci se mit à rire.

— Je suis sportif, joueur de base-ball.

— Ah bon...

— Chez les Sox.

Gil esquissa une moue d'ignorance.

— Excusez-moi, ça ne m'intéresse pas beaucoup.

— Ne vous excusez pas. Il n'y a pas que le baseball dans la vie.

## 28

Fred, le technicien, repassa la bande pour Jewel :

« — Salut tout le monde.

« — D'où appelles-tu, Gil ? Au moins de la Sibérie, non ?

« — D'aucun endroit en particulier.

« — Qu'est-ce que tu nous racontes ?

« — Des tas de choses.

« — La communication est mauvaise, comme je viens de le dire, Gil. Dépêche-toi.

« — Cette... histoire.
« — Tu parles de la tragédie de Primo ?
« — Je me posais des questions.
« — A quel sujet ?
« — Par exemple, s'il vont rendre son numéro à Bobby Rayburn.
« — Je ne te suis pas très bien, Gil.
« — Onsay.
« — Pardon ?
« — Onze. Celui qu'il a porté toute sa carrière. Pas ce stupide quarante et un.
« — C'est une question plutôt bizarre, Gil. »
— Repasse-moi la fin, demanda Jewel.
« — Onsay.
« — Pardon ?
« — Onze. Celui qu'il a porté toute... »

— Ça va, dit-elle.
Fred arrêta la bande, fit une observation qu'elle ne comprit pas parce qu'il avait la bouche pleine.
— C'est un habitué, je crois ? demanda-t-elle.
— J'en sais rien. Je ne les écoute jamais.
— Je veux entendre tous ses appels.
— Tous ?
— On enregistre tout, je crois ?
— C'est obligatoire. Mais comment veux-tu retrouver tous les appels de ce gars en particulier ? Ce serait chercher une aiguille dans une botte de foin.
— Je déteste cette expression.
Elle passa l'après-midi dans son bureau, à écouter les enregistrements des émissions passées. Elle tomba plusieurs fois sur Gil :
*Ça fait longtemps que j'attendais ça.*
*Combien il va marquer avec son super-swing ?*

*J'ai entendu ce que vous avez dit au sujet de Primo, c'est tout. Ça ne durera pas. C'est une brêle. Et les brêles, ça finit toujours par s'étendre.*

*Dites-vous que j'en ai par-dessus la tête de vous entendre toujours tirer sur lui à boulets rouges. Voilà. Quand est-ce que ça va s'arrêter ?*

*Je sais ce que ça veut dire, illusions !*

Après quoi, elle appela le rédacteur en chef du *Times* pour lui demander encore un délai.

— Vous avez des problèmes ? s'enquit-il.

— Ce n'est pas ça. Mais cet article me prend la tête.

Elle regretta aussitôt d'avoir formulé sa phrase ainsi.

— Ce sont des choses qui arrivent, rétorqua le rédacteur en chef. Vous savez que vous avez droit à un acompte, si c'est ce qui vous ennuie.

— Pas du tout ; je voulais seulement dire que les événements dont je parle évoluent sans arrêt.

— Comment cela ? Je croyais que vous vouliez juste nous faire un portrait un peu pimenté...

— Ah bon ? Seulement il y a eu le meurtre de Primo entre-temps.

— Qui est Primo ?

— Vous ne lisez donc jamais votre canard ?

— Pas les sports.

— Là, vous m'en bouchez un coin.

Elle raccrocha. Cinq minutes plus tard, elle cherchait en vain le moyen de s'excuser sans se rabaisser.

Pour se changer les idées, elle appela le sergent Claymore dans sa petite ville du Nord.

— Du nouveau ? demanda-t-elle.

— Oui et non.

— Je déteste cette expression.

— Excusez-moi. Voilà : Renard a disparu sans laisser d'adresse, si c'est ce que vous vouliez savoir, mais il semblerait maintenant qu'il n'ait été que témoin dans le meurtre de Boucicaut, qui s'est en fait avéré un acte de légitime défense. Deux individus en cagoule de ski ont pénétré par effraction dans une maison du cap et l'un d'eux a reçu un coup d'épée, un sabre que nous avons en notre possession. L'examen médical a révélé qu'il correspondait à la blessure de Boucicaut.

— Alors l'autre type était Gil Renard ?

— Nous l'ignorons, à cause des cagoules. Mais ça collerait assez bien… d'autant que, la veille du cambriolage, je les ai arrêtés pour excès de vitesse et que Boucicaut portait la sienne.

— Et qu'est-ce qu'il a donné comme explication ?

Claymore partit d'un petit rire embarrassé.

— En fait, il n'en a pas donné.

Jewel ne dit rien.

— Ça doit évidemment vous paraître un peu bizarre, que je ne me sois pas étonné de cet accoutrement.

— Rien ne me paraît plus bizarre, sergent. Je suis immunisée. Est-ce que vous le recherchez toujours ?

— Et comment ! C'est un suspect en fuite, désormais, autant pour le cambriolage que pour le meurtre de la bonne femme de Boucicaut.

— Dans ce cas, je vous conseille de vérifier s'il n'est pas allé faire un petit tour à Los Angeles à l'époque du meurtre de Primo.

— Pourquoi ?

— Parce que votre première intuition était la bonne. C'est une histoire de base-ball.

Devant son terminal, Jewel acheva de rédiger une note, l'imprima et la porta directement à Bernie :

— Lis-moi ça.

« JOC-Radio rassemble un groupe de ses correspondants les plus assidus en vue d'une nouvelle émission au cours de laquelle ils seront interrogés en direct. Ils seront évidemment indemnisés pour leur participation et se verront offrir la chance de donner régulièrement leur opinion en direct. Pour commencer, nous aimerions recevoir des nouvelles, aux heures ouvrables, des personnes suivantes : Manny, d'Allston, Donnie, de Saugus, Ken, de Brighton, Vin, de Back Bay, et Gil, qui nous appelle en général de sa voiture. »

Bernie se redressa :

— Excellente idée. Mais tu as oublié Randy de Milton.

— Qu'est-ce que ça peut faire ? Il s'agit seulement d'un piège. On va demander aux flics de mettre la ligne sur écoute et quand ce Gil appellera, on le tiendra.

— Pour quoi faire ?

Jewel s'expliqua. Peu après, elle expliqua la même chose au directeur de la station qui, intéressé mais dubitatif, la pria de répéter la chose au policier chargé de l'enquête sur le meurtre de Primo.

— Je connais votre émission, répondit celui-ci. Ce Gil n'est pas le seul dingue qui vous appelle.

Jewel lui demanda de téléphoner au sergent Claymore pour de plus amples informations. Il le fit devant elle, resta un long moment au bout du fil puis raccrocha, toujours aussi perplexe.

— Voyez-vous, expliqua-t-il, je ne fais toujours pas le rapport avec l'affaire Primo, mais si ce type est déjà recherché au nord, je ne m'oppose pas à ces écoutes.

Quand il fut parti, le directeur de la station déclara :

— C'est bien, on se jette à l'eau.
— Parfait.
— Attendez ! Je voudrais quand même apporter une petite rectification.
— Oui, laquelle ?
— Inutile de leur promettre de les payer.

Gil s'éveilla bien avant l'aube, prit l'argent qui lui restait de la vente de sa BMW et se rendit en taxi dans la ville la plus proche. A midi, il avait acheté un petit camion qui affichait trois cent soixante-cinq mille kilomètres au compteur, une tondeuse à gazon, un râteau, une pelle et des cisailles. Il prit aussi un seau à peinture afin d'inscrire au stencil « Onis Aménagement de Jardins » sur les côtés du camion.

De retour dans la propriété des Rayburn, il déchargea sa tondeuse, l'emmena derrière la maison et se mit en devoir de tondre le gazon. Il commença par les bords de la propriété, entre les cèdres, suivit la ligne qui la délimitait de la plage, puis il revint sur ses pas, en décalant un peu afin de s'assurer qu'il ne laissait pas une ligne d'herbes hautes derrière lui. Il tenait à faire du bon travail pour Bobby. Le soleil tapait fort, la pelouse était immense mais pas une fois il ne s'arrêta pour boire. C'était comme creuser une tombe. Il aimait ce genre de boulot.

Quelqu'un lui toucha l'épaule.

Il se retourna. Chaz.

Le type lui parlait malgré le bruit du moteur. Gil mit une main en cornet autour de l'oreille. Chaz éteignit la tondeuse, ce qui ne plut pas du tout à son interlocuteur.

— Je m'appelle Wald, commença-t-il sans lui serrer la main. C'est moi qui gère les affaires de Bobby.

— Onis, dit Gil. Mes amis m'appellent Curly...

Wald l'interrompit d'un geste de la main.

— C'est bien ce que vous avez fait pour le petit. Seulement, ici, c'est moi qui engage le personnel. Je n'ai rien contre vous en particulier mais il va falloir qu'on reprenne ça dans les règles de l'art.

— C'est-à-dire ?

— Il me faudrait tout d'abord trois références récentes, le nom de votre banque, de votre propriétaire si vous logez chez quelqu'un, et votre autorisation de détenir un chéquier.

Il regarda autour de lui.

— Vous serez payé pour le travail que vous avez déjà accompli et nous vous dédommagerons également pour l'incident d'hier.

— Vous me renvoyez ?

— Ecoutez, tant que vous n'aurez pas été engagé en bonne et due forme, vous ne devrez pas rester ici. Ensuite, si je vous engage, vous serez le bienvenu. Parce qu'il y a beaucoup de travail à faire.

Gil le dévisageait, tâchant de voir ses yeux à travers ses lunettes noires.

— Vous vous appelez Chaz ?

— Monsieur Wald.

— Et c'est vous qui gérez les affaires de M. Rayburn ?

— Je viens de vous le dire, non ?

— Dans ce cas, je devrais peut-être vous raconter une petite histoire, comme ça vous aurez tous les éléments bien en main.

— Allez-y.

— Hier, je pêchais du côté de votre plage.

— Je le sais. C'est parfaitement légal, dans cet Etat.

— Pour tout vous dire, je suis venu deux fois par ici. La deuxième fois, c'était quand j'ai entendu les cris du gamin.

Il lui sembla que quelque chose frémissait derrière les lunettes de Wald.

— La première fois, c'était un peu plus tôt. Quand je vous ai vu gérer Mme Rayburn.

Un ange passa. Gil se regardait dans les lunettes noires de son interlocuteur et voyait un grand type en tee-shirt trempé de sueur, un large sourire aux lèvres. Qui lança gaiement :

— Ravi d'avoir fait votre connaissance. Mais vous savez ce que c'est : l'herbe me pousse sous les pieds.

Là-dessus, il remit la tondeuse en marche et descendit vers la plage sans se retourner. Quand il revint sur ses pas, Wald avait disparu.

Le manche du fouet, même avec un bonhomme comme Wald ! Cette fois, il était en pleine possession de ses moyens. Comment avait-il fait ? Cela devait avoir un rapport avec Curly Onis, ce trophée qu'il avait rapporté, ce poignard qu'il gardait en permanence sur la jambe. Pourtant, il avait fini de tondre la pelouse, qu'il n'avait pas trouvé de réponse. En tout cas, il savait au moins une chose : ça bougeait enfin, et vite.

Il ratissait lorsque Sean apparut, armé d'une balle et de deux gants de base-ball.

— Hé, Curly !

— Bonjour !

— On est amis, alors je peux t'appeler Curly.

— Certainement.

— Tu joues avec moi ?

— D'accord.

L'enfant prit le petit gant et donna le grand à Gil qui l'examina, une pièce de collection marquée « Rayburn II ». Un ancien gant de Bobby. Gil l'enfila ; il lui allait à la perfection.

Il prit la balle.

— C'est parti !

Il recula de deux ou trois pas et commença par un lancer amorti à l'enfant. Amorti mais un peu dévié. Il allait s'excuser au moment où le gamin plongea pour l'intercepter au vol.

— Recule, Curly, tu es trop près.

Gil recula encore un peu. Ce fut Sean qui lui envoya la balle cette fois. Gil n'eut pas le temps de lever son gant, que la balle l'atteignait en pleine poitrine, assez fort pour le blesser, d'autant qu'il n'était pas complètement cicatrisé.

— Papa les attrape, celles-là, observa le gamin.

— J'étais pas prêt.

Cette fois, il lui lança une balle droite et puissante que l'enfant attrapa sans peine avant de la lui retourner encore plus fort, parfaitement placée, qui alla se loger en plein dans le gant de Bobby.

— Vas-y plus fort maintenant ! cria Sean.

Il eut beau y aller à plusieurs reprises de toutes ses forces, le gosse les rattrapait toutes, apparemment sans effort.

— Une balle tombante ! réclama-t-il.

Il possédait une main très sûre.

Il possédait un bras exceptionnel.

Il possédait un œil qui ne le trompait jamais.

Va te faire fiche, Richie. Ce n'était pas juste.

— Encore une, intérieure ! le pria Sean.

Mais Gil n'avait plus envie de jouer.

— Il faut que je retourne travailler, dit-il.

— Plus qu'une.

Le gosse frappait son gant du poing. Ainsi, certains enfants posséderaient un gène du base-ball et d'autres non ? Ce n'était pas juste. En tout cas, Gil le possédait, ce gène. C'était donc Ellen qui avait tout gâché. En pensant à elle, il expédia à Sean la balle la plus directe qu'il pût lui envoyer, un lancer qui aurait tué Richie, ou cet enfoiré de Jason Pellegrini, ou n'importe qui d'autre. Mais Sean l'arrêta, sans montrer la moindre gêne, ni aucune surprise. Rien.

— Merci, Curly, dit-il, d'avoir joué avec moi.

Et il partit en courant. Il courait aussi très vite.

Gil en avait assez fait pour la journée et s'était allongé sur son lit, complètement nu à part son poignard toujours ceint autour de sa jambe. Le téléphone sonna et il répondit. C'était Val.

— Vous avez fait du beau travail avec ce gazon.

— Merci.

— Et Sean s'est bien amusé avec vous.

Là, il ne répondit pas.

— Vous aimeriez voir un match, ce soir ?

— Un quoi ?

— Un match où joue Bobby. Sean ne peut jamais y aller le soir et ça lui ferait très plaisir. L'ennui, c'est que l'architecte doit passer, il faut que je l'attende. Mais je peux vous emmener et Bobby vous ramènera.

— Je n'ai rien contre.

— Parfait.

Au stade, Val se gara en double file devant une porte dénuée de toute inscription. Ils sortirent de la voiture et elle frappa à la porte. Un petit vieux en blazer rouge l'ouvrit. Gil le reconnut instantanément, avec sa face couperosée ; sauf qu'il semblait avoir changé de personnalité : cette fois, il était tout sourires.

— Bonsoir, mon grand ! lança-t-il à l'adresse de Sean. Ça va bientôt commencer.

— Voici M. Onis, dit Val.

— Comment allez-vous, monsieur ? dit aimablement le vieil homme en serrant la main de Gil.

Val repartit. La porte se referma. Le petit vieux s'assura qu'elle était bien verrouillée puis les conduisit à travers un corridor.

— Tu veux du pop-corn ? proposa-t-il au gamin.

— Je veux voir Socko.

Socko, la mascotte, était un être en forme de poire rouge aux chaussures de clown jaunes et à la face grimaçante. Gil avait horreur des mascottes.

— Tant que tu voudras, dit l'homme au blazer.

Il frappa à la porte suivante.

— Qui est là ? cria une voix.

— Tu as de la visite, répondit le vieux. Tu es présentable ?

— Autant qu'un enfant de chœur.

Le vieux ouvrit et les fit entrer dans une petite loge. Socko était assis sur une chaise, déjà costumé à part la tête qui ne portait pas encore son masque jaunâtre et sa coiffe à queue de poire. Il devait avoir une vingtaine d'années, portait les cheveux longs et plusieurs anneaux à chaque oreille.

— Salut, Sean. Ça va ?

— Je peux mettre ça sur la tête ?

— Vas-y !

Sean enfila le masque et se regarda dans la glace.

— Ouh ! Ouh ! lança-t-il d'une voix lugubre.

Socko porta aux joues ses énormes mains jaunes, qui ne comportaient chacune que trois doigts, comme dans un dessin animé.

— Ne me fais pas de mal !

Tout le monde éclata de rire, y compris Gil.

Sean enleva le masque.

— Il fait chaud, là-dedans.

— Sans blague ! répliqua Socko. C'est pour ça que je reviens boire toutes les trois manches.

Des bouteilles d'eau minérale s'alignaient sur la table.

Gil emmena Sean dans la loge qui leur était réservée, au-dessus de la première base. Un serveur en nœud papillon vint leur demander ce qu'ils voulaient. Sean commanda un hot dog, un bretzel, du pop-corn et un Coke. Alors, seulement, l'homme se tourna vers Gil :

— Désirez-vous quelque chose, monsieur ?

— Du lait, si vous en avez.

— Ecrémé, demi-écrémé ou entier ?

— Entier.

La partie commença. Bobby réussit un triple d'entrée. Pour célébrer cet événement, Socko dansa dans l'abri. Il régnait une joyeuse ambiance dans la loge.

A la troisième manche, une femme apparut et vint s'accroupir devant Sean.

— J'ai appris que tu étais là, dit-elle. Tu n'as plus d'ennuis avec les Artcuriens ?

— Non, dit l'enfant. Tenez, voilà monsieur Curly Onis. C'est comme ça que ses amis l'appellent. Il tond la pelouse.

La femme regarda Gil. Il avait l'impression de la connaître mais n'aurait su mettre un nom sur ce visage.

— Il habite au-dessus du garage, continuait Sean.

— Bonjour, dit-elle à Gil en lui tendant la main. Jewel Stern.

A cet instant précis, il l'avait lui-même reconnue : la femme qui se tenait devant la camionnette de Boucicaut derrière son immeuble. Il frissonna de tout son être ; il n'avait pas lâché sa main mais ne pouvait strictement rien en faire pour le moment.

Elle la retira, doucement mais fermement, la tête penchée, comme si elle visait quelque chose.

— Amusez-vous bien, dit-elle.

Elle caressa la tête de l'enfant et s'en alla.

Les Sox gagnèrent neuf à zéro, en grande partie grâce à Bobby Rayburn. A la sortie, le vieil homme en blazer rouge les emmena au club. Gil avait l'impression de vivre un rêve. Un rêve de fan.

— Viens là, toi ! lança Washington en apercevant Sean.

Bientôt, l'enfant lui sautait sur les genoux pour voir une pièce disparaître dans son nombril et reparaître derrière une oreille. Ils étaient tous là, Boyle, Zamora, Odell, Simkins ; ils faisaient du bruit, s'interpellaient, mangeaient au buffet, buvaient... Un véritable rêve de fan.

*Et pourquoi croyez-vous que vous gagnez, bande de crétins ?*

Devant la porte, Gil ne disait pas un mot. Il regardait.

Bobby se mit au volant de la Jeep, Gil à côté de lui, Sean à l'arrière, qui dormait à poings fermés. Bobby bâilla.

— Vous avez passé une bonne soirée ? demanda-t-il.

— Vous avez laissé passer deux balles rapides à ce que j'ai vu, répondit Gil.

— En effet. Avec Zamora en face, ça valait mieux.

Après un court silence, Bobby s'étonna :

— Je croyais que vous n'y connaissiez rien en base-ball.

A l'abri de l'obscurité, Gil se laissa rougir de plaisir. Il eût été tellement plus fier d'entendre ces mots dans la bouche de Bobby un peu plus tôt, ne serait-ce qu'un mois ! Tandis que maintenant tout était compliqué par ce qu'il avait fait pour l'équipe, par... le sacrifice qu'il avait accompli. Brusquement il comprit de la façon la plus claire, la plus évidente, ce qu'il avait fait exactement et en quoi consistait son rôle dans l'équipe. Il s'était offert, en véritable amorti-sacrifice, à l'équipe dont il était le fan. Voilà une subtilité du base-ball qui n'allait pas sans la plus cruelle récompense : un tel geste ne pouvait en aucun cas être comptabilisé dans votre moyenne.

— J'ai juste dit que ça ne m'intéressait pas, rectifia Gil. Mais j'y ai déjà joué.

S'ensuivit un silence et Gil comprit exactement ce qu'il signifiait : Bobby attendait que Gil lui relance la balle.

— J'avais été sélectionné au lycée, se hâta-t-il de préciser.

— Dans quelle organisation ?

— Les Padres.

Parce qu'ils étaient loin de là.

— Ah bon ? Ils étaient dans les parages à l'époque ?

« A l'époque » ? Qu'est-ce que cela signifiait ? Il n'avait que trois ans de plus que Bobby et paraissait facilement plus jeune. Gil se tut, jusqu'à ce qu'il ne puisse plus se retenir.

— Je me suis pris une tasse de café, comme on dit.

Bobby hocha la tête, comme s'il connaissait l'expression.

— Je me suis esquinté le bras.

— Vous étiez lanceur ?

— C'est ça.

Bobby bâilla de nouveau.

— Val dit que vous avez fait du beau travail pour le gazon. Vous vous êtes mis d'accord avec Wald, aussi ?

— Sur quoi ?

Bobby haussa les épaules.

— Je ne sais pas trop, votre salaire ? Vos tâches ?

— Tout se passera bien, assura Gil.

Nouveau silence. L'esprit de Gil revint à cette idée de sacrifice offert dans le bain de vapeur du Palacio Hotel. Bobby alluma la radio.

« Avant de passer l'antenne à Jewel pour l'après-jeu, je crois que tu as quelque chose à nous dire, Norm. »

« En effet, Bernie : JOC-Radio rassemble un groupe de ses correspondants les plus assidus en vue d'une nouvelle émission au cours de laquelle ils seront interrogés en direct. »

« En direct ? »

« Exactement. Ce qui donnera l'occasion à quelques heureux auditeurs de réaliser leur rêve en communiquant régulièrement leur opinion. »

« Tout comme nous. »

« En plus mordant, s'ils veulent. »

« Mordant ? »

« S'ils ont envie de mordre, pourquoi pas ? Alors écoutez. Pour commencer, nous aimerions recevoir un coup de fil, aux heures ouvrables, des personnes suivantes : Manny, d'Allston, Donnie, de Saugus, Ken, de Brighton, Vin, de Back Bay, et Gil, qui nous appelle en général de sa voiture. »

Gil sursauta quand il entendit son nom, vérifia du coin de l'œil si Bobby ne s'était aperçu de rien, mais celui-ci bâillait de plus belle. Comment pouvait-il avoir manqué cette annonce ?

« Alors, qu'est-ce que tu nous racontes, Jewel ? »

« Seulement que notre équipe préférée vient encore de se surpasser, Bernie. Ils ont fait exactement tout ce qu'ils voulaient. A croire que les terribles événements de la côte Ouest leur ont donné un véritable coup de fouet. Ils auraient pu en sortir complètement abattus, tirer un trait sur la saison, tout le monde aurait compris. Mais pas du tout. »

« Est-ce que tu saurais nous dire pourquoi, Jewel ? »

« Eh bien, j'y ai beaucoup réfléchi, Norm, mais, pour l'instant, je ne suis arrivée à aucune conclusion. Je pense que ça vient en grande partie de Bobby Rayburn. Jamais je n'ai vu un frappeur tenir le choc aussi longtemps. C'est bien simple, après la mort de Primo, il a repris son équipe en main et la porte maintenant à bout de bras. »

« Pourtant il est resté dans le potage une bonne partie de l'année, Jewel. Comment est-ce qu'il s'en est sorti ? »

« Voilà une bonne question : comment se sortir du potage. Bernie, si j'avais la réponse, je... »

« ... tu serais propriétaire de l'équipe... »

« J'allais dire que je monterais ma propre secte. »

Bobby éclata de rire. Gil le regarda, penché en avant, hilare. Ce type raffolait de sa gloire. Voilà des années qu'il s'entendait tresser des couronnes de louanges et il n'en avait encore pas assez. Pourtant, cette fois, ce n'était pas à Bobby que devrait revenir cette gloire, mais à lui, Gil. Sur le coup, il faillit lâcher le morceau, là, dans la voiture.

« Passons aux appels téléphoniques. Nous avons... »

Bobby éteignit la radio. Il souriait, toujours très content, comme s'il pensait à quelque chose d'extrêmement agréable. Peut-être à ses récents exploits.

L'air de rien, comme pour entretenir la conversation, Gil lança :

— Comment est-ce que vous vous êtes sorti du potage, Bobby ?

— Alors là... Dieu seul le sait !

*Et moi donc !*

— Il doit pourtant bien y avoir une explication, insista Gil.

— Oh ! J'en ai peut-être une, mais vous risquez de trouver qu'elle ne tient pas debout.

— Dites toujours.

— J'ai cessé de m'en faire.

— Je ne comprends pas.

— Je vous avais dit que ça ne tenait pas debout.

— Vous avez cessé de vous en faire ?

— Oui, pour le base-ball, ma façon de jouer, ce que les gens en pensent. Tout. Surtout ma façon de jouer.

— Vous croyez que vous vous en êtes sorti... parce que vous avez cessé de vous en faire ?

— Oui, tant qu'on ne m'apporte pas une meilleure explication.

— Vous avez cessé de vous en faire.

— C'est ça.

— Mais c'est pas possible ! Alors que vous avez une chance de devenir le plus grand champion du moment !

Bobby éclata de rire, comme si Gil venait de faire un mot d'esprit.

— Disons que je suis entré en religion.

Il se marra encore un instant et s'interrompit tout d'un coup :

— Je croyais que ça ne vous intéressait pas.

— Quand même, les grands champions, tout le monde les connaît.

Bobby parut sur le point de répondre quand une Porsche passa en sens inverse, dans une débauche de phares et de lumières rouges.

— Qu'est-ce que Wald fichait par ici ?

— Il gère vos affaires, rétorqua Bobby.

— Pardon ?

— C'est ce qu'il m'a dit… qu'il gérait vos affaires.

Ils roulèrent en silence le reste du chemin, non sans que Bobby jetât un regard furtif sur son passager de temps en temps.

Parvenu à destination, il sortit son fils de la voiture et le porta jusque dans la maison. Ce fut Val qui les accueillit à la porte.

— Le match n'a pas duré longtemps, observa-t-elle.

Là-dessus, elle prit l'enfant et l'emporta dans l'escalier.

— Attends, dit Bobby. Qu'est-ce que Wald fabriquait ici ? Je le croyais à New York.

— Chaz ? Qu'est-ce qui te fait croire qu'il était ici ?

— J'ai vu sa voiture.

— C'était Philip. Il a la même.

— Philip ?

— L'architecte, Bobby.

Elle grimpa l'escalier.

Quand elle eut disparu au premier, Gil laissa tomber :

— C'est des voitures qui vont bien avec un certain genre de types.

Bobby se tourna vers lui, se mit à rire. Encore un mot d'esprit.

— Un dernier verre ? proposa-t-il. Et ne me dites pas que vous prendrez du lait. Moi, ce sera une bière.

— Moi aussi, alors. Mais ce qui me ferait vraiment plaisir, ce serait de la tequila. De la Cuervo Gold, si vous en avez.

Ils s'assirent au bord de la piscine avec un pack de Heineken et une bouteille de Cuervo Gold. La nuit était douce, silencieuse, scintillant d'étoiles. Une belle nuit.

— Vous êtes marié, Curly ? Ou quelque chose comme ça ?

— Non, rien du tout comme ça.

Gil pensait à Richie. *A bientôt, Richie.* De nouveau, son corps s'emplissait du piquant de cactus, pourtant il se resservit.

Bobby s'allongea sur un transat, poussa un soupir. Il se sentait bien.

— C'est chouette, chez vous, reprit Gil.

— Pas mal.

Gil porta son verre à sa bouche, s'aperçut qu'il était vide, reprit la bouteille.

— Vous avez de la chance, continua-t-il.

— Moi ?

— Oui.

— Vous savez, Curly, j'ai beaucoup travaillé pour en arriver là.

— A l'entraînement ? En balançant des chandelles ? En vous prélassant dans des piscines ?

*On se calme !* se dit-il.

Mais Bobby prit le parti d'en rire.

— Vous avez un sacré sens de l'humour, Curly !

Il se servit une autre bière, la vida, ferma les yeux. Gil le regardait et il but à même la bouteille, sentant le cactus grandir en lui. Sur le coup, il crut que Bobby s'était endormi mais celui-ci reprit la parole, les paupières toujours fermées :

— Vous étiez un bon joueur, Curly ?

— Plutôt, oui.

Cette fois, Bobby ouvrit les yeux.

— Dommage, j'aurais aimé vous voir.

— J'étais très bon.

Bobby hocha la tête.

— J'étais même excellent.

— Je n'en doute pas.

— Je le suis encore, vous savez. Mon bras est plus fort que jamais, maintenant que je ne ressens plus les courbatures.

— Ah oui ?

Bobby referma les yeux.

Gil se resservit à la bouteille. Il se rappelait avec quelle violence il avait lancé à Boucicaut, dans les bois ; trop fort même pour Boucicaut. Et ça lui donnait une excellente idée, comme il n'en avait pas souvent, le genre d'idée qui ne pouvait que provenir de cette récente reprise de ses moyens. Simple, audacieuse : il allait montrer à Bobby Rayburn de quoi il était capable. Voilà qui était parfait.

— Je vais vous dire quelque chose, commença-t-il.

— Allez-y.

Il se resservit.

— Ouvrez les yeux.

Bobby ouvrit les yeux.

Gil le fixait.

— Je suis sûr que vous ne pourrez pas me battre.

Il ressentit une véritable excitation à prononcer ces paroles. Cela lui rappelait les légendes qu'on lui avait racontées dans son enfance, des chansons qu'il avait entendues, les films de Steve McQueen. C'était cette simplicité, cette audace qui faisaient la grandeur de l'Amérique.

Pourtant, Bobby ne parut pas comprendre parce qu'il répondit :

— Pourquoi voudriez-vous que je vous batte ? Vous avez sauvé la vie de mon fils.

Cette candeur mit Gil en pétard mais il parvint à se maîtriser.

— Je voulais dire me battre au lancer.

Cette fois, Bobby éclata d'un rire énorme ; Gil comprit qu'il avait encore dû faire un mot d'esprit. Pourtant, le joueur se fermait la bouche d'une main, comme une fille.

Gil promenait la sienne le long de sa jambe. Il s'immobilisa.

— Qu'est-ce que ça a de si drôle ?

— Rien. Excusez-moi. J'ai tellement l'habitude qu'on me lance des défis, dans les bars et partout ailleurs. Mais quand même, personne ne m'avait encore mis au défi de frapper une de ses balles.

— C'est pourtant ce que je fais.

Bobby haussa les épaules.

— Bon, d'accord, si ça vous amuse, un de ces jours...

Gil se leva :

— Non, maintenant.

— Maintenant ?

— Pourquoi pas ?

— D'abord parce qu'il fait nuit.

— Vous n'avez qu'à allumer les projecteurs.

— Ensuite parce que je ne sais même pas quel équipement j'ai ici.

— Vous ne seriez pas en train de chercher des excuses ?

Bobby vida sa bière et se leva à son tour.

— Vous ne seriez pas en train de me traiter de dégonflé ?

Ils se défièrent du regard. Oui, se dit Gil : j'ai trouvé l'homme en lui et il ressemble à tous les autres.

— Au jeu ! lança-t-il.

Pour commencer, il grimpa dans l'appartement au-dessus du garage pour récupérer le vieux gant de Bobby qu'il avait rangé sous son lit. Quand il revint, les projecteurs éclairaient la pelouse et Bobby l'attendait, une batte dans une main, un seau de balles dans l'autre. Tous deux se retrouvèrent au pied de la pente, d'où le gazon s'étendait jusqu'à la plage.

Bobby lui tendit le seau et lui désigna l'océan.

— Reculez d'une vingtaine de mètres. Comme ça, si je rate une balle, elle grimpera toute seule la pente.

Gil recula de vingt mètres en se disant qu'il allait en rater plus d'une. Il se tourna, en prit une dans le seau, toucha du pied un caoutchouc imaginaire pendant que Bobby prenait place sur un marbre tout aussi imaginaire. Les projecteurs étaient allumés, mais on ne pouvait en rien les comparer avec ceux d'un stade. La pelouse restait peuplée d'ombres. Un avantage, se dit Gil, qui compenserait son manque d'entraînement.

— Prêt ? demanda-t-il.

— A vous.

Gil effectua une rotation, ajusta son bras, le lança. En souplesse et en puissance, droit devant, comme le lui avait appris son père. Et là, au dernier moment, après le dernier moment, Bobby envoya son swing. Vite. Trop vite. Un craquement retentit, comme le tronc d'un chêne qui s'effondrait, puis une sorte de sifflement, et le silence. Enfin, dans le lointain, un clapotis. Gil n'avait même pas vu passer la balle.

Il regarda Bobby, qui avait repris position sur son marbre imaginaire et attendait la balle suivante, la batte dressée. Gil en reprit une. Il se souvenait de ses meilleurs lancers, de ses balles rapides coin extérieur, de ses courbes qui avaient tant dérouté les frappeurs. Tout en se remémorant les plus précieux conseils de son père, il balança la balle la plus rapide de toute son existence, comme jamais encore il n'en avait décoché, basse, celle-ci, et extérieure... Mais trop basse et trop extérieure. Encore une fois, malgré ce qu'il venait de voir, il fut persuadé que Bobby allait la manquer. D'ailleurs, le joueur ne l'avait peut-être même pas vue arriver. Et encore une fois, alors qu'il était trop tard, Bobby cogna, déclenchant ce craquement terrifiant, ce sifflement et puis ce long silence, encore plus long, cette fois. Et ensuite le plouf.

Gil voyait le frappeur reprendre sa place et attendre, parfaitement immobile. Il plongea dans le seau, tenta sa courbe la plus courbe qu'il ait jamais lancée, en visant Bobby à la tête. Crac. Sssst. Silence. Plouf.

Bobby avait repris la pause.

— Celle-ci tremblait un peu, observa-t-il.

Cette remarque mit Gil hors de lui. Il plongea dans le seau, prépara son bras. Un grand type comme lui, aux forces décuplées par la fureur et la Cuervo Gold... il expédia la balle en y mettant toute son énergie et en visant de nouveau la tête. Bobby recula un peu, tout en balançant son swing. Crac, et le sifflement qui se rapprochait, cette fois. Le projectile passa à quelques centimètres de l'oreille de Gil. Il en sentit presque la chaleur.

Bobby avait repris sa posture avant le plouf. L'expression indéchiffrable.

Gil n'avait plus de souffle, alors qu'il n'avait effectué que quatre lancers.

— Plus de balles, annonça-t-il en regardant dans le seau.

Bobby abaissa sa batte et vint vers lui.

— C'était très amusant, dit-il, la main tendue.

Gil fit mine de n'avoir rien vu.

— Allez en chercher d'autres.

— Je n'en ai plus. Faut pas m'en vouloir, Curly. Je suis pro. C'est comme si vous me provoquiez à une course de tondeuses, ou je ne sais quoi. Là, je n'aurais aucune chance.

Il lui posa la main sur l'épaule.

Gil s'en débarrassa.

— Ça veut dire que j'ai pas une chance ?

— Allez, Curly. On se serre la main.

Gil s'exécuta de mauvaise grâce en lui offrant une main molle, molle de génération en génération, comme celles de son père et de Richie ; contre le père de Rayburn et son fils, Sean.

— Comment était votre père ? demanda-t-il.

— Mon vieux ? dit Bobby, un peu surpris. Il est orientateur dans un lycée de San José.

— Ça ne tient pas debout.

— Rien ne tient debout à cette heure, Curly. On ferait mieux d'aller se coucher.

— Je ne suis pas fatigué.

Bobby se mit à rire.

— J'ai l'impression d'entendre Sean.

— Je ne suis pas comme Sean. Je suis comme Richie.

— Qui est Richie ?

— Personne.

— Allez, Curly ! Il est tard et demain j'ai un match.

Bobby lui passa le bras autour du cou et ils grimpèrent la pente jusqu'à la terrasse.

— On s'est bien marrés, reprit-il. C'était drôle d'entendre ce plouf. Je vais raconter ça à Lanz.

Gil ne ressentait rien, que le poignard contre son mollet.

## 29

On n'avait jamais été de gros dormeurs, chez les Stern, et Jewel était la pire de la famille. Elle quitta le stade à vingt-trois heures trente, pour arriver chez elle et se coucher vers minuit. Tout cela pour rester les yeux grands ouverts dans l'obscurité. Elle pensait à Bobby, à Sean, à Val et puis à Bobby encore. Elle se leva, but un verre d'eau accompagné de deux aspirines de peur que la pression de ses yeux ne se transformât en migraine et, pendant qu'elle y était, avala également une vitamine E pour le cas où certaine cellule d'un de ses seins envisagerait de muter au cours des heures à venir. Puis elle alla se coucher, se retourna, ferma les yeux et resta éveillée.

M. Curly Onis. Ce nom lui disait bien quelque chose, mais quoi ? De par son métier, elle rencontrait une quantité de gens, entendait des tas de noms. Puisqu'elle se vantait de posséder une bonne mémoire, c'était le moment ou jamais d'y mettre de l'ordre. L'attaché de presse de Chicago ? Le chef du service entretien d'Oakland ? L'avocat du syndicat des arbitres ? Tous comportaient des C et des O mais pas aux bons endroits. Finalement, elle se trompait peut-être, elle croyait seulement le connaître. Elle se rendit compte qu'elle n'avait toujours pas fermé l'œil et se retourna.

A moins qu'il ne s'agît d'un joueur d'une quelconque équipe de second ordre. Il y avait tant de noms extraordinaires chez les sportifs. Au point que quelqu'un en avait composé une chanson. *Van Lingle Mungo* de Dave Frishberg. Parfois, quand elle ne trouvait pas le sommeil, elle ouvrait l'*Encyclopédie du base-ball* qu'elle gardait toujours au pied de son lit, et la parcourait, pour le simple plaisir d'y lire des noms.

Elle alluma sa lampe de chevet, attrapa l'encyclopédie, la feuilleta, jusqu'à la page 1226, où elle tomba dessus : Manuel Dominguez « Curly » Onis qui avait joué en 1935 dans les Brooklyn Dodgers.

Ce qui, somme toute, ne l'avançait guère. Elle éteignit, s'allongea, reprit ses investigations mentales, de moins en moins efficaces pour cause d'engourdissement matinal. Elle se releva, retourna dans la salle de bains, but un autre verre d'eau, avala une autre vitamine E. Il y avait un téléphone mural installé là depuis bien longtemps, exactement depuis l'époque où elle avait décidé de vivre un peu. Elle le contempla sans trop savoir si elle allait se décider ou non, puis, d'un seul coup, composa le numéro de Bobby Rayburn.

Une sonnerie, une microseconde du début de la suivante, et Bobby décrochait :

— Allô !

Il avait une voix épaisse et endormie, très proche. Jewel en fut toute remuée.

— C'est moi, murmura-t-elle.

— Oh !

Pause.

— Il est tard, tu sais ?

En arrière-plan, elle entendit Val (du moins espérait-elle que ce fût Val) :

— Qui est-ce ?

Et elle espérait que ce fût Val ? Seigneur...

— Je sais bien. Mais tu te doutes que c'est important. Je viens de trouver Curly Onis dans l'*Encyclopédie du base-ball.*

— Ah oui ?

— Page 1226.

— Pas possible ! Alors il s'est vraiment esquinté !

— Pardon ?

— Il m'a dit qu'il s'était pris une tasse de café mais je ne l'ai pas cru. Il y en a tellement qui disent ça.

Et derrière, Val demandait :

— Qu'est-ce qui se passe ?

— Bobby, protesta Jewel, je ne comprends rien à ce que tu me racontes !

— Quand on se prend une tasse de café, en base-ball, c'est qu'on n'y a pas joué longtemps.

— Je le sais, Bobby. J'étais dans le circuit avant même que tu étrennes ton premier suspensoir. Au fait, n'oublie pas de le porter.

Ça, elle l'avait laissé échapper, c'était sorti tout seul. A force de parler de batte et de frappeurs...

Bobby éclata de rire. De nouveau retentit la voix de Val, plus proche, cette fois, plus insistante :

— Qui est-ce ? Qui appelle à cette heure ?

Elle dit autre chose mais Jewel ne comprit pas quoi car Bobby venait de poser la main sur l'écouteur.

Puis il revint à elle :

— Il jouait avec les Padres, je crois ?

— Les Padres ? Jamais de la vie ! Curly Onis faisait partie des Dodgers en 1935. Les Brooklyn Dodgers.

— Alors ce doit être son fils... Je n'y comprends rien.

— Je ne crois pas...

A cet instant, une sonnerie dans l'écouteur l'avertit que quelqu'un cherchait à la joindre.

— Attends, dit-elle.

Elle appuya sur la touche *flash.*

— Oui ?

— Fred.

— Quoi ?

— Je suis au boulot.

— Et ?

— Tu ne vas pas en revenir. Pour ton annonce, tu sais combien on a reçu d'appels ?

— Je m'en tape. Est-ce qu'il y en a eu un de Gil Renard ?

— Trois cent dix-sept, continua Fred sans se démonter. Et Gil en fait partie. Il n'a pas laissé de nom de famille.

— Qu'est-ce qu'il a dit ?

— Attends, je te passe l'enregistrement.

Jewel attendit, jusqu'à ce que lui parvînt un ronronnement aigu, puis :

« Ici Gil. Merci pour tout mais je ne m'en fais plus. » Clic.

— C'est tout ?

— Ouais.

— Quand est-ce qu'il a appelé ?

— Il y a à peu près trois quarts d'heure. Mais je viens seulement de l'avoir en main. Parmi les trois cent...

— Ça va ! Ils l'ont repéré ?

— C'est pour ça que je t'appelle à cette heure, rétorqua Fred, offensé. Si tu veux bien me laisser parler.

— Alors ?

— C'est ça, le plus bizarre. En fait, je flaire plutôt le canular.

— Pourquoi ?

— Parce que ça provenait d'un appareil situé chez Bobby Rayburn.

Jewel appuya sur *flash*.

— Bobby ?

— Je suis là. Ecoute, on ne pourrait pas poursuivre une autre...

— Ferme ta porte à clef.

— Quoi ?

— Appelle les flics. Ne t'approche pas des fenêtres.

— Qu'est-ce que tu me chantes ?

— Gil Renard est chez toi.

— Qui ça ?

— Curly Onis. Il a tué Primo.

— Pourquoi ? Quelle idée !

— Cette bagarre que tu as eue avec Primo. Il était là.

— Quelle bagarre ?

— Arrête, Bobby ! Tâche de faire un effort pour une fois. Ne le laisse pas t'approcher. J'arrive.

— Mais, et Sean ?

— Quoi, Sean ?

— Il est dans sa chambre.

Jewel ne sut que répondre, pourtant elle devait trouver tout de suite une idée, avant que Bobby ne fasse une bêtise. Mais sa courte hésitation avait suffi ; elle entendit un craquement, signifiant qu'il venait de laisser tomber le combiné.

— Bobby ! cria-t-elle. Bobby !

Elle entendit Val :

— Qu'est-ce qui se passe ?

Et Bobby :

— Va t'enfermer dans la salle de bains.

— Pourquoi ? Qu'est-ce qui se passe ?

— Grouille-toi !

Dans le silence qui s'ensuivit, seuls les gémissements de Val parvinrent encore à Jewel.

De nouveau, retentit le déclic d'un appel en attente. Jewel changea de ligne.

— J'en ai assez d'attendre, dit Fred.

— Tu as appelé les flics ?

— Oui. Tu me prends pour quoi ?

Elle revint sur la ligne de Bobby mais n'entendit plus rien, pas même les gémissements de Val.

Bobby ouvrit son dressing-room, écarta une rangée de portemanteaux et arracha le long rail de bois qui les soutenait. Puis il dévala l'escalier, atterrit dans l'entrée, entra dans la salle de jeu, éclairée par les lumières de la station spatiale, s'arrêta devant la porte close de Sean. Aucun bruit ne semblait provenir de l'intérieur. Après une journée aussi fatigante, le gamin devait dormir comme une souche. Bobby entra, alluma.

Le lit était vide.

Même pas défait.

Le cœur de Bobby se mit à battre la chamade. Il aperçut quelque chose sur l'oreiller. Une bouteille vide. De la Jose Cuervo Gold, en fait pas complètement vide. Un message se trouvait roulé à l'intérieur. Bobby la retourna, la secoua, sans succès.

Alors il la jeta par terre pour qu'elle se casse, ramassa le papier et le déplia.

*Cher N° 11*
*Il va falloir apprendre à remercier les gens. Je suis parti à la pêche.*
*Le Fan*
*P.-S. : Val et Chaz s'aimaient d'amour tendre.*

Bobby sortit de la maison en trombe, se rua vers la plage. La lune s'était levée et il y voyait comme en plein jour. Pas un pêcheur à l'horizon.

— Sean ! cria-t-il. Sean !

Pas de réponse.

Il contourna la maison, entra dans le garage. Le camion du jardinier avait disparu. Il monta au galop dans l'appartement. La porte restait ouverte. Rien à l'intérieur à part la canne à pêche.

Il revint dans la maison, dans la chambre de Sean. Il ne rêvait malheureusement pas : le lit était bien vide, refait, le sol jonché d'éclats de verre. En sortant, il tomba sur le message affiché par la console :

« Félicitations, vice-amiral Sean ! Enregistrer la partie (OUI/NON) ? »

Il remonta dans sa chambre, alla frapper à la porte de la salle de bains.

— C'est toi, Bobby ?

— Ouvre !

Val apparut, tremblante, les bras croisés. Il lui tendit le message. Elle le lut, releva la tête :

— Et alors, tu ne t'attendais pas à autre chose depuis le temps que tu baises à droite et à gauche ?

Il fallut à Bobby un certain temps pour comprendre de quoi elle parlait.

— Si tu savais comme je m'en fous, lâcha-t-il.

— Ça se voit.
— Je parle de Wald et de toi. Fais ce qui te chante. Seulement il a emmené Sean.
— Curly ?
Elle relut le message.
— Mais, protesta-t-elle, on a fait tout ce qu'on a pu pour le remercier ! On lui a donné du travail.
— Ça n'a rien à voir.
— Avec quoi ?
— Je savais que ça devait arriver, marmonna Bobby. Je le savais.
— Et qu'est-ce que tu as fait pour l'empêcher ?
Il posa la main sur son épaule mais elle frémit et se dégagea.
Bobby courut chercher le téléphone dans la chambre, le trouva toujours par terre.
— Jewel ?
— Je suis partie.
— Il a pris Sean.
— Merde !
— Je savais qu'il allait lui arriver un malheur. Je le sais depuis le début.
— Ne fais pas l'enfant !
Elle raccrocha et il resta un instant à écouter la tonalité, avant d'apercevoir des lumières bleues qui se reflétaient sur les murs de sa chambre. Il se leva, vit les arbres illuminés et se rua au-dehors.

Raccrochez au nez de tout le monde, songeait Jewel en s'habillant de ce qui lui tombait sous la main, manipulez le téléphone comme un secrétariat de club en pleine saison... Elle prit l'ascenseur jusqu'au garage en sous-sol, grimpa dans sa voiture et fila en direction de la maison de Bobby.

Elle faisait du cent quarante et accélérait encore, agrippée à son volant, sans trop savoir ce qui se passerait en cas de pépin. Pas question de ralentir. Il y avait peu de circulation à cette heure matinale, aussi put-elle examiner tous les véhicules qu'elle croisa. Que cherchait-elle, au juste ? Elle n'en savait rien. Finalement, elle leva le pied pour rappeler Bobby mais cela sonnait occupé.

Alors elle voulut avertir Claymore. Il lui fallut un certain temps pour obtenir son numéro personnel auprès du planton de garde à son commissariat. Ce fut le sergent lui-même qui répondit. Il devait vivre seul. A sa voix, elle conclut qu'il dormait lui aussi, et beaucoup plus profondément que Bobby.

— Jewel Stern ! lança-t-elle. Gil Renard est en fuite. Vous devriez allez voir ce qui se passe au cimetière.

— Comment savez-vous que c'est là qu'il va ?

— C'est bien là qu'il enterre les gens, non ?

Il lui indiqua comment s'y rendre.

Il faisait encore nuit quand Jewel arriva dans la petite ville, trouva le cimetière, arrêta la voiture, en descendit. Elle se crut d'abord plongée dans un profond silence. Puis elle perçut une légère brise dans les frondaisons, un animal qui se déplaçait parmi des feuilles mortes, le sifflement d'un moustique à son oreille. Qui la piqua dans la nuque.

Elle entra dans le cimetière. Le clair de lune illuminait les pierres tombales ; rien de bien exotique dans tous ces noms, sauf si on trouvait exotiques les noms français. Elle n'avait plus mis les pieds dans un cimetière depuis l'enterrement de son père, cette affreuse réunion de fouinards qui avaient pourtant bien, s'ils avaient peu ou prou voyagé, répondu eux aussi à des noms exotiques et en plus l'appelaient presque tous Janie.

Des tombes : Pease, Laporte, Spofford, Cleary, Bouchard. Renard R.G. C'est alors qu'elle reçut une lumière violente en pleine figure.

— C'est vous ? demanda une voix.

Claymore.

Ils s'assirent derrière la tombe de Renard R.G. Claymore éteignit sa torche et Jewel récupéra peu à peu sa vision nocturne, ou ce qu'il en restait. Un moustique revint lui siffler dans les oreilles. Cette fois, elle tapa dessus.

— Ils ne sont pas trop méchants, cette année, observa Claymore. Ce doit être la pollution qui les affaiblit. Elle a au moins ce côté positif.

Jewel consulta sa montre.

— Il devrait être arrivé, maintenant.

— Peut-être qu'il ne viendra pas du tout. Il peut aller n'importe où. Il y a deux ans, on a chopé un type de Djibouti. Je n'avais jamais entendu parler de ce bled.

— On ne joue pas au base-ball à Djibouti.

— Pardon ?

— Rien.

Elle se tourna vers lui. Il remonta ses lunettes sur son nez. Elle s'aperçut que, dans l'autre main, il tenait un revolver.

— Vous avez joué au base-ball avec lui.

— C'est vrai.

De nouveau, elle regarda sa montre.

— Quelle sorte de joueur était-ce ?

— Une vedette. Je vous l'ai dit. Avec Boucicaut. C'étaient les garçons les plus célèbres de la ville, à l'époque. Ensemble, ils faisaient merveille et Gil possédait un véritable canon en guise de bras.

— Et vous, vous jouiez quoi ?

— Arrêt court.

— Le premier à la batte, hein ?

Elle l'imaginait très bien, petit gosse vif, le visage plein de taches de rousseur.

— Neuvième, rectifia-t-il. Je ne pouvais pas frapper beaucoup. J'étais astigmate, des deux yeux. Et trop lent pour prendre la tête, de toute façon.

— Vous étiez encore dans les minimes ?

Il hocha la tête.

— Elle est allée jusqu'où ?

— Quoi ?

— Cette équipe.

— Pas beaucoup plus loin. Le lycée de la ville avait déjà abandonné depuis deux ans. Les petits ont dû encore jouer quelque temps à l'époque de Reagan, mais maintenant c'est fini.

— Vous continuez pourtant à entraîner les gosses ?

— Ils n'ont pas changé d'uniforme depuis cinq ans mais il y en a encore qui s'entraînent.

Ils se turent. Jewel écrasa quelques moustiques, regarda encore sa montre.

— Ce n'est pas normal.

— Le monde est grand, vous savez.

Elle commençait à le trouver sérieusement agaçant. S'il reparlait de Djibouti, elle ne le lui enverrait pas dire.

Il s'éclaircit la gorge.

— Dites-moi, comment se fait-il que vous... une femme, vous intéressiez tant au...

Elle l'interrompit d'un geste :

— Où est le terrain ?

— Quel terrain ?

— Où s'entraînent les enfants.
— A Amvets.
— C'est là qu'ils ont toujours joué ?
— Toujours ?
— Vous, Gil, Boucicaut. C'est là que vous jouiez quand vous étiez petits ?
— Oui. Pas la peine de crier si fort.
Elle s'était relevée d'un bond.
— On y va.
— Mais...
Elle l'attrapa par le col et le fit mettre debout.

— Qu'est-ce que tu fais ? demanda Sean.
— Je creuse pour chercher des asticots.
Debout dans le trou qu'il avait percé sous le marbre, Gil progressait à grandes pelletées.
— Il faut des asticots pour la pêche.
— Tu en as déjà trouvé ? demanda le gosse en s'agenouillant au bord.
— Non.
Gil aurait déjà pu le faire. Il suffisait d'un coup de pelle et c'était réglé. Mais le trou n'était pas encore assez profond et il n'avait aucune envie de s'attarder une fois que ce serait fini. Ce n'était pas parce que les choses étaient justes et logiques qu'elles en devenaient faciles pour autant. Logiques, puisqu'il avait tant sacrifié (sa carrière, Richie, Primo) que le monde en vacillait et que c'était à lui de rétablir l'équilibre. Sans compter que Bobby méritait une leçon pour apprendre à jouer en équipe.
Mais ça ne rendait pas les choses plus faciles pour autant.
— Je suis tout piqué par les moustiques, se plaignit Sean.

Gil venait d'atteindre une couche plus meuble, qu'il creusa sans se fatiguer.

— Tape dessus.

Sean se tapa sur la joue.

— Regarde, Curly, j'ai plein de sang, maintenant.

Il tendit la main. Enfoncé maintenant jusqu'à la ceinture, Gil leva la tête. Il y avait une traînée de sang aussi sur la joue de l'enfant. Gil faillit en vomir.

— Tu vas me laisser travailler, trois secondes ? brailla-t-il.

Le gosse recula un peu. Encore cinq pelletées, décida Gil. Une, deux, trois, qua...

— Quand est-ce que mon papa va venir ?

Gil s'arrêta, regarda sa montre. Il avait de la terre sur le visage.

— Bientôt.

— Et ma maman ?

— Elle vient pas. Ta mère est une pute.

L'enfant se mit à pleurer.

— Pourquoi tu pleures ? Tu ne sais même pas ce que ça veut dire.

— Si. Ça passe sur MTV.

Ses sanglots redoublèrent, il faisait un bruit assourdissant. Comment imaginer un futur champion dans ce gniard qui chialait sans retenue ?

— Je veux rentrer chez moi.

— Ça va venir.

Quatre, cinq. Gil cessa de creuser.

— Tiens, en voilà un gros, dit-il. Regarde.

Le gosse ne bougea pas.

— Je veux pas aller à la pêche. Je veux aller chez moi.

Il regarda autour de lui.

— C'est la nuit.

— Je t'ai déjà dit que c'était l'heure idéale pour pêcher.

Ce disant, Gil le prit par le bras.

— Arrête, Curly ! Qu'est-ce que tu fais ?

— Je te montre un gros asticot.

De sa main libre, il attrapa le manche de la pelle et la leva.

Une lumière aveuglante jaillit du côté de la première base. Il dut laisser tomber la pelle pour se couvrir les yeux.

— Lâche cet enfant ! ordonna une voix d'homme.

Gil le serra plus fort dans sa main.

— Claymore ? C'est toi ?

— Lâche-le, Gil ! J'ai mon arme braquée sur toi.

Les sourcils froncés, Gil tâcha de voir ce qui se passait au-delà de la lumière, crut distinguer une ou deux silhouettes.

— Je t'ai déjà remercié pour le point que tu nous as fait marquer ?

— Je ne sais pas de quoi tu parles, Gil. Lâche-le.

— C'était un coup de bol, mais bon !

Il leva la jambe droite, trouva une anfractuosité qui lui servirait de marchepied.

— On se racontera plus tard nos souvenirs d'enfance si tu veux bien, Gil. Lâche-le.

— Pourquoi je te raconterais quoi que ce soit ? Alors que tu ne pouvais même pas porter ma batte ?

— Personne ne prétend le contraire, Gil. Je faisais partie de tes fans. Mais lâche-le, maintenant.

Gil lâcha le gosse. Ainsi Claymore avait vraiment été un fan ? Il l'ignorait. Peut-être y en avait-il eu d'autres. Trop tard.

Au bord du trou, Sean ne bougeait pas.

— Viens ici, mon garçon, je suis policier. Je ne te ferai pas de mal.

Sean ne bougea pas.

Quelque part derrière la lumière, une voix de femme appela :

— Sean.

— Maman ?

Le petit fit un pas vers la lumière, puis un autre. Le rayon de lumière quitta Gil pour éclairer l'enfant. Gil catapulta son poignard en direction de la torche.

Le rayon changea soudain de direction, balayant différents points avant d'aller éclairer les étoiles. Les pupilles dilatées, Gil ne voyait strictement rien. Il sentait seulement la surface du sol sous ses mains et s'y agrippa pour sortir du trou.

Penchée sur le sergent Claymore, Jewel découvrit un couteau fiché dans sa gorge. Plus de vie dans ses yeux vitreux. Elle les ferma de la paume et se précipita vers Sean qu'elle attrapa d'un geste et souleva dans ses bras pour l'emporter en courant.

Elle courut, passa le portail que Claymore lui avait ouvert, traversa le chemin illuminé par la lune. Derrière elle, retentissaient les pas d'un homme qui courait.

Elle préféra ne pas prendre sa voiture car elle n'était pas certaine d'avoir le temps d'y installer le gamin, de prendre le volant et de démarrer avant l'arrivée de l'autre. Elle préféra descendre une rue endormie, l'enfant toujours dans ses bras. Les pas se rapprochaient.

— Lâche-moi, dit Sean. Je cours vite.

Mais Jewel s'y refusait. Parvenue à un carrefour, elle aperçut une lumière bleue, qui brillait à un pâté de maisons. Et plus un bruit derrière elle. Bien qu'à bout de souffle, elle accéléra le pas. La lumière bleue indiquait : POLICE. La jeune femme ouvrit la porte d'un coup de pied.

Le planton, affalé sur son bureau, tressaillit de surprise.

Jewel claqua la porte derrière elle, mit le verrou. Le policier s'était levé en essuyant un peu de bave de son menton.

— Même maman court plus vite que ça, commenta Sean.

Néanmoins il ne demandait plus qu'on le pose par terre.

## 30

Trempé de sueur, Gil émergea d'un rêve qui l'avait transporté à la forge de son enfance. Il jeta un coup d'œil à travers le pare-brise du car, aperçut les tours de la ville dans le lointain et un ciel bleu vif qui l'éblouit. Il retourna dans la cabine des toilettes, se passa de l'eau sur le visage, fit le point.

Il possédait les vêtements qu'il portait, deux cent treize dollars quatre-vingt-trois, un vieux ticket de loterie qu'il ne se souvenait pas d'avoir acheté, et le poignard sur son mollet. Il avait perdu dans l'obscurité son sac à dos plein de couteaux. Ce n'était pas grave. Il avait tout ce qu'il lui fallait.

Descendu à la gare routière, il prit un café et demanda à l'employé de vérifier si son billet avait gagné quelque chose. Le type mit en route sa machine.

— Remboursé, dit-il. Vous voulez reprendre les mêmes numéros ?

— Laisse tomber, marmonna Gil.

Et il sortit.

Il traversa ces rues du centre ville qu'il connaissait depuis des années. Pourtant il se sentait un peu perdu. Pas comme un étranger content de découvrir un pays qu'il ne connaissait pas ; seulement dépaysé. Il passa devant Cleats. Une affiche de la devanture annonçait : FERMÉ JUSQU'À NOUVEL ORDRE. À LOUER. D'un seul coup, il comprit ce qui se passait. Pour la première fois, la précarité de la ville lui sautait aux yeux. Tout ce qu'il connaissait disparaîtrait bientôt.

Il entra dans un bar proche du stade. Un vieux bar, sombre et triste. Même maintenant, peu avant un match, l'endroit était presque vide. Gil avait faim. Il prit un sandwich à la viande et une tranche de tarte aux pommes. Mais il ne but rien, même pas l'eau qui accompagnait le repas. Il avait perdu la soif.

La télé au-dessus du bar passait des images sans le son. Gil regarda les extraits d'anciens matches de championnat qu'il connaissait bien. Mais les couleurs s'étaient affadies, les coupes de cheveux lui semblaient ridicules ; à croire qu'il regardait une satire de match. Tout cela avait perdu son sens. Et ceux qu'on jouait maintenant, donneraient-ils la même impression dans vingt ans, flous, décolorés, en comparaison avec les souvenirs qu'il en gardait ?

Une pub de camions passa, suivie d'une pub de bière. Ensuite, un journaliste se présenta, debout devant le portail de l'Amvets, le vieux terrain des enfants ; le chemin qui y menait était entouré des bandes jaunes de la police. Ensuite, apparut une photo de Bobby Rayburn, suivie d'une autre, de Sean, en train de couper son gâteau d'anniversaire. Puis vinrent les images d'un corps qu'on hissait dans une ambulance, et de Jewel Stern baissant la tête pour entrer dans une voiture de police qui démarrait aussitôt. Et enfin s'affichait sa propre photo, tirée de son dossier de travail, au-dessous de laquelle s'inscrivaient les mots « Gilbert Marcel Renard » en grosses lettres. Gil termina sa tarte, paya son addition, à quoi il ajouta dix dollars, le plus gros pourboire, proportionnellement, qu'il ait jamais donné. Et il sortit.

Le match était commencé quand il arriva au stade. Il portait des lunettes de soleil et une casquette aux couleurs des Sox, ainsi qu'un carnet, une grosse boîte en carton fermée par des bandes adhésives et un stylo à bille derrière l'oreille. Il y avait des flics devant le guichet et devant chaque issue, ainsi qu'un tireur sur le toit de la cabine de la presse. Un homme courait, un transistor plaqué à l'oreille.

« Je ne suis pas sûr que Rayburn jouera aujourd'hui, Bernie. »

« Il est ici, au champ centre, Norm. Mais je n'ai jamais vu un tel déploiement policier à... »

Le son devint inaudible. Gil se dirigea vers la porte où ne figurait aucune inscription, frappa.

— Qui est là ? demanda une voix.

— Un paquet pour Socko, répondit Gil.

La porte s'ouvrit. Le petit vieux en blazer rouge passa la tête.

— Urgent, insista Gil. C'est un nouveau pied.

Le vieux tendit la main pour prendre le paquet.

— Il me faut sa signature, objecta Gil.

— Je signerai pour lui.

— Ah non, j'ai déjà failli me faire virer une fois avec ça.

— Mais, il est sur le terrain.

— J'attendrai. Il va bien prendre une pause à la fin de la troisième manche ?

Le vieil homme plissa les yeux.

— Vous le connaissez ?

— Evidemment. Il nous commande tout son matériel.

— Je me disais bien que je vous avais déjà vu, conclut l'autre.

Il fit un pas en arrière pour le laisser entrer.

Il fermait la porte tandis que Gil suivait le corridor. En arrivant à la loge de Socko, celui-ci annonça :

— Je vais rester ici.

— Vous ne voulez pas regarder le match en attendant ?

— Je ne suis pas base-ball.

Le vieil homme poursuivit son chemin dans le corridor et Gil entra dans la loge, ferma la porte derrière lui, posa son carton sur la table, à côté des bouteilles d'eau minérale. Un lointain rugissement monta de la foule, qui fit trembler les murs autour de lui.

Le temps passait ; d'autres rugissements lui parvinrent, d'autres secousses, toujours suivis de silences. Gil s'était adossé au mur près de la porte.

Celle-ci finit par s'ouvrir. Socko entra en coup de vent, arracha son masque et sa coiffe en courant vers l'eau minérale dont il prit une bouteille à laquelle il but à grandes goulées, la tête renversée en arrière, le visage baigné de transpiration. Il avait à peine remarqué le carton lorsque Gil s'avança et lui coupa la gorge.

Tout cela prit infiniment plus de temps qu'il ne l'avait imaginé : il fallait débarrasser Socko de sa tenue, cacher le corps sous la table en s'arrangeant pour ne faire dépasser ni une main ni un pied, passer la tenue. Une fois à l'intérieur, Gil accrocha l'étui de son poignard autour de l'avant-bras et enfila l'énorme gant à trois doigts. Puis il mit le masque grimaçant surmonté de sa coiffe en poire et sortit, manquant plusieurs fois de trébucher sur ses propres chaussures.

Le vieil homme au blazer rouge passait dans l'autre sens dans le corridor.

— Et alors ? demanda-t-il. Ce n'est pas la bonne taille ?

— Si, si, très bien.

Le masque étouffait la voix de Gil à point nommé.

— Où est le livreur ?

— Parti.

De sa main de dessin animé, il désigna la sortie.

— Je vais voir si la porte est bien fermée, dit le vieux en continuant son chemin.

Gil arrivait à l'autre bout du couloir. Il prit le tournant pour émerger tout à coup en pleine lumière du jour. Il se retrouvait derrière les gradins qui surplombaient l'abri. Tout lui parut parfait, juste comme la première fois qu'il était venu là, cette terre rouge, ce gazon vert, ces lignes blanches, ce minuscule nuage de poussière qui s'élevait derrière le monticule où le lanceur venait d'abandonner le coussin. Et les joueurs dans leurs uniformes, étincelants, tels de parfaits chevaliers. Gil sentit la tête lui tourner.

— Hé, voilà Socko. Fais un signe à Socko, chéri.

Gil descendit les marches pour se diriger vers l'abri.

— Je lui ai fait un signe, maman. C'est lui qui m'a pas répondu.

— Ah bon ?

— C'est le règlement, rétorqua quelqu'un.

Au-dessus d'eux, une voix avinée lança :

— Hé, Socko ! Viens t'asseoir ici.

Bon, rien n'était parfait, mieux valait ne pas l'oublier. Tout devenait factice, à commencer par les joueurs. Gil escalada l'abri comme il l'avait plusieurs fois vu faire à Socko.

— Hé, Socko, secoue-toi !

Gil examina les visages qui lui faisaient face, pour la première et la dernière fois, et tâcha de se pavaner comme un chien de cirque.

— On dirait qu'il a les deux pieds dans la même chaussure ! s'esclaffa un spectateur.

Les rires secouèrent plusieurs rangées de gradins. Il faisait une chaleur d'enfer dans ce costume. Gil sentait le poignard dégouliner de sueur sur sa main. Sur le terrain, Zamora venait de sauter sur le marbre tandis que Lanz sortait de l'abri, juste sous les pieds de Gil.

Dans la cabine de la presse, quelqu'un cria :

— Un fax pour toi, Jewel !

Une feuille de papier atterrit sur le carnet de la jeune femme. Cela provenait du rédacteur en chef du *Times* :

*Stupéfaits par vos aventures de la nuit dernière. Venez d'élever d'un cran notre statut de scribouillards. Malheureusement, cela nous oblige à retirer Rayburn de la page magazine pour le reporter en couverture. Nous trouverons bien autre chose. Acompte suit.*

JB

Jewel en fit une boule qu'elle jeta par-dessus son épaule.

— Qu'est-ce que c'est ? demanda Norm.

— La fin de ma carrière de journaliste.

— Hein ? Et ça alors, c'est quoi ?

— Est-ce que je sais ?

Loin en dessous, Zamora enfilait son gant de lanceur.

— Hé, Socko, tu te crois à la plage ?

Le souffle court sous son masque qui l'étouffait, Gil vit que Zamora était sauf, entendit les voix. Il se rendit compte qu'il devait manifester sa joie. Lançant les bras en l'air, il voulut se trémousser encore mais trébucha sur sa chaussure démesurée et tomba la tête la première sur le toit de l'abri, le visage au-dessus du vide. Des vagues de rires s'élevèrent tout autour de lui.

— Ce gros balourd doit la gagner, sa paie, dit quelqu'un.

Bobby Rayburn sortait de l'abri... Gil aperçut son casque à quelques centimètres de lui. Il s'immobilisa, toujours étalé sur son toit, le cœur battant contre le ciment. Assis sur le banc, Boyle aperçut la face grimaçante et lui enjoignit :

— Fous le camp de là !

Gil se redressa, roula sur lui-même, s'assit, reprit son souffle. A ses pieds s'étendait le terrain avec ses couleurs brillantes, et ses joueurs, resplendissants. Il regarda Bobby Rayburn, dans le cercle du frappeur, qui envoyait son swing avec cette même grâce animale qu'il lui avait toujours connue. Gil se leva, descendit et s'en alla, sans faire de simagrées, marchant au contraire avec dignité, en direction du marbre.

Rayburn venait d'expédier une balle en plein ciel, sous les acclamations du public. Même de l'abri, ses partenaires ne pouvaient retenir leur enthousiasme.

— Vas-y, Bobby !

L'air modeste, il revenait au cercle des frappeurs. C'est moi qui t'ai fait héros, songea Gil.

Il se débarrassa de son gant de dessin animé et poursuivit son chemin vers le centre du terrain. Même sous ses chaussures démesurées, le gazon prenait une consistance spéciale, une perfection de gazon. Comme si tout ne pouvait plus que se dérouler idéalement, dans un rite digne d'une cérémonie.

Dans la cabine de la presse, Norm demanda :

— Qu'est-ce qui lui prend, à Socko ?

— Quel enfoiré ! observa un de ses collègues. S'il va planter un baiser sur la joue de Rayburn, il est viré. Voilà mille fois qu'on lui dit de ne pas se laisser aller à ces démonstrations idiotes.

Sur le terrain, Socko allait son chemin, sans réagir lorsque l'arbitre lui intima l'ordre de s'éloigner.

Jewel se leva.

— Bobby ?

C'est alors qu'elle aperçut une des grosses mains jaunes abandonnée dans l'herbe. Elle se pencha à la fenêtre, aussi loin qu'elle le put, et hurla de toute la force de ses poumons :

— Bobby !

Concentrés sur leur action, les joueurs n'avaient pas fait attention aux mouvements de leur mascotte. Jewel vit quelque chose briller dans la main de Socko.

— Bobby !

En bas, celui-ci leva enfin la tête. Alors il vit ce qu'elle lui montrait, Socko, tout près de lui. Il se tourna ; derrière, l'arbitre arrivait à sa hauteur, les mains levées. Socko courait maintenant ; d'un seul coup, il pointa son bras libre.

Ce qui se passa ensuite ne serait perceptible qu'au ralenti. Socko lança un couteau qui s'en alla droit vers la poitrine de Bobby. Presque au même instant, celui-ci balança sa batte, comme s'il allait intercepter une balle. La lame alla se ficher dans le bois.

Un coup de feu retentit du toit de la cabine de presse, suivi d'un autre, beaucoup plus proche. Socko tomba et les flics se précipitèrent.

Gil ne voulait pas songer aux implications de ce qu'il venait de voir. Il voulait seulement rester couché dans cette herbe parfaite, loin du tapage et des cris, à l'abri dans sa tenue de mascotte. Pourtant on venait de lui arracher son masque, dans un bruit de bouchon, avec toute cette sueur qui lui collait la coiffe sur les cheveux. La première chose qu'il aperçut, ce fut la tête de Bobby Rayburn penché sur lui.

Gil parla.

— Je n'entends pas, dit Bobby.

Gil se racla la gorge, ce qui lui coûta le reste de ses forces, et recommença :

— Abruti.

## 31

— Alors, Norm, qu'est-ce que tu en dis ?

— D'une saison pareille, Bernie ? Franchement, je ne sais pas par où commencer.

— Si on voyait les championnats ?

— Incroyable. Pour ceux d'entre vous qui débarqueraient d'une autre planète, cette équipe...

— ... encore dernière le 4 juillet...

— ... vient de remporter les championnats en quatre matches, avec Bobby Rayburn...

— ... qui nous a offert le plus somptueux des coups de circuit avant...

— ... avant de nous annoncer, dans les vestiaires, une nouvelle qui a fait l'effet d'une bombe.

— Cette histoire de retraite ? Tu y crois, toi ?

— Il avait pourtant l'air sérieux.

— Après une saison pareille ? Je demande à voir.

— Nous nous efforçons d'obtenir un commentaire de sa bouche. Mais il serait actuellement en voyage et impossible à joindre.

— Enfin, je suis sûr que notre Jewel nationale va bientôt nous donner le mot de la fin.

— Tout au moins dès qu'elle rentrera de vacances.

— Elle est en vacances ?

— Comment ? Fred ne t'a rien dit ? Elle a téléphoné cette nuit, à l'aube. Mais... enfin, tu ne crois pas qu'elle l'a bien gagné ?

— Plus que n'importe qui. Ouf ! En tout cas, je n'ai pas besoin d'un café pour me réveiller, aujourd'hui, Bernie. Le standard du téléphone brille comme un arbre de Noël. Si on prenait quelques appels ? Tiens, nous avons Sal en ligne. Sal ? Qu'est-ce qui te branche ?

4340

Composition Nord Compo
Achevé d'imprimer en Europe (France)
par Brodard et Taupin à La Flèche (Sarthe)
le 24 juin 1997. 1785S-5
Dépôt légal juin 1997. ISBN 2-290-04340-0
Éditions J'ai lu
84, rue de Grenelle, 75007 Paris
*Diffusion France et étranger : Flammarion*